CISNE DE NOCHE Y CRISTAL

TIFFANY CALLIGARIS

CISNE DE NOCHE Y CRISTAL

PUCK

Argentina – Chile – Colombia – España
Estados Unidos – México – Perú – Uruguay

1.ª edición: mayo 2021

Plaza de los Reyes Magos, 8, piso 1.º C y D – 28007 Madrid
www.mundopuck.com

ISBN: 978-84-92918-99-7
E-ISBN: 978-84-17981-49-5
Depósito legal: B-4.561-2021

Fotocomposición: Ediciones Urano, S.A.U.

Impreso por: Rodesa, S.A. – Polígono Industrial San Miguel
Parcelas E7-E8 – 31132 Villatuerta (Navarra)

Impreso en España – *Printed in Spain*

A mis padres, Lis y Elvio, que me llevaron al Teatro Colón
cuando era solo una niña a ver el precioso ballet de
El lago de los cisnes.

PARTE 1

LA LLEGADA DE LA BAILARINA

1

LA CHICA TRAS EL ESPEJO

Jugué con mis dedos, buscando deshacerme de la sensación nerviosa que latía en mi estómago. Estaba de pie en el *entre medio*. Así llamaba al espacio escondido en las sombras, detrás del telón. El corto pasillo que servía de portal entre donde estaba y el escenario.

El grupo de cuatro chicas en leotardos celestes que bailaba bajo los focos estaba haciendo un gran trabajo al completar la primera parte del segundo acto.

Probé las puntas de mis zapatillas de ballet contra el suelo, preparándome para el cambio en la música que marcaría mi entrada.

Suponía que muchas chicas de trece años dedicaban sus días a actividades relacionadas con la escuela: deportes, deberes, televisión, ir a casa de sus amigas a pasar la tarde.

A mí también me gustaba hacer esas cosas. Sin embargo, la parte favorita de mis días transcurría en un salón espejado en la academia de danza de Nina Klassen.

Nina era la agraciada mujer sentada en la primera fila frente al escenario. La única persona entre todas las butacas vacías. Una bailarina profesional con una carrera exitosa que había formado parte del Paris Opera Ballet durante dieciséis años.

El corazón se me aceleró de un *tu-tuc,* pausa, *tu-tuc,* pausa... a un *tu-tuc, tu-tuc, tu-tuc, tu-tuc.*

Los fuertes latidos acompañaron mis primeros pasos hacia el escenario. El calor de los focos descendió sobre mí en una llovizna de luz.

Guardé mi nombre en aquel baúl que solía imaginar dentro de mi cabeza. El baúl de los disfraces. Y lo intercambié por el de Odette.

La música del piano me asistió en mi transformación, le dio órdenes a mi cuerpo en un lenguaje que este comprendía. Me dejé perder en una cadencia que buscaba lograr la elegancia de un cisne. *Los movimientos deben ser precisos, pero las emociones deben fluir sin restricción,* me corrigió la voz de Nina en mi cabeza.

Me encantaba perderme en aquel espacio artístico y sentir la incomparable dicha que me producía bailar. Era similar a la sensación que tenía cuando compraba mi chocolate favorito y comía un primer bocado, solo que mucho mejor.

Una vez que completamos el ensayo, la señora Nina invitó al grupo a sentarse en las butacas y se puso de pie delante para que todos pudiéramos verla. Desde el día en que la conocí siempre tenía un aspecto sofisticado. Nina Klassen tenía el agraciado porte de alguien que había dedicado su vida a la danza clásica. Llevaba un fino suéter blanco y su pelo estaba ajustado en un recogido impecable que resistiría hasta un tornado. Las otras chicas siempre intentaban copiarlo, aunque nunca lograban atarlo de la misma manera.

—¿Crees que usa alguna técnica secreta para inmovilizar su pelo sin fijador? —preguntó Sumi, observándola.

—La técnica secreta de Nina Klassen —bromeé.

Llevé la mano hacia las horquillas que inmovilizaban mi pelo castaño y lo liberé. Una de las cosas que había aprendido en mi primera clase de ballet, años atrás, era a atarlo siempre antes de comenzar con los ejercicios.

—No es que tú puedas quejarte —continué—. Tu pelo es superbrillante e inmune a la humedad.

La chica de complexión pequeña sentada a mi lado era mi mejor amiga: Samantha Kwan. Sumi. Íbamos al mismo curso en la misma escuela y nuestras madres se turnaban para llevarnos a danza cuando salíamos de clase.

Compartíamos todo: nuestros secretos sobre los chicos que nos gustaban, un cuaderno donde anotábamos nuestras películas y libros favoritos, las meriendas que llevábamos para comer en el coche camino a clase pero, sobre todo, compartíamos nuestro amor por el ballet.

—Habéis hecho un gran trabajo. Todos habéis estado muy bien en vuestros papeles —dijo Nina—. Como he mencionado antes, vamos a presentar la obra en dos fechas. La mayoría va a mantener su papel para ambas funciones, excepto nuestras protagonistas. De esa manera, todos podrán tener más tiempo en el escenario. En nuestra primera fecha, los roles de Odette y Odile van a ser interpretados por Poppy Hadley.

Diez cabezas se giraron hacia la chica con piernas largas y cabello rubio que estaba sentada a un lado, sola.

Gabrielle Poppy Hadley.

La primera vez que la vi en clase, pensé que tenía exactamente el aspecto que una bailarina debía tener: agraciada. Segura. Radiante. Incluso su nombre sonaba distintivo.

Sumi y yo habíamos intentado conocerla mejor, pero Poppy tenía una personalidad reservada que la mantenía centrada en los ejercicios. Siempre era la primera en llegar y la última en marcharse.

—Y en la segunda fecha, esos roles van a ser interpretados por Alexina Belle.

Ahora, las mismas cabezas se giraron hacia mí. Éramos un grupo de ocho chicas y tres chicos. La mayoría de los rostros de mis compañeros me ofrecieron sonrisas y miradas amistosas. No la de Poppy. No parecía enfadada, sino *indiferente*. Lo cual admitía que me hacía sentir mal. Había admirado a Poppy desde la primera vez que la había visto bailar, y una pequeña parte de mí había tenido la esperanza de que ella también me prestara atención. De poder impresionarla. No era que quisiera competir con ella, sino *aprender* de ella.

Al salir de clase, Lana Kwan, una de las madres de Sumi, nos esperaba junto a un coche gris. Mi amiga era la única estudiante en nuestro curso con dos madres. Karen y Lana. Era un poco distinto a mi familia. Una casa de poder femenino. Lo cual era genial. Karen trabajaba de chef para un hotel y horneaba los mejores pasteles. Sumi y yo compartíamos grititos de alegría al ver una caja con los bombones que solían dejar de cortesía para los huéspedes, pero en este caso era para nosotras en el asiento trasero.

Vivíamos en Bristol, una ciudad en Inglaterra que era conocida por su pintoresco puerto. No era tan popular como Londres, pero no cabía duda de que llevábamos una vida cómoda. Nuestro vecindario se encontraba en una zona residencial con un número respetable de árboles en las calles y jardines que se esforzaban por parecer cuidados.

Una vez en casa, fui directa hacia mi habitación y me dejé caer sobre el muy mullido edredón de mi cama. Digo *muy* ya que cuando lo compramos hice una investigación significativa antes de decidirme por uno.

La música del escenario todavía sonaba en mi cabeza. Me costaba creer que había logrado el papel principal para una de las funciones. *El lago de los cisnes* era mi ballet favorito. Más que *La bella durmiente, Giselle,* y *El cascanueces.*

Cuenta la historia de una joven llamada Odette, que está atrapada bajo el hechizo de un brujo. Durante el día, la magia la obliga a transformarse en un cisne, y Odette solo puede recuperar su forma humana durante la oscuridad de la noche. La única manera de romper el conjuro es con una declaración de amor verdadero. Ahí es cuando aparece el príncipe Siegfried. En el segundo acto, el príncipe se adentra en un bosque y encuentra un lago encantado con hermosos cisnes blancos. Allí es donde nota a uno que se distingue por la pequeña corona de oro en su cabeza. El príncipe presencia la transformación, y descubre que una de las elegantes aves blancas es en verdad una jovencita cautivadora.

Odette le habla acerca de la maldición que la mantiene prisionera en aquel lago de lágrimas y que la única forma de romperla es si un muchacho de corazón puro le declara su amor verdadero.

Siegfried está tan cautivado por ella que intenta confesarle sus sentimientos, pero el malvado hechicero Von Rothbart interrumpe la escena antes de que pueda decir las palabras mágicas.

El tercer acto ocurre en un baile real que la reina madre organiza para celebrar los veintiún años del príncipe y encontrarle una esposa. Un sinfín de princesas y bellas jóvenes se presentan frente a Siegfried para intentar ganar su corazón, pero este no puede dejar de pensar en Odette. Entonces el sonido de trompetas anuncia la llegada de nuevos invitados: el hechicero Von Rothbart hace su entrada en el baile del brazo de su hija Odile, a quien había disfrazado con su magia para que tuviera el mismo aspecto que Odette.

Ahí es donde la historia da un giro triste: el príncipe la reconoce de inmediato y baila con ella. Está tan cegado por su belleza que no se da cuenta de que es una impostora y de que la verdadera Odette se encuentra en su forma de cisne observándolo todo desde uno de los grandes ventanales.

Siegfried le profesa sus sentimientos a Odile, convencido de que es la hermosa princesa cisne que conoció en el lago.

Odette presencia la escena desde fuera y huye de regreso al lago, donde muere de un corazón roto.

Aquel final varía según la producción, en algunas versiones Odette y Siegfried se ahogan juntos, mientras que en otras, tal acto de sacrificio los devuelve a la vida.

La primera vez que lo vi, lloré tanto que tuve que ir al baño a lavarme la cara. Recordaba esa noche de manera detallada, ya que mis padres nos habían sorprendido con entradas para verlo en el Teatro Real de la Ópera en Londres. Mi madre nos había hecho usar vestidos e incluso había adornado mi pelo con uno de sus broches. Recordaba haberme hundido en una butaca de terciopelo rojo con una bolsa de avellanas en mis manos. El teatro me había parecido inmenso. El alto techo, tan adornado y antiguo.

Estaba tan entusiasmada por ser parte de la obra que puse música y empecé a saltar sobre la cama. El ballet exigía disciplina, pero cuando estaba en la privacidad de mi cuarto me encantaba dejarme ir y moverme sin seguir ninguna técnica.

Salté y salté, girando con la vista en las cálidas lucecitas doradas que decoraban mis paredes. Seguro que no era la única chica en pensar que mi habitación era mi propio mundo privado; un refugio donde expresar todos mis gustos. Mis padres me habían permitido elegirlo todo: el muy mullido edredón violeta con los almohadones rosas, el escritorio blanco hecho de una madera que simulaba estar desgastada, las lucecitas led que bordeaban las paredes, el tablero donde colgaba fotos y recortes que me inspiraban y el espejo en forma de gato.

Mi reflejo me imitó desde la pared, copiando cada salto que daba. Esto va a sonar raro, pero a veces me preguntaba si la Alex del otro lado del cristal era exactamente igual a mí, o si era posible que hubiera alguna pequeña diferencia que no podía notar. Tal vez sus ojos no eran exactamente del mismo tono azul. O no tenía aquel lunar en la mejilla. O a veces no tenía ganas de sonreír.

¿Era raro que pensara en algo así? En dos ocasiones estuve a punto de preguntarle a Sumi. Me arrepentí en el último momento por miedo a que sonara realmente extraño.

Seguro que se debía a que me gustaba creer en la magia y en incidentes sin explicación. Durante mis primeros años, mamá me había leído demasiados cuentos de hadas a la hora de dormir.

—¿Aleeex?

La traviesa silueta de mi hermana, Olivia, se asomó por la puerta.

—¿Qué estás haciendo? —preguntó.

—Saltando.

—¿Por qué?

—Porque es divertido.

Mi hermana menor tomó carrerilla y se tiró sobre mi cama. Tenía ocho años y pensaba que el ballet era aburrido, aunque le encantaba jugar al fútbol. La tomé de las manos, moviéndola en círculos.

—¿Qué tal el día? —pregunté.

—Intrascendente.

Solté una risa.

—¿Y esa palabra?

—Ha sido la palabra nueva del día —respondió Olivia sacándome la lengua—. Significa que no es importante.

—Entonces, ¿tu día no ha sido importante?

—No. Ha sido aburrido. Madeline Conway me ha dicho que mis ojos son demasiado grandes para mi cara y que huelo a cebolla.

—Madeline Conway es *intrascendente.*

Si veía a esa brabucona iba a pensar en una forma de vengarme que no pareciera como si estuviera siendo mala con una niña menor.

Olivia dejó escapar una risita. Sus pequeños pies se desviaron hacia los almohadones donde reposaba un oso de peluche con vaqueros y una chaqueta verde.

—Cuidado con Ha... Kristoff —me apresuré a corregir.

—Uups.

El año anterior, mis padres finalmente nos habían llevado a Construye un oso. Una tienda donde uno podía elegir un animal de felpa, rellenarlo con algodón, esconderle un pequeño corazón con un deseo, elegir su vestimenta y nombrarlo. Yo había elegido un oso de pelaje claro y dulces ojos marrones. Su certificado de nacimiento decía Kristoff, en honor a uno de mis personajes favoritos de *Frozen*, pero el verdadero nombre que le había dado en secreto era Harry.

La voz de mi madre nos llamó para cenar. Nos dejamos caer contra el edredón y me aseguré de que Harry estuviera bien antes de reacomodarlo contra el almohadón.

Los Belle éramos una familia de rutina. Todos los días nos sentábamos a cenar cuando el reloj marcaba las 7:00 p. m. Mamá había cocinado lasagna, uno de los platos favoritos de Olivia. Mientras mis padres hablaban de algo, probablemente trabajo, mi cabeza no podía dejar de pensar en la historia de *El lago de los cisnes*. Era tradición que la misma bailarina representara ambos roles de Odette y Odile, el cisne blanco y el cisne negro. Nina Klassen había decidido que nuestra clase también la mantuviera, a pesar de que la mayoría teníamos entre doce y trece años.

Entendía a Odette. Algunas de sus escenas expresaban infinita tristeza por el hechizo que la mantenía en el lago, y otras, las que compartía con el príncipe, esperanza por que el amor que compartían la liberara de su forma de cisne. Y luego estaba la más desgarradora, cuando moría en el lago rodeada por los otros cisnes. Sus leales doncellas que también habían caído víctimas de la magia.

Era Odile la que me estaba dando problemas. La hija del brujo solo quería seducir al príncipe para evitar que este liberara a la princesa cisne. Era cruel y egoísta. Y podía sentir el dolor que le causaba a Odette. ¿Cómo podía representar esas cosas en algo que debía verse como una hermosa danza? Con solo pensar que alguien pudiera ser tan cruel conmigo me dolía el estómago.

Una vez que terminamos de cenar, mamá le pidió a Olivia que la ayudara a lavar los platos, mientras yo tuve la tarea de sacar a Toby a hacer sus necesidades.

Nuestro adorado perro estaba sentado junto a la puerta de entrada, esperándome expectante. A veces estaba convencida de que sabía la hora. Toby era una mezcla de Boyero de Berna con alguna otra raza. Tenía orejas caídas, ojos del color de la miel, denso pelaje que variaba entre negro, marrón y blanco, y la altura de un poni. Lo habíamos adoptado de un refugio y era el mejor perro del mundo.

Algunas noches dormía a los pies de mi cama y otras, en la de Olivia. Sabía dar la pata. Le encantaba despatarrarse sobre la alfombra del salón. Siempre notaba cuando me escabullía a la cocina para buscar muffins de vainilla con pepitas de chocolate y me seguía con complicidad, esperando a que le diera una recompensa para perros. Y nunca dejaba que personas desconocidas se me acercaran en la calle.

Toby Rudolph Belle. Olivia había insistido en agregarle Rudolph de segundo nombre, como el reno de nariz roja que tiraba el trineo de Santa, porque lo habíamos adoptado unos días antes de Navidad.

Tomé la sudadera burdeos que siempre dejaba en el perchero de la entrada y le enganché la correa.

—Vamos, Toby —dije abriendo la puerta.

La calle estaba en silencio. Las pocas nubes que se estiraban sobre el cielo igual que sábanas de algodón dejaban huecos para ver las estrellas. Toby me llevó por el camino que solíamos hacer, moviendo la cola.

Caminamos por la acera, pasando por delante de diferentes jardines. Todos eran parecidos. Césped verde bien cuidado. Algunas flores. El ocasional muñeco de cerámica que intentaba parecer amistoso y que la oscuridad de la noche transformaba en alguna criatura sospechosa.

A medida que nos acercamos al final de la calle, mi estómago comenzó a sentirse liviano. La casa de ladrillos de la esquina pertenecía a los Bentley.

De no ser porque Toby tiró de la correa, probablemente me hubiera parado a buscar su silueta en las ventanas iluminadas.

Cruzarme con el chico que vivía allí era una simple cuestión de suerte. De coincidencia. Deshice la coleta que llevaba y me peiné el pelo para un lado. Lo hacía cada vez que pasaba por allí, el gesto era casi inconsciente.

Mis pies se movieron con lentitud. ¿Lo vería?

2

El baúl de los disfraces

Estaba a punto de agachar la cabeza con decepción cuando escuché el ruido de zapatillas. Una silueta se movió detrás del coche aparcado, haciéndose visible bajo los faroles de la entrada.

—¡Ey! Alex —me saludó Harry Bentley.

Un remolino de emociones alegres se sacudió dentro de mi estómago. Le devolví el saludo, intentando actuar normal. Estaba allí. Era una de esas noches mágicas en las que la suerte estaba de mi lado. Toby corrió hacia él, poniendo sus enormes patas sobre sus vaqueros gastados.

Harry le sacudió las orejas de manera juguetona.

Cada vez que lo veía me sorprendía que alguien tan guapo pudiera ser una persona real y vivir en mi mismo vecindario. Harry Bentley era mi amor secreto. Tenía un esponjoso pelo castaño claro que, dependiendo de la luz, parecía estar pintado por el sol; bonitos ojos marrones, una sonrisa traviesa y una personalidad que opacaría a la de cualquier príncipe de Disney.

Esto era todo lo que sabía de él:

Era un año mayor que yo.

Su cumpleaños era el 19 de abril.

Tenía un hermano menor, Dylan, que estaba en la misma clase que Olivia.

Le gustaba el color verde y las barras de chocolate Crunch.

Su serie de televisión favorita era *Stranger Things.*

Estaba en el equipo de fútbol.

Y el hecho de que su vestimenta fuera similar a la de mi oso no era una coincidencia.

Aunque esa noche llevaba una chaqueta bombardera de un burdeos más oscuro que el de mi sudadera con líneas blancas en las mangas. Le quedaba muy bien.

—Combinamos —comentó.

Controlé mi sonrisa para que no fuera más grande que mi rostro.

—Sí...

—¿Cómo va todo?

—Bien. Justo hemos acabado de cenar y estaba paseando con Toby —respondí—. ¿Y tú?

Mi perro poni dio otro salto sobre sus vaqueros antes de salir corriendo hacia un árbol. Harry y Toby se conocían bien.

Mis padres le pagaban para que lo sacara a pasear cuando volvía de la escuela. Ayudaba a que Toby no estuviera encerrado tantas horas cuando estaban en el trabajo.

—Acabo de sacar la basura.

—Alguien tiene que hacerlo —respondí ofreciéndole una pequeña sonrisa de simpatía.

Me arrepentí en cuanto lo dije. Por supuesto que alguien tenía que sacar la basura.

—Por lo general ese alguien soy yo. Al menos hasta que Dylan sea más mayor —bromeó Harry.

Esa era una de las cosas que me gustaban de él. Aunque pensara que había dicho algo tonto, Harry nunca me hacía sentir de esa manera. Me moví con lentitud, deseando que hubiera una manera de poder quedarme por más tiempo, hasta que Toby tiró de la correa, ansioso por seguir.

—¿Quieres que te acompañe? La noche está ideal y puedo escuchar música al volver —se ofreció.

Asentí. Quería usar la calle de escenario y bailar de alegría. Girar y girar hasta que las estrellas giraran conmigo. Hasta podía oír la melodía dentro de mi cabeza.

Cruzamos a la calle de enfrente, en la dirección que nos llevaría de vuelta a mi casa. Harry caminaba a mi lado, desenredando los auriculares que había sacado de su bolsillo.

Rápidamente, el entusiasmo en mi estómago se transformó en nervios. Cuando estaba a punto de bailar o salir al escenario, siempre me imaginaba guardándome a mí misma dentro del baúl de los disfraces, un baúl imaginario, en mi cabeza, y rápidamente me reemplazaba por el personaje que debía interpretar cuando bailaba. Ojalá pudiera hacer eso cuando estaba con

Harry. Guardar a la Alex que no sabía qué decir y actuar como una chica de catorce años que era ingeniosa y divertida. Cuando observaba a las compañeras de Harry en el colegio, ellas parecían seguras. Muchas veces estaban bromeando junto a los chicos o tomando el sol sentadas contra la pared del patio.

—¿Cómo va el ballet? He oído a mi madre decir que eres muy buena —dijo Harry.

—Bien. Me han dado el papel que quería para la próxima obra. Estoy contenta, aunque algo nerviosa —admití.

—Felicidades —dijo girando la cabeza hacia mí.

—Gracias.

Me pregunté cómo sería bailar frente a él. El cosquilleo en mi estómago empeoró con solo imaginarlo. Aunque no era que eso fuera a pasar. A la mayoría de los chicos que conocía no les entretenía mirar ballet.

—¿Por qué los nervios? —preguntó.

—Tengo que interpretar a dos personajes, Odette es inocente y de buen corazón, y luego esta Odile, que es cruel y engaña al príncipe del que está enamorada Odette para evitar que estén juntos.

—Si logra engañarlo, el príncipe en cuestión no parece muy inteligente —comentó Harry. Eso me hizo reír.

—Hay magia involucrada. Tienen el mismo aspecto —respondí.

—Mmm, el viejo truco del cambio de identidad...

Continué riéndome sin poder parar; mi risa llenó el vacío de la calle, y se perdió en la fresca brisa de otoño. Los árboles habían comenzado a cambiar sus colores, adornando la acera con hojas en tonos rojizos. Toby olfateó su recorrido hacia uno de los troncos y enterró la cabeza en una gran pila de hojas marrones con forma de estrella.

—¿Qué vas a escuchar? —pregunté mirando de reojo los auriculares.

—Todavía no me decido. Creo que voy a ponerlo en aleatorio —respondió pensativo.

Harry finalmente logró desenredar los auriculares, y pasó los cables blancos por detrás de su cuello para que le colgaran sobre el hombro. Estábamos a punto de llegar. Podía ver las azaleas de mi madre asomándose por los bordes del jardín. Al acercarnos, mi imaginación flotó fuera de control y dibujó una escena en la cual nos parábamos frente al pórtico de casa y Harry acercaba su rostro al mío para darme un beso de buenas noches que terminaba convirtiéndose en un beso de verdad.

Ese había sido el deseo que había pedido al meter el pequeño corazón rojo dentro del oso de felpa que había hecho en Construye un oso. El deseo que le había dado vida a Kristoff/ Harry. Al principio tuve la intención de desear que me aceptaran en la Royal Ballet School de Londres cuando llegara el momento de mandar mi solicitud. Pero luego pensé en aquellos brillantes ojos marrones y terminé susurrando: *Deseo que mi primer beso sea con Harry Bentley.*

Ese era el deseo que guardaba mi oso dentro de su relleno de algodón.

—Aquí estamos, la residencia Belle —anunció.

Moví mi pie contra el pavimento, preguntándome si algún día aquella escena se haría realidad.

—Gracias por acompañarme, por *acompañarnos* —me corregí.

Toby fue a saludarlo.

—No hay problema —dijo acariciando su gran cabeza—. Toby es mi compañero de caminata favorito. Incluso tenemos nuestros lugares secretos.

—¿Como cuáles?

—Si te los dijera, ya no serían secretos —respondió ofreciéndome aquella sonrisa que no necesitaba ningún esfuerzo para parecer traviesa.

Dudé por un momento, sin saber muy bien qué decir.

—¿Y si hacemos un intercambio? ¿Un sabroso muffin a cambio de uno de tus lugares secretos? —probé—. Mi madre hace los mejores muffins. Vainilla y chocolate, arándanos...

Harry se puso los auriculares y conectó el cable a su móvil.

—Un intercambio intrigante. Aunque voy a necesitar probar uno o dos muffins antes de aceptar —respondió—. ¿Trato?

—Trato.

¡Tenía un trato con Harry! Menos mal que era de noche, eso ayudaría a ocultar la expresión risueña en mi rostro.

—Buenas noches —dijo Harry dando un paso que nos acercó.

Mi corazón comenzó a ir más rápido, rápido, rápido.

Tu-tuc, tu-tuc, tu-tuc, tu-tuc.

Harry estiró su brazo hacia mí, ofreciéndome un puño para que chocara. Tardé en reaccionar, y cerré mi mano lentamente, acercándola a la suya.

—Con intención, Alex —me dijo sonriendo—. Debemos trabajar en un saludo mejor.

Asentí. Me sentía tan avergonzada que por poco me puse la capucha de la sudadera para esconderme.

—Buenas noches —murmuré.

—Suerte con la obra.

Harry Bentley se dio la vuelta, y se alejó. Incluso su silueta era bonita. Podía distinguir su esponjoso pelo y las líneas de la chaqueta.

Me quedé donde estaba. El momento que habíamos compartido parecía tan especial que quería recordar cada detalle.

• • •

La mañana del sábado dormí hasta las diez antes de compartir el desayuno con mi familia. Me encantaban los desayunos del fin de semana porque mamá solía hacer *hotcakes* de arándanos y plátano con sirope de arce. Mi combinación favorita. La de Olivia era plátano, fresas y una cantidad exagerada de Nutella.

Toby también sabía que era día de desayuno especial porque su hocico seguía encontrando mis manos debajo de la mesa, en busca de un bocado.

Mamá puso una jarra con zumo de naranja recién exprimido sobre la mesa y estiré la mano de manera atolondrada para ser la primera en servirme.

Olivia me imitó, aunque fue más lenta. Llené mi vaso y le saqué la lengua, comportándome como si yo fuera la menor en vez de ella. No podía evitarlo. Molestarla era demasiado divertido.

—Alex —dijo mamá negando con la cabeza—. Sé generosa con tu hermana.

Esta levantó los ojos en una expresión angelical que siempre conseguía derretir a mis padres. Le serví zumo y tomé un bol de almendras con yogur. Iba a necesitar energía para las largas horas de práctica que me esperaban.

Una vez que terminamos cambié mi ropa por unos leotardos azul noche y me puse mis calentadores de piernas favoritos. Mi abuela Beth los había tejido para mí. La lana era de un tono color crema y tenía lentejuelas rosas que combinaban con el material satinado de mis zapatillas de ballet.

Papá llevó a Olivia a la práctica de fútbol y luego me dejó en el estudio de Nina Klassen. La sala blanca con suelo de madera y pared espejada me era tan familiar como la sala de estar de mi casa. Probablemente por todo el tiempo que pasaba allí. La última vez habíamos ido a practicar al teatro donde serían las funciones para conocer mejor el espacio del escenario, pero estaba contenta de estar de vuelta en el estudio.

Poppy Hadley ya estaba bailando, impecable como siempre. Sumi la observaba sentada en una de las esquinas.

—Buenos días.

—Buenos días —respondió Sumi.

Sumi tenía su estuche de rotuladores y estaba dibujando una rosa sobre la base de sus zapatillas de ballet.

—Es inspiracional —dijo.

A Sumi le encantaba dibujar. Siempre tenía rotuladores y su pequeño cuaderno a mano cuando debía hacer tiempo entre ejercicios. Ella también había conseguido un rol importante: la reina madre.

—¿Crees que puedes inspirarme a mí también? —pregunté—. Siento que no estoy haciendo un buen trabajo con Odile.

—Claro.

Mi amiga tomó otro rotulador y llevó la mano hacia mi brazo.

—¿Un cisne negro? —preguntó sonriente.

—Supongo que eso puede ayudar.

Me quedé quieta, viendo a Poppy deslizarse sobre la madera con una gracia difícil de igualar. Con su pelo rubio en un recogido adornado por una flor y los leotardos blancos con tutú, parecía la diminuta bailarina de una caja musical.

Poppy hizo una serie de pasos en *piqué*, avanzando en rápidos giros, y los repitió una y otra y otra vez, sin quitar sus ojos del espejo para poder corregirse.

—Sí que es perfeccionista —notó Sumi.

Asentí. Todos nuestros compañeros eran persistentes. El ballet requería esfuerzo y práctica constantes. Muchas veces, los pies me dolían tanto que tenía que sumergirlos en un cubo de agua fría con hielo. Pero Poppy Hadley era más que persistente. Si el alumno promedio repetía el mismo ejercicio ocho veces, ella lo repetía diez. Ella era *esa* clase de chica.

—Buenos días —saludó Wes Mensah acercándose a nosotras—. Veo que hoy soy el último en llegar.

—Por poco. Yo he llegado hace cinco minutos —respondí.

Wes era uno de los tres chicos de nuestra clase y era quien interpretaría el papel del príncipe Siegfried. Tenía pelo corto y rizado y piel color caramelo. Sospechaba que a varias de las chicas les gustaba.

—Ayer me quedé jugando videojuegos con un amigo y ha sido difícil despertarme —dijo escondiendo un bostezo.

—Para eso son los viernes —dijo Sumi aún concentrada en dibujar sobre mi hombro.

—Y para comprar helado y ver películas —agregué yo.

—O para usar un vestido e ir a cenar a un restaurante elegante —continuó Sumi.

No podía coincidir en eso. Cuando no estaba en aquella sala, me gustaba vestir con vaqueros y Converse. Pasaba tanto tiempo en leotardos y tutús que cambiar de ropa me hacía sentir bien.

—O ir al cine con un gran balde de palomitas de maíz. —Wes hizo una pausa y agregó—: Si no tenéis nada que hacer podríamos organizar un grupo para ir la semana que viene.

La punta del rotulador hizo presión contra mi piel. Contuve una risita. Al parecer Sumi también pensaba que Wes era guapo. Seguro que pronto vería su nombre en nuestro cuaderno. Había algo tan relajado y bien intencionado en él. Tenía que ser el chico más maduro que conocía.

—Me gusta esa idea —dijo Sumi casi en un susurro.

Poppy, que no dejaba de repetir giros en el centro de la sala, nos lanzó una mirada de fastidio. Wes preguntó:

—Se la ve impaciente... ¿Está bien si practico con ella primero?

—Por supuesto, puedo empezar con otra escena —respondí.

—Voy a ir a la barra a entrar en calor —se disculpó—. Nos vemos en un rato.

Hablar con Wes era fácil. Cuando bailábamos juntos no lo veía como a un chico, sino como a mi pareja de baile. No me avergonzaba que tuviera que sujetarme de la cintura o tomar mi mano. Nuestro *pas de deux*, la secuencia de baile entre Odette y Siegfried, era, en mi opinión, una de las más encantadoras del ballet.

Las chicas del colegio solían preguntarme acerca de eso. Si era romántico o extraño. Pero no era ninguna de las dos. Era... *¿natural?*

Aunque entendía a lo que se referían. Con solo pensar en bailar de esa manera con Harry, podía sentir calor en mis mejillas.

—¡Listo! —anunció Sumi.

Incliné la cabeza hacia mi hombro. Podía ver el dibujo de un elegante cisne negro rodeado por pequeñas estrellas.

—Es muy bonito. ¡Gracias!

Terminé de ajustar mis zapatillas de ballet y me puse de pie. Usaría los calentadores de piernas para las primeras posiciones en la barra hasta entrar en calor. Nina Klassen siempre decía que nuestro cuerpo era nuestra única herramienta de trabajo y que debíamos prestar atención y cuidarlo.

Durante las siguientes horas no hice más que practicar. Primero sola, luego con el príncipe Siegfried, y luego sola de nuevo. Las partes donde era Odette me salían con más facilidad. Podía empatizar con la angustia de la joven, que intentaba liberarse de la magia que la convertía en un cisne cada vez que la luna se escondía. Pero cuando llegaba la parte de Odile... Cuando debía hacer la entrada al baile real y conquistar al príncipe, era como si mi baúl de los disfraces estuviera roto. Por más que hurgara y hurgara en su oscuro interior, solo podía encontrar algunas partes en vez del atuendo completo.

Nina me corrigió tantas veces que oír su voz se convirtió en una tortura.

Para cuando decidimos terminar estaba tan sudada que tuve que ir a las duchas del vestuario antes de poder cambiarme.

Estaba a punto de ir al aparcamiento cuando noté las luces encendidas de la sala: la elegante figura de Poppy todavía seguía allí dentro. Estaba en posición *pointe,* lo que significaba que el peso de su largo cuerpo reposaba sobre los dedos de sus pies y sus talones estaban despegados del suelo. Mantuvo la pose por unos momentos, su cuerpo una línea recta adornada por un tutú negro, y luego se dejó ir.

¿Cómo lo hace?, me pregunté a mí misma.

Me asomé a la puerta con sigilo. La música. Los pasos. Era la escena de Odile con la que yo estaba teniendo tanta dificultad. Poppy brilló en un despliegue de encanto, moviendo brazos y piernas con una técnica precisa. En la práctica anterior, cuando había hecho de Odette, había mostrado un lenguaje corporal más vulnerable. Ahora parecía alguien completamente diferente. Mi compañera se había transformado en la imagen segura y provocadora del cisne negro.

Me quedé observándola hasta que la escena llegó a su fin y Poppy notó que yo estaba allí.

—¿Necesitas algo? —preguntó.

—Solo estaba mirando. Estás haciendo un gran trabajo —respondí.

—Gracias.

La voz de Poppy tenía su habitual tono indiferente, aunque parecía contenta por el cumplido.

—Emmm… estoy… estoy teniendo problemas para hacer el cambio de cisne blanco a cisne negro —confesé sin poder detener la necesidad de compartir mis miedos—. ¿Cómo puedo representar algo que debe parecer hermoso cuando lo que está haciendo es tan cruel?

Me llevé la mano a la boca, avergonzada de que la pregunta se me hubiera escapado. Poppy no parecía estar teniendo problema con ello. Admitir tal cosa me hacía creer que no estaba lista para papeles tan importantes.

—Odile también es una persona con sus propios deseos y motivaciones. Ser la hija del hechicero Von Rothbart no puede ser fácil —respondió limpiándose el sudor del cuello con una toalla—. Es el rol que le ha tocado jugar y debe desempeñarlo.

—No. Yo creo que es una elección —respondí.

—Supongo que lo vemos diferente.

Poppy tomó su pequeña bolsa deportiva y pasó a mi lado, en dirección al vestuario. Tal vez la razón por la que no lograba interpretar a Odile era porque solo podía verla como una villana, cuando era mucho más que eso.

3

El fondo del lago

Di vueltas en la cama sin lograr dormirme. Eran las 08:30 de la mañana. Los domingos eran para descansar hasta tarde, pero mi cabeza pasaba de un pensamiento a otro, haciendo difícil que pudiera caer en un sueño.

Estiré la mano hacia el oso de peluche con chaqueta verde, Kristoff/Harry, y lo atraje hacia mí. Su suave cabeza olía al perfume de cerezos con el que rociaba las almohadas cada mañana al hacer mi cama.

Me quedé así un rato, con un pie enredado en las sábanas y la mirada perdida en el techo, hasta que no tuve más opción que levantarme. Toby dormía estirado sobre la alfombra con la lengua fuera. Era demasiado grande para entrar en la cama sin aplastarme, por lo que había reclamado la alfombra.

Elegí un par de vaqueros y una camiseta a rayas y me vestí. La casa aún estaba en silencio. Era la primera en despertarme. Tomé un bol de almendras y me acomodé en la mesa del comedor con el portátil que compartía con mi hermana. En palabras de mamá: «Una herramienta para trabajar en cosas de la escuela».

Habíamos tenido una larga charla acerca de redes sociales, ya que varios de nuestros compañeros tenían cuentas de Instagram, y mis padres coincidieron en que yo podía tener una, siempre y cuando fuera cuidadosa de no poner nada que diera información sobre el vecindario en el que vivíamos, ni hablara con extraños.

Olivia tenía que esperar a ser más mayor.

Me gustaba subir fotos bailando o fotos con poses graciosas con Sumi. Aunque la verdadera razón por la que quería tener una cuenta, además de compartir cosas con mis dos amigos (tenía más seguidores además de Sumi y Wes, pero no era como si me hablaran demasiado cuando estábamos en la escuela), era para poder ver la cuenta de Harry Bentley. No es que eso hubiera pasado, ya que su cuenta era privada y me daba vergüenza enviarle una solicitud de amistad.

Dudaba de que fuera a rechazarla, ya que Harry siempre había sido amistoso conmigo. Pero temía que fuera una pista demasiado grande de que me gustaba.

Por eso, me conformaba con ver su foto de perfil en la que estaba sentado en una grada, sonriendo para la cámara. La biografía debajo solo tenía una palabra: *Ahoy*.

Mientras comía, no podía dejar de pensar en la práctica del día anterior y en Odile. Deseaba poder mejorar con tanta fuerza que parte de mí quería tomar mis zapatillas de ballet y ponerme a practicar allí mismo.

Pensé en el pequeño lago que se escondía en el parque, al borde de las últimas casas del vecindario. Era un lugar tranquilo con espacio verde, y también era el hogar de cisnes y patos. A esa hora seguro que estaría vacío.

Me decidí y guardé la bolsa de semillas para aves que había comprado, dejé una nota para mis padres bajo uno de los imanes de la nevera y fui hacia el garaje a buscar mi bicicleta.

En el exterior encontré el mismo silencio que en casa. Nubes de un aburrido tono gris se mezclaban con el celeste del cielo. El típico clima de Bristol. Conduje mi bicicleta mientras admiraba lo pintorescas que se veían las casas en la soledad de la mañana.

Pedaleé a un ritmo tranquilo, usando el tiempo para despejar mi cabeza. El pequeño sendero de tierra por el que me desvié llevaba a un parque con tanto verde que podría ser un bosque.

El lago se escondía en un rincón, rodeado por altos árboles que lo mantenían oculto del camino principal. Dejé la bicicleta contra uno de los troncos. El paisaje dormía desierto, a excepción de las aves que flotaban sobre la espejada superficie del lago: algunos patos y una familia de cisnes con polluelos de plumas grises que se mantenían cerca de la agraciada pareja de blanco.

Me acerqué al borde con sigilo. Solo bastó con que una de las aves notara la comida para que el resto la siguiera y me rodearan en un revuelo de plumas y graznidos.

Muchos creían que los cisnes eran animales dóciles, pero eso no era cierto. Ni un poco. Una vez había visto a Toby querer pelear contra uno de ellos por una rodaja de pan y conceder su derrota cuando el cisne atacó con su pico y liberó un graznido salvaje.

—Hay para todos —les aseguré.

Arrojé puñados de semillas en diferentes direcciones, separándolos por grupo para que no pelearan. Una vez que vacié la bolsa, me quedé allí, intentando convencer a los patos que se me acercaban con ojos simpáticos de que no quedaban más semillas, hasta que regresaron a su nado despreocupado.

Estudié a la familia de cisnes, prestando atención a sus movimientos. La forma en que sus largos cuellos se estiraban dentro del agua. El aleteo que daban antes de sumergir el resto de su cuerpo en el lago.

Saqué el iPod que cargaba en el bolsillo y busqué la música del segundo acto, en el que Siegfried ve a Odette por primera vez. El sonido de instrumentos creció contra el silencio del paisaje, envolviéndome con la gentileza de una brisa.

Me quité las Converse y me quedé descalza sobre el césped, y luego me dejé guiar por la melodía. Mi cuerpo reaccionó como si junto a la música formaran su propio lenguaje. Si cerraba los ojos, podía verme a mí misma con un tutú blanco salpicado con plumas.

Era Odette. Estaba bailando a un lado del lago donde conocería a mi príncipe.

Levanté las manos hacia el cielo, fantaseando con la promesa de encontrar a mi amor verdadero. Mi cuerpo dio un pequeño giro e intenté imaginar una escena distinta, una bailarina vestida igual que un cisne negro, haciendo su entrada a un baile real con la intención de engañar el corazón de un príncipe.

Arqueé la espalda, llevé los brazos hacia atrás y la escena volvió a cambiar. Esta vez era una chica en vaqueros y camiseta, que bailaba frente a un público de patos. No era Odette, ni Odile, sino Alex.

Abrí los ojos, reconociendo el paisaje que imaginé dentro de mi cabeza.

Me dejé llevar por la melodía, bailando para mí misma en vez de seguir una coreografía. Mis piernas dieron un saltito y luego otro, se movían sobre el césped con libertad. Me desplacé junto al borde del lago, rindiéndome a la cadencia que iba mano a mano con la música.

Estaba a punto de completar la cuarta posición, una mano acariciando mi torso y la otra estirada hacia arriba con los dedos curvados imitando a una cuchara, cuando mi pie chocó contra algo en el suelo, y tropecé.

Todo sucedió tan rápido que no fui consciente de ello hasta que mi cuerpo chocó con la superficie del lago y un dolor punzante estalló en mi cabeza.

Un golpe ocasionado por una roca.

Mi cuerpo se hundió en el agua fría, se sumergió y se sumergió, hasta que mi entorno se volvió turbio. Lo último que logré ver con claridad fue mi pelo castaño moviéndose sobre mi rostro al igual que un alga, y un ribete de sangre que se perdía entre los rayos de luz que llevaban a la superficie.

Estiré la mano, desesperada por nadar hacia arriba. Pero el dolor en mi cabeza no hacía más que sumergirme.

Desde allí todo se volvió más confuso. Apenas logré abrir los ojos durante más de unos momentos.

Destellos de sombras.

Destellos de colores.

El mundo se volvió liviano y silencioso, tuve un momento de calma antes de ser absorbida hacia el interior de un hueco; comencé a girar en un torbellino de burbujas que se infiltró por la nariz. Tenía miedo. Estaba desesperada por salir de allí y poder respirar.

Creí ver el brillo translúcido de cristal.

La corriente me empujó por el estrecho túnel hasta liberarme de nuevo en un profundo espacio azul. Había tragado tanta agua que ya casi no me quedaba aire.

Mis pies, mis brazos, no tenían fuerza para nadar. Pero luego sentí un tirón. Algo me tomó por el cuello de la camiseta, llevándome hacia arriba.

Mi cabeza rompió la superficie y respiré con dificultad debido al agua en mi garganta. Podía ver un cielo que estaba comenzando a oscurecerse. Un resplandeciente paisaje blanco. Y... un cisne. Un majestuoso cisne con una delicada corona de cristal me estaba arrastrando hacia la orilla.

Las imágenes cobraron vida como si alguien las estuviera barajando frente a mis ojos como si fueran naipes.

Mi cuerpo finalmente dejó el agua y descansó contra la seguridad del suelo. El hermoso rostro de una chica se asomó sobre el mío. Era tan luminoso como las estrellas...

Eso fue lo último que vi antes de que todo se volviera negro.

4

LA NIÑA Y LA OSA

La silueta de una bailarina de blanco danzó a mi alrededor. El movimiento de sus pálidos brazos imitó el aleteo de un par de alas a la perfección. Odette, la reina cisne que alguna vez había sido una hermosa princesa. No llevaba el pelo recogido sobre su cabeza, sino que caía suelto al igual que rayos de luna. Tenía plumas en vez de cejas. Y un vestido hecho de nubes que flotaba alrededor de sus hombros.

Cuando abrí los ojos creí que estaba despertando de un sueño extremadamente vívido. Sin embargo, no encontré las paredes con lucecitas de mi habitación, sino un paisaje nevado.

Me abracé a mí misma de manera instintiva para resguardarme del frío. Solo que... el aire no era *frío*. Lo cual era imposible, dado que estaba rodeada por nieve y mi ropa estaba mojada. Mi camiseta tenía un agujero en la manga, los vaqueros estaban manchados con barro y mis pies estaban descalzos.

Estoy soñando.

El cautivante paisaje que me rodeaba podía ser de un sueño, aunque dudaba de que tuviera la imaginación suficiente para conjurar algo así. En el bosque había árboles vestidos con nieve y un lago de agua cristalina. Los cisnes que nadaban en él tenían plumas tan blancas como los silenciosos copos de nieve que caían sobre ellos.

Estiré la mano para atrapar uno: era húmedo, aunque no era como tocar hielo, sino espuma. Un leve resplandor color menta se deshizo desde su interior...

Era desconcertante.

El dolor en mi cabeza me hizo recordar el golpe. Mi única certeza era que había estado bailando en el lago del parque antes de caer en él y golpearme contra una roca.

Me llevé una mano a la garganta, reviviendo la horrible sensación de ahogo.

El cisne con la corona de cristal me había salvado. Y la chica... recordaba su hermoso rostro iluminado por la luz de la luna. Recordaba su pálido pelo rubio y sus gentiles ojos de un cálido color ámbar.

Tan parecida a como me había imaginado a Odette.

Seguro que el golpe me había afectado y estaba imaginando cosas. Era la única explicación. Aguardé sentada, esperando despertar. Los cisnes del lago se movían en línea, indiferentes a mi presencia. Busqué al ave con la pequeña corona, pero no pude encontrarla.

A medida que el tiempo pasaba, me entró frío en los pies y mi estómago rugió con hambre.

Si no podía despertar ni salir de aquella alucinación, tendría que buscar comida y prendas secas.

Presté atención al bosque blanco, decidiéndome por un camino que parecía tener menos obstáculos, y le eché un último vistazo al lago. La hermosa visión de los cisnes desplegando sus alas contra el paisaje nevado me retuvo allí.

Ojalá tuviera un móvil para sacarle una foto. Aunque no era como si pudiera llevarla conmigo si todo eso estaba pasando dentro de mi cabeza No iba a despertar con el móvil en mi mano y una fotografía de lo que había soñado para conservar de recuerdo.

Mi estómago se quejó de nuevo, haciendo que comenzara a moverme.

El camino me llevó hacia una fila de árboles con largas ramas blancas cubiertas con estalactitas. Me costaba creer que estuviera caminando descalza sobre la suave nieve que cubría el césped. Cada vez que movía un pie, un escalofrío recorría mi espalda con anticipación, pero el frío nunca llegaba.

Mantuve la marcha hasta que, poco a poco, el blanco fue desapareciendo, derritiéndose con el paisaje. Las ramas ya no estaban vacías; tenían hojas que susurraban entre ellas, formando un techo de claros tonos verdes sobre mi cabeza. Podía oír el sonido de animales que se escondían en la cercanía. Por un momento, incluso creí ver un búho espiándome desde el hueco de un tronco.

Me esforcé por continuar, a pesar de que la cabeza me latía con dolor y estaba hambrienta. Era la primera vez que sentía hambre dentro de un sueño. ¿Podía ser... que estuviera despierta? ¿Que todo lo que estaba viendo fuera real?

Pasé árbol tras árbol tras árbol, cerca de las lágrimas, hasta que finalmente salí hacia un claro y pude divisar una casa en la distancia.

El alivio que invadió mi pecho fue tan grande que corrí en esa dirección sin siquiera preguntarme quién vivía allí. Eso fue hasta que me acerqué lo suficiente para presenciar una escena que me detuvo donde estaba.

Una niña y un gran oso estaban sentados a una elegante mesa blanca puesta para el té.

La vocecita en mi cabeza enmudeció. No pude hacer más que mirar, juntando cada parte de la imagen como si estuviera montando un rompecabezas.

La niña tenía pelo castaño parecido al mío. Llevaba un vestido de un pálido color rosa con pliegues en las mangas y la manera en que sujetaba la tacita de porcelana me recordó a un retrato de la realeza británica. El oso a su lado tenía una corona de florecillas blancas. Las mismas flores que se extendían como una alfombra bajo la mesita.

—¿Quién eres tú? —preguntó la niña dirigiendo su atención a mí. Parecía de la misma edad que Olivia.

—Mi nombre es Alexina. Pero me llaman Alex —respondí—. Estoy perdida.

Di unos pasos de manera cauta por miedo a enojar al oso. El animal estaba sentado sobre el césped y tenía la misma estatura que la niña en la silla. Se le veía más interesado en lamer las tartaletas en su plato que en comerme a mí.

—¿Qué es eso que llevas puesto? Pareces un espantapájaros.

La niña movió la nariz con desaprobación. No pude hacer más que mirarla, notando nuevos detalles. Un adorno de perlas que sujetaba su largo pelo hacia atrás. Un bonito lazo rojo que se anudaba alrededor de su cuello. De no haberme sentido tan fuera de lugar, el comentario me habría ofendido más.

—Me caí en un lago lejos de aquí, y luego desperté en el lago nevado detrás de este bosque. No sé dónde estoy. —Al decirlo, mi garganta se cerró sobre las últimas palabras. Estaba perdida. Admitirlo me llenó de miedo. ¿Y si no podía volver a casa?

—Es una extranjera —le susurró la niña al oso.

El animal movió la cabeza hacia ella, prestándole atención. ¿Podía entenderla? La escena me recordó a una ilustración en mi libro de *Alicia en el País de las Maravillas.*

—¿Cómo es que no sabes dónde estás? —preguntó arrugando su frente de manera pensativa.

—No lo sé. No puedo explicarlo.

Me acerqué un poco más, tentada por la exhibición de dulces sobre la mesa: galletas glaseadas con diseños de mariposas. *Scones.* Tartaletas de frutas. Un gran pastel de chocolate decorado con nata y fresas.

Ni siquiera fui consciente de lo que estaba haciendo hasta que mi mano se cerró sobre una galleta y la llevé a mi boca. El delicioso gusto a vainilla y limón hizo que tomara otra, y luego otra, y otra, hasta vaciar el plato. Mi estómago se relajó en agradecimiento.

—No tiene modales… —susurró la niña.

El oso me estaba observando como si yo fuera el animal salvaje que vivía en el bosque. Dejé escapar una risa, demasiado hambrienta como para sentirme avergonzada.

—Lo siento. Mi estómago estaba gruñendo con hambre.

—Puedes tomar el té con nosotras. Yo soy Tamelina y ella es Mela. —Hizo una pausa y agregó—: No tengo otra silla, por lo que tendrás que quedarte de pie.

Era una osa. Una osa marrón que llevaba una corona de flores y sabía sentarse a la mesa a comer tartaletas de manzana y miel. Eso me convenció de que había sufrido un golpe que me hacía alucinar. Mi cuerpo debía de estar tendido inconsciente en algún lado, mientras que mi cabeza me entretenía con aquella extraña fantasía.

—Un placer.

Tenía tantas preguntas y, a la vez, no sabía por dónde empezar. Tamelina tomó la tacita vacía que estaba frente a Mela, sirvió té de manera experta y me lo ofreció. Aquella niña tenía mejores modales de los que yo lograría en toda mi vida.

—Gracias.

Tomé un sorbo y estiré la mano hacia una tartaleta adornada con rosas de azúcar. Era tan perfecta que por poco me daba pena comerla.

—Sé que suena extraño, pero de verdad no entiendo lo que pasó cuando caí en el lago, y me tiene muy preocupada. Por favor, dime dónde estamos —le pedí con desesperación.

—En el Reino de Lussel —respondió Tamelina en un tono de voz más amable del que había usado hasta entonces.

Nunca había oído ese nombre, ni experimentado un clima con nieve que no helara mi nariz, o sujetado copos de nieve con un resplandor color menta en su interior.

—¿Este lugar donde estamos ahora se llama Lussel? —pregunté señalando los alrededores.

Tamelina asintió.

—¿Estás… segura?

—Por supuesto que estoy segura. —La niña hizo una pausa y agregó—: Sé dónde vivo.

La forma exagerada en la que puso los ojos en blanco me recordó a mi hermana Olivia. Ella hacía el mismo gesto cuando se molestaba porque no la tomaba en serio.

—Entonces, ¿Lussel es un reino? ¿Con un rey y una reina?

—Hay dos familias reales. Una gobierna Lussel de Arriba, y la otra, Lussel de Abajo —explicó en tono paciente.

Inglaterra también tenía una monarquía, aunque la familia real representaba la historia y tradición del país, y el verdadero poder estaba en el Parlamento.

—¿Conoces otros lugares fuera de este reino? —pregunté.

—No —respondió la niña en tono certero—. ¿Dónde están tus zapatos?

Tamelina mantuvo la mirada en el *scon* en su mano, lo cortó por la mitad con precisión y lo untó con mantequilla.

—Creo que se quedaron al otro lado del lago… —hice una pausa y agregué—: ¿Alguna vez has oído hablar sobre alguien que apareciera en el lago con los cisnes?

—No. —Cortó una rebanada de pastel con la misma mano experta y me lo ofreció.

Apenas recordé respirar entre bocado y bocado. Todo lo que comía era tan sabroso que me hacía sonreír. Ni siquiera había probado algo así en la lujosa pastelería a la que siempre íbamos cuando visitábamos Londres.

—Deberías preguntarles a mis hermanos, viajan por todo el reino y suelen escuchar historias —sugirió.

La osa dejó escapar un sonido más suave que un gruñido, mirándola de manera expectante. Tenía pequeños ojos del color de las avellanas. Las flores que adornaban su cabeza le sentaban bien. Tamelina le dedicó una sonrisa de lado y cerró los ojos.

Un pálido destello rosado cubrió la mesa como un mantel. Nuevos dulces llenaron los platos vacíos. Galletas glaseadas en forma de corazón, en vez de mariposas. Tartaletas con moras y fresas. Delicadas masitas en tonos pastel que parecían sacadas de una pastelería francesa. Budín. Un panal de miel cortado en cuadrados.

Mela soltó un gruñido alegre, refregando su gran cabeza contra la mejilla de la niña. Esta dejó escapar una risita. El cariño que sentía por la osa era lo único que parecía sacarla de su postura compuesta.

—¡¿Cómo has hecho eso?!

Tenía que ser lo más maravilloso que había visto.

—Soy la menor de una familia de Conjuradores. Todos tenemos un don, el mío es conjurar dulces —respondió en un tono que le restaba importancia.

¿En ese reino existía la magia? ¿Y podían usarla para conjurar dulces? La idea me deleitó. Era como finalmente recibir mi carta de Hogwarts.

No entendía lo que estaba sucediendo, pero de repente sentí menos urgencia por descifrarlo. Me gustaba la idea de quedarme allí, tomando el té con la niña y la osa.

—¿Estoy comiendo dulces hechos de magia? —le pregunté fascinada.

—No. La magia se encarga de mezclar los ingredientes, pero no es uno de ellos —respondió Tamelina llevando la tacita de porcelana azul a sus labios en un gesto delicado.

Los postres resultaban tan tentadores que los probé todos hasta que mi estómago estuvo tan lleno que rehusó aceptar más comida. Mela también parecía satisfecha. Lamió la mejilla de su amiga, antes de estirarse sobre el césped, preparándose para una siesta.

—Tienes sangre en un lado de tu frente —señaló mi elegante anfitriona.

—Debe ser de cuando me golpeé con la roca —dije llevando la mano a mi cabeza—. Aceptaría una aspirina...

—¿Qué es eso?

—Algo que ayuda a aliviar el dolor.

—Mis padres no están, aunque supongo que mis hermanos pueden ayudarte —dijo Tamelina poniéndose de pie y alisando la falda de su vestido—. ¿Te gustaría pasar a nuestra casa?

5

LA CHICA DE LAS FLORES

La casa se escondía detrás de cercas cubiertas con viñas y rosas rojas. Tamelina me guio por la entrada, dejándome cara a cara con la encantadora imagen de su hogar.

Parecía una mezcla entre cabaña de cuentos de hadas y una de esas antiguas casas de campo inglesas que a veces veía con mi familia cuando íbamos por la campiña.

Era de piedra gris, con pequeños faroles que colgaban junto a las ventanas y un tejado azul.

El jardín tenía hermosas flores que se movían igual que peces de colores en un estanque. Nunca había visto nada igual. El aire parecía jugar con los pétalos, haciéndolos bailar en dirección al sol.

—Es tan bonito...

La expresión de la niña se iluminó con apreciación, aunque era evidente que estaba acostumbrada a verlo todos los días.

—Es obra de Lindy —respondió.

La seguí dentro, avergonzada de visitar un lugar tan encantador con prendas sucias y sin zapatos. La habitación que nos recibió era espaciosa. Lo primero que vi fue una mesa redonda de aspecto rústico con cinco sillas. En el centro había una graciosa tetera en forma de gallina. El otro lado de la sala se encontraba vacío, excepto por algunos objetos que bordeaban las paredes: baúles, pilas de libros, un telescopio.

Tamelina se asomó hacia unas escaleras, y llevó las manos a los lados de su boca.

—¡LINDY! ¡GLORIAN!

El grito me sobresaltó tanto que por poco di un saltito hacia atrás. Me coloqué con la espalda derecha, jugando con mis manos de manera nerviosa.

—¡NO ES NECESARIO QUE GRITES! —respondió una voz femenina desde arriba.

—¡TÚ TAMBIEN ESTÁS GRITANDO!

—¡PORQUE TÚ HAS EMPEZADO!

Apreté una mano dentro de la otra para evitar llevarla a mis oídos. Para alguien con modales tan refinados sí que podía levantar la voz.

Esperaba que sus hermanos fueran tan hospitalarios como ella, o al menos, lo suficiente como para prestarme ropa seca y ayudarme con mi jaqueca.

—¿Por qué estáis gritando? —preguntó otra voz.

Un joven de piernas largas entró en la sala.

Mi boca probablemente se abrió de par en par. Su rostro, su vestimenta... todo era *tan* llamativo.

—He encontrado a esta chica fuera —dijo Tamelina sin más explicación.

—Oh, Tam. ¿Qué te he dicho de traer cosas del bosque? Animales, sí; personas, no —respondió bajando la mirada y negando con la cabeza con una expresión dramática.

—Pero estaba hambrienta y tiene sangre en la cabeza.

Me quedé tan quieta como pude, sin saber qué decir.

¿Animales salvajes sí, pero chicas de trece años no? ¿Qué clase de regla era esa?

El hermano mayor de Tamelina me echó un vistazo rápido y sus labios se curvaron hacia un lado en una expresión que parecía entretenida.

—¿Por qué va vestida como un espantapájaros?

—Yo me he preguntado lo mismo —coincidió la niña.

—De donde vengo es normal vestirse así —intervine en tono defensivo—. Sin las manchas y los cortes, eso sucedió cuando caí al lago.

Las cejas del joven se arquearon con interés.

—Soy Glorian, a tu servicio —se presentó con una reverencia teatral.

Relucientes capas de pelo dorado se volcaron sobre su frente. Tenía rasgos delicados y ojos azul oscuro que tenían una forma ovalada igual que los de un gato.

—A... Alex.

Mi lengua por poco se trabó al pronunciar mi nombre. Glorian aparentaba unos dieciocho años. El abrigo largo que llevaba tenía un diseño refinado que abrazaba su fina figura. Le tela de terciopelo era del mismo azul noche que sus ojos y tenía un motivo de finas líneas doradas que se paseaban por las mangas y la espalda.

Era el chico más guapo e intimidante que había visto. *Aunque no más atractivo que Harry,* me recordé a mí misma.

—¿De dónde vienes, *A... Alex*? —preguntó Glorian.

—Es Alex —lo corregí con timidez—. Vengo de Bristol, es una ciudad en Inglaterra y... creo que queda pasando el lago hacia el otro... ¿lado?

Mi voz fue perdiendo fuerza a medida que hablaba. Sonaba a que estaba mintiendo.

—*Mmm,* muy interesante —respondió.

El joven apoyó su espalda contra el marco de la puerta, dándome su perfil. Las líneas de su rostro eran tan delicadas que me recordaban a las estatuillas de ángeles risueños que había en la casa de mi abuela.

Tamelina dejó escapar un suspiro aburrido.

—Tiene sangre en la cabeza, deberíamos ayudarla —remarcó.

—No me gusta ver sangre —respondió Glorian—. Hace que mi estómago actúe raro.

Acomodé mi pelo para tapar el corte. Los hermanos intercambiaron una mirada cómplice y volvieron sus cabezas en dirección a las escaleras.

—¡LINDYYYYY! —gritaron al unísono.

El sonido combinado de sus voces por poco me hizo saltar de nuevo.

—¡Voy, voy! —respondió la voz de una chica.

Un par de botitas blancas aparecieron por los escalones. Luego siguió un vestido tan llamativo como el sobretodo de Glorian. La parte de arriba imitaba una camisa de manga blanca dentro de un pichi lila que continuaba en una corta falda con bordes dorados. El cuello de la camisa estaba cerrado por dos largos lazos que caían sobre su pecho y se anudaban en el centro.

Un sonido de admiración escapó de mis labios.

Lindy tenía pelo de un rosa pálido. Lo llevaba en dos coletas que lo apartaban de su rostro, enseñando ojos de un azul violáceo. No parecía tener más de unos dieciséis años. La hermana del medio.

Todos en esta familia son muy guapos, pensé.

—¿Por qué tanto alboro...? Oh... —su mirada se detuvo en mí.

—Tam la ha encontrado fuera, tiene sangre en la cabeza y su ropa tiene el mismo aspecto que la de Buu —explicó Glorian.

No estaba segura de querer saber quién era Buu. Con solo ver la esplendorosa vestimenta de los tres hermanos, quería encogerme hasta desaparecer.

—¿Por qué estáis parados sin hacer nada? Parece como si fuera a desmayarse —dijo la joven de pelo rosa.

—Mela y yo le hemos dado dulces y té. Deberías haber visto la manera en que lo ha devorado todo —respondió Tamelina.

—Y yo he averiguado que su nombre es Alex y luego te he llamado para que puedas arreglarla —agregó Glorian.

Los dos intercambiaron miradas cómplices de nuevo.

—Sois terribles —dijo Lindy—. Ven conmigo, pastelito. Claramente necesitas un baño caliente y ropa nueva.

La chica de pelo rosa me ofreció una mano, acompañada de una sonrisa amistosa. La tomé sin vacilar. Me había llamado *pastelito*, lo cual no podía decidir si me agradaba o no.

—¡No tires su ropa! —nos siguió la voz chistosa de Glorian—. ¡Podemos lavarla y ponérsela a Buu!

Lindy me llevó hacia un cuarto con una gran bañera acomodada junto a la ventana. Preparó el agua y le agregó lo que parecían sales de baño. El aroma a flores hizo que me sintiera mucho mejor.

Mientras esperábamos a que se llenara, la chica mojó una toalla de mano y limpió la sangre seca del lateral de mi cabeza.

—¿Cómo te has hecho eso? —preguntó.

Le conté la historia, esforzándome por recordar cada detalle.

—Muy curioso —murmuró Lindy para sí.

—Estoy diciendo la verdad. Lo prometo —dije mirándola a los ojos y dejando los labios en una línea recta para parecer seria.

—Te creo. He escuchado algunas historias similares. A Glorian le encanta aprender sobre otros lugares, incluso colecciona objetos.

Entonces, ¿había otras personas que también habían cruzado el lago?

La encantadora chica de ojos violeta me colocó una pequeña venda y me dio privacidad.

Aquel baño resultó ser exactamente lo que necesitaba. La temperatura del agua estaba perfecta y podía sentir el efecto de las sales sobre mis músculos.

Me relajé tanto que por poco me quedé dormida.

Al terminar, me cubrí con una toalla, aliviada de descubrir que Lindy me esperaba fuera.

—Puedes usar mi cambiador —me dijo.

¿Cambiador? Sujeté la toalla con más fuerza de la necesaria, aterrorizada de que fuéramos a cruzarnos con Glorian.

Lindy me llevó hacia la última puerta que cruzaba el pasillo. Su habitación era un espacio lleno de luz y colores. La enorme ventana bañaba cada rincón con el naranja del sol e incontables bases con hermosas flores llenaban todas las superficies a excepción de la cama.

—¡Qué bonito! ¿Cómo lo haces para regarlas todas?

La pregunta se me escapó y, rápidamente, solté una risita avergonzada.

—Con paciencia —respondió Lindy compartiendo mi risa—. Y mi magia también me ayuda a mantenerlas contentas.

—Tamelina mencionó que sois una familia de Conjuradores...

—Así es. Lo mío son las flores. Puedo conjurarlas de la misma manera que ella conjura sus dulces —dijo orgullosa.

Eso lo explicaba todo. Me pregunté qué tipo de magia me gustaría tener. Estar rodeaba de flores era tentador, pero poder crear dulces tan deliciosos a mi antojo sería un don increíble.

Lindy fue hacia un armario al final de la habitación y lo abrió con un *Ta-daaa.*

El interior estaba completamente vacío.

Lo miré sin entender.

—Lo llamamos cambiador. Nuestra madre puede conjurar vestimenta y conjuró uno para cada uno —explicó con entusiasmo en la voz—. Es muy sencillo de usar: entra, cierra las puertas y piensa qué tipo de prendas te gustaría vestir.

—¡¿De verdad?!

Lindy asintió.

—Pruébalo.

Di unos pasos hacia el armario con cierta inseguridad. El interior de madera me recordó a como solía imaginar mi baúl de los disfraces: vacío, aunque con magia invisible a los ojos.

La joven de pelo rosado me deseó suerte, dándome un pequeño empujoncito de aliento antes de cerrar las puertas.

La luz se fue extinguiendo hasta que solo quedó un hilo de sol que se filtraba por la apertura del medio.

¿Qué me gustaría vestir?, me pregunté.

Normalmente elegiría algo similar a mis prendas sucias, pero mis anfitriones tenían un estilo tan elegante que no me atrevía a desear otro par de vaqueros. En especial después de que Tamelina y Glorian me compararan con alguien llamado Buu.

Estoy viviendo una aventura. Por lo que tiene que ser algo especial. Algo refinado sin ser demasiado pretencioso. Algo que me permita moverme con facilidad.

Un suave remolino de aire envolvió mis pies y creció hacia arriba. El cosquilleo que me produjo hizo que soltara la toalla. Era como si un par de manos invisibles estuvieran tomando mis medidas y cubriéndome con tela.

La peculiar sensación continuó hasta que sentí el peso de la ropa acomodarse sobre mi cuerpo.

—¿Y...? —preguntó la voz ansiosa de Lindy.

—Creo que ha terminado —murmuré.

Apenas tuve tiempo de llevar las manos hacia mi nuevo atuendo antes de que las puertas se abrieran, encandilándome con la repentina entrada de luz.

—Ohhh. ¡Estás adorable!

Estaba a punto de bajar la mirada para poder ver cuando Lindy se abalanzó sobre mí, y me cubrió los ojos.

—¡Espera! —dijo con urgencia—. Necesitas un espejo, así podrás ver todo el atuendo al mismo tiempo.

Me llevó junto a ella, dando unos pasos hacia el lado. La chica de las flores me gustaba más y más con cada momento que pasaba junto a ella. Su entusiasmo era tan contagioso que me hizo soltar una risita de expectativa.

—De acuerdo. A la cuenta de tres. Uno... dos... ¡TRES!

Me destapó los ojos y me enfrenté cara a cara con mi reflejo.

—Guau.

La Alex del espejo estaba genial. Llevaba un vestido de manga larga que se cerraba sobre su cintura y caía un poquito por encima de sus rodillas. El material era más suave que algodón, de un tono azul pastel con dos finas líneas burdeos que recorrían los bordes y puños.

Un diseño sencillo, aunque elegante. La corta capa que cubría mis hombros y caía hasta la mitad de mi espalda era mi detalle favorito.

Las botitas blancas se parecían a las de Lindy.

—¡Me encanta! —exclamé—. Gracias.

—Ha sido obra del cambiador, no podíamos dejarte esa ropa...

La forma en que movió la nariz me recordó a Tamelina.

—Por cierto, ¿quién es Buu?

Estaba segura de que me arrepentiría de haberlo preguntado, pero no podía contener la curiosidad. Lindy escondió una risita, puso las manos en mis hombros de manera gentil y me guio hacia la ventana.

La vista daba al jardín trasero, el cual también tenía muchas flores y estaba rodeado por la cerca con rosas rojas. Los dedos de Lindy apuntaron hacia una pequeña huerta custodiada por un espantapájaros. Un sonido de horror trepó por mi garganta. Llevaba una camiseta blanca y unos vaqueros. La única diferencia entre mi otro atuendo y el suyo era que Buu llevaba un sombrero hecho de paja rodeado por una bandana roja.

—Sabía que me iba a arrepentir de haberlo preguntado... —dije para mí misma.

—Tam y Glorian solo estaban bromeando, pastelito —me aseguró Lindy.

Me alejé hacia la cama y me senté en el borde. Me sentía exhausta. Y el día estaba lejos de terminar, tenía que encontrar una manera de regresar a casa antes de que mis padres se preocuparan. Lo cual era una lástima porque deseaba explorar el extraño reino en el que había caído.

—¿Cómo lo hago para volver a Bristol? ¿Debo nadar hasta el fondo del lago? —pregunté.

Lindy se sentó a mi lado.

—¿Así se llama el lugar de donde vienes? ¿Bristol?

Asentí.

—No quiero asustarte, pero no estoy segura de que vaya a ser tan fácil. Hasta donde sé, hay pocos portales que llevan fuera de Lussel y suelen estar cerrados —me explicó Lindy—. Es probable que se haya cerrado una vez que lo atravesaste.

—¿Y quién puede abrirlo?

—Solo los miembros de las familias reales tienen la llave. El castillo más cercano es el de Lussel de Abajo... ¡Oh! Glorian y yo partimos hacia las ferias mañana e iremos en esa dirección, puedes venir con nosotros —sugirió, emocionada.

¿Ferias? ¿Castillos? Sonaba estupendo. Un inquieto entusiasmo llenó mi estómago.

Eso fue hasta que imaginé a mi madre esperándome en el jardín de casa.

—Me encantaría... pero suena a que el viaje va a llevar días. Mis padres se van a preocupar mucho.

—El tiempo aquí transcurre de otra forma —respondió Lindy mientras pasaba una mano por mi espalda para reconfortarme—. Glorian lo entiende mejor que yo, debes pedirle que te lo explique.

El nombre del chico de pelo dorado hizo que bajara la mirada. Por alguna razón, lo encontraba intimidante.

Mis manos se extendieron por la falda del vestido. Todavía seguía sorprendida de estar vistiendo de esa manera.

—Está decidido, pasarás la noche aquí y mañana vendrás con nosotros. ¡Puedes ver nuestro espectáculo!

Lindy se puso de pie y dio un giro alegre con más gracia que cualquier bailarina que hubiera visto.

Si iban a dar un espectáculo, tenía que verlo. No podía imaginar nada mejor que poder pasar tiempo con aquella familia de conjuradores y artistas.

—¡De acuerdo! —acepté.

—Maravilloso. Ve a hablar con Glorian mientras me encargo de la cena.

6

El chico de los cristales

El pasillo parecía más largo que antes. Probablemente, porque seguía caminando de un extremo a otro, ojeando la puerta que me había indicado Lindy con cautela.

No podía simplemente entrar en su habitación y hablar con él. Alguien tan peculiar como Glorian seguro que no querría tener una conversación con alguien tan común como yo. Incluso me había remarcado que iba vestida igual que el espantapájaros de su huerta. Lo que, para mi desgracia, resultó ser cierto.

Si todo esto es un sueño, entonces Glorian no es más que un invento de mi imaginación, me dije. Pero si era real...

Estaba tan perdida en mi cabeza que no vi que la puerta comenzó a moverse. Un par de ojos tan azules como zafiros se asomaron con sigilo. Me recordaban a aquella joya en forma de corazón de la película *Titanic*. El corazón del mar. Ese era el color de los ojos de Glorian.

—¿Por qué caminas tanto?

La inesperada voz hizo que por poco gritara, sorprendida. Glorian me estaba mirando con una mezcla de curiosidad y humor.

—Lindy ha dicho que podía hacerte unas preguntas… pero no quiero molestar —respondí, avergonzada.

—¿Tienes algo del lugar de donde vienes? ¿Algún invento? —preguntó.

¿Invento? Me miré a mí misma, pensando.

—Tengo un reloj.

Moví hacia atrás la manga del vestido, enseñándole un reloj con diminutas estrellas junto a los números y una media luna en el centro. Un regalo de mis abuelos.

—Mmm, ya tengo de esos —respondió Glorian decepcionado.

La mayoría de mis pertenencias habían quedado en la mochila al otro lado del lago. Me llevé la mano al cuello, buscando el colgante que rara vez me quitaba. Era un pequeño caballito de mar hecho de plata. Me gustaba mucho, aunque suponía que podía dárselo después de todo lo que estaban haciendo por mí.

Lo desprendí con cuidado y se lo mostré.

—¿Qué hay de este colgante?

Los ojos de Glorian brillaron con interés.

—Me gusta.

Estiró la mano hacia mí y le entregué la cadenita.

Glorian contempló su nueva adquisición con una expresión satisfecha antes de abrir la puerta por completo e invitarme a entrar.

—Puedes pasar.

Mi estómago dio un saltito de anticipación. Era un poco diferente a la sensación que tenía cuando estaba con Harry, aunque eso no lo hacía menos intimidante.

No era más que una habitación; sin embargo, siempre había visto la mía como una puerta a mi personalidad. Un lugar íntimo donde las paredes exhibían quién era y qué cosas me gustaban. ¿De verdad iba a entrar en el mundo privado de Glorian?

—¿Planeas quedarte ahí de pie todo el día? —preguntó él de manera impaciente.

—No. Lo siento...

Di un paso, luego otro. Lo que encontré fue tan inesperado que dejé escapar un suspiro de asombro. Varios de los muebles estaban hechos de cristal. La mesita de luz, la estantería, un baúl. Preciosos adornos en forma de la estrella del norte colgaban del cielo, reflejando la luz que entraba por la ventana y quebrándola en diferentes colores.

Tamelina podía conjurar dulces; Lindy, flores; lo que significaba que Glorian...

—¿Puedes conjurar cristal?

—Así es.

Las paredes de la habitación estaban pintadas de azul, lo que hacía que todo cobrara un tono que se asemejaba a la profundidad del océano. Contuve el impulso de pasearme por cada rincón y me quedé quieta por miedo a romper algo.

—Ya no te pareces a Buu —observó Glorian.

Eso me hizo bajar la mirada hacia las botitas blancas.

—Menos mal —respondí con una risa nerviosa.

Glorian fue hacia el baúl. Podía ver parte de lo que había dentro gracias al cristal transparente, aunque se veía borroso.

—Me gusta coleccionar objetos que vienen de otros sitios. Cuando viajamos con Lindy, siempre me detengo a buscar a otros coleccionistas e intercambiar cosas.

La expresión en su rostro reveló el entusiasmo de un niño en la mañana de Navidad.

—¿Sabes de más personas como yo que hayan venido del lago?

—He oído historias, aunque eres la primera que conozco en persona —respondió con una mirada de reojo mientras extraía un objeto del baúl—. Lindy ha dicho que estás preocupada por el tiempo.

—Sí... no quiero que mis padres se preocupen si no vuelvo esta noche —murmuré.

—El tiempo en Lussel transcurre de otra manera.

Glorian vino hacia mí y se arrodilló para que no hubiera tanta diferencia de estatura. Era la primera vez que tenía la oportunidad de observar su rostro de cerca: piel clara; ojos que parecían el interior de un zafiro; pelo ligeramente arremolinado con tonos que iban de rubio a dorado. El elegante sobretodo les daba estructura a sus hombros, haciendo que no pareciera tan delgado.

El espacio dentro de mi pecho se endureció. Una sensación cálida subió por mi rostro y, sin embargo, lo que sentía no era romántico como con Harry, sino algo más parecido a admiración.

Glorian me deslumbraba. Quería agradarle. La situación me recordó a cuando había conocido a Poppy Hadley.

—Conseguí esto de un vendedor en la Aldea de Cuarzo —dijo mostrándome el objeto que sacó del baúl—. Afirmó que es de un lugar llamado Kansas.

El reloj parecía viejo. La banda de cuero marrón estaba gastada y el cristal tenía alguna que otra marca. La hora estaba retrasada.

Repasé mis clases de Geografía. Kansas era un estado en Estados Unidos. Lo cual explicaba la diferencia horaria.

—Sé dónde queda. Es lejos de casa, pero estamos en el mismo... ¿mundo? ¿Mapa?

Glorian me regaló una sonrisa.

—Bien. Entonces, su tiempo se mueve de la misma manera. —Llevó una mano a su abrigo y sacó un reloj de bolsillo—. El cual es insufriblemente lento en comparación con Lussel.

La cara del segundo reloj era diferente a cualquier otro reloj que hubiera visto. Las agujas se movían tan rápido que era como si estuvieran jugando una carrera entre ellas.

—Calculé la diferencia varias veces. Siete días en Lussel es solo un día en Kansas.

—Guau... ¿De verdad?

Asintió con certeza.

—Lo que significa que tengo al menos siete días para volver a casa —dije, contenta.

—¿Crees que puedes conseguir una llave de la familia real? —preguntó poniéndose de pie.

—Tengo que intentarlo.

Devolvió el viejo reloj al baúl, y lo guardó como si fuera un tesoro escondido. Los tonos azules, los cristales, hacían que el ambiente resultara relajado. Luego noté una mesa en la esquina, repleta de utensilios y pequeñas figuras. Todo hecho de cristal. Los pies me dirigieron hacia allí por sí solos. Parecía una estación de trabajo. Había herramientas afiladas y una variada exhibición de figuras en forma de animales, flores y objetos.

Mis ojos se detuvieron en un oso con una corona de flores en la cabeza. Una réplica transparente de Mela.

—¡Son muy bonitos! ¿Los has hecho tú?

—No toques nada —me advirtió Glorian.

Di un paso hacia atrás, avergonzada de haberme dejado llevar.

—Lo siento. Eres muy talentoso…

—Son para vender en la feria —me explicó mientras se ubicaba a mi costado.

—¿Cuánto cuestan?

—Cuatro lussines.

¿Lussines? Esa debía de ser la moneda que usaban allí. Quería comprar uno, pero no sabía de dónde sacar el dinero. Tal vez podía bailar en una de esas ferias camino al castillo. Cuatro no sonaba a un precio alto.

Si no tienes más preguntas, debo preparar el equipaje —dijo Glorian mientras echaba un vistazo a la puerta—. Te veré en la cena, Alex de Bristol.

La forma en que me llamó me formó una sonrisa. *Alex de Bristol.* Me gustaba.

—Gracias por tu tiempo.

Por poco hice una reverencia, lo cual no tenía sentido. Debía de ser el vestido. Hacía que todo pareciera más formal.

Me apresuré hacia la puerta antes de tener otra ocurrencia extraña.

• • •

La cena fue un evento entretenido. Lindy había preparado todo tipo de cosas ricas: pollo al horno con patatas perfectamente doradas y pequeñas zanahorias; pan recién horneado; un cremoso pastel de patata.

A pesar de ser hermanos, mis tres anfitriones tenían apariencias y personalidades muy distintas. Tamelina, con su rostro de muñeca y sus largas pestañas, era un ejemplo de buenos modales. Lindy era cálida y risueña, las coletas de su pelo me recordaban a algodón de azúcar. Y Glorian tenía un aire de misterio y travesuras.

Los escuché hablar sin intentar sumarme a la conversación. Todavía me costaba creer que todo eso fuera real. La familia de Conjuradores. El acogedor espacio que nos rodeaba. La deliciosa comida. Temía pestañear y que, al abrir los ojos, la escena se hubiera desvanecido.

—Nosotros debemos partir por la mañana, pero mamá y papá llegarán después del mediodía, por lo que solo estarás sola un rato —estaba explicándole Lindy a su hermana menor—. No metas a Mela dentro de la casa como la última vez. Mamá dijo que casi le da un infarto cuando la encontró durmiendo estirada sobre su cama. Sin mencionar que rompió una de las patas.

—De acuerdo.

Tamelina mantuvo una expresión inocente, aunque era claro que estaba esforzándose para evitar una sonrisa.

—Me hubiera gustado presenciar esa escena —dijo Glorian.

La comisura de sus labios se curvó con humor e intercambió una mirada cómplice con su hermana.

—Mamá estaba exagerando —respondió Tamelina.

Dudaba de que uno pudiera exagerar si encontraba a un oso durmiendo en su cama de manera inesperada.

—¿Hay osos en Bristol? —preguntó Tamelina dirigiendo su atención hacia mí.

—No en Bristol, pero sí en otros lugares. —Asentí—. Osos grises, osos panda, osos polares, osos hormigueros... —respondí enumerando las especies que recordaba.

La niña me observó con interés.

—¿Eres amiga de alguno?

—Mmm, no, pero tenemos un perro que es bastante grande. Su nombre es Toby. Es negro con algo de blanco en su hocico y su pecho, y marrón en las patas —dije.

Los tres me escucharon prestando atención.

—Nosotros tenemos un gato, Goblin. Aunque nunca podemos encontrarlo —dijo Lindy.

—El pequeño cretino duerme siestas en los lugares más insólitos —agregó Glorian.

Una vez que terminamos de cenar, Tamelina tomó toda la comida que quedaba y desapareció por la puerta que daba al jardín. Podía imaginar a la osa esperando con una expresión alegre.

Sus hermanos intercambiaron miradas que hablaban por sí solas.

—Sabes que una vez que nuestra carreta se pierda de vista, Mela se pondrá cómoda en la sala de estar, ¿verdad? —dijo Glorian estirando los brazos con una expresión somnolienta.

—No me cabe la menor duda. Al menos he cumplido con mi parte de advertirle —respondió Lindy en tono inocente.

Dejé escapar una risita que se transformó en un bostezo. Estaba tan cansada que podría dormir de pie. ¿Cuánto tiempo había pasado desde que había despertado en casa el domingo a la mañana?

—Puedes dormir en mi habitación, pastelito. Te prepararé una cama junto a la mía.

—No es necesario, puedo acomodarme en un sillón —le aseguré.

—Necesitas una buena noche de sueño si vas a venir con nosotros —dijo Lindy mientras iba hacia las escaleras.

—Déjame ayudarte.

—Descansa, conejito —me saludó Glorian con una sonrisa llena de humor.

Mis mejillas se volvieron rojas. *¿Conejito?*

—Gracias.

Me apresuré hacia arriba. Lindy ya se había puesto a trabajar, acomodando una manta en el suelo, acompañada por sábanas y almohadones. Parecía una fiesta de pijamas. Era la primera vez que dormía en una casa ajena que no fuera la de Sumi.

El cambiador me dio un camisón blanco y me dejé hundir contra la mullida cama improvisada, perdida en el cítrico aroma de las flores que perfumaba la habitación.

Esperaba seguir allí cuando despertara por la mañana. Por supuesto que quería regresar a casa, pero también quería pasar más tiempo en Lussel. Viajar con Lindy y con Glorian, ver su espectáculo, conocer el castillo y a la familia real.

La imagen del cisne con la pequeña corona de cristal vino a mi cabeza en cuanto cerré los ojos. Podía sentir el pico del ave contra el cuello de mi camiseta. Ver el rostro de una hermosa joven con pelo que resplandecía al igual que la luna llena a su espalda.

—¿Lindy?

—*Mmm.*

La joven de cabello rosa estaba recostada en su propia cama.

—Cuando estaba en el lago nevado, en el bosque, un cisne con una corona de cristal me salvó de que me ahogara —mi voz se perdió en aquel espacio de flores—. Y luego creí ver a una chica de pelo pálido. Parecía de mi edad. Con labios rosados y ojos que se veían tristes.

—Suena a la historia de Odette.

Me levanté tan rápido que de no haber estado en el suelo seguro que me hubiera caído.

—¿Conoces la historia de Odette? —pregunté, asombrada.

—Por supuesto, fue una de las reinas más populares y bellas de Lussel —respondió Lindy.

¿Reina? ¿De verdad había existido? ¿No había muerto por un corazón roto?

—¿Puedes hablarme sobre ella? —le pedí.

—Sucedió varias generaciones atrás. Odette era una joven princesa que cayó bajo el maleficio de un hechicero. La magia la transformó en un cisne, y solo podía recuperar su forma humana durante la noche. El príncipe Siegfried intentó rescatarla, pero fue engañado por una joven llamada Odile que era igual que la princesa. —La dulce voz de Lindy iluminó la oscuridad de la habitación—. Odette vio al príncipe besando a la muchacha equivocada y corrió de vuelta al lago, donde el peso de su angustia casi la ahoga. Por fortuna, Siegfried descubrió su error y se adentró en el bosque decidido a encontrarla. La historia dice que nadó hacia el fondo negro del lago y emergió con Odette en sus brazos. El hechizo se rompió y permanecieron juntos por siempre.

Unas cuantas lágrimas cayeron por mis mejillas, trazando un húmedo recorrido hasta mi cuello. El final de esa historia me gustaba más que el que conocía de la primera producción que había visto. Siegfried la había salvado. Odette no murió con el corazón roto.

—¿Has oído hablar de ella? —preguntó Lindy.

—Sí...

Se lo conté todo acerca del famoso ballet y que tomaba clases de danza clásica e interpretaría a Odette y a Odile. Hablamos tanto que durante un rato el sueño se me fue por completo. Estaba tan emocionada de haber descubierto un final feliz que no podía dejar de mover los pies contra el aire como si estuviera bailando.

—Seguro que alguien de tu mundo viajó a Lussel y escuchó la historia —dijo Lindy en tono risueño—. Me encantaría ver todas esas danzas... suena muy romántico.

—Ojalá algún día pueda enseñártelo —dije con un bostezo.

Una pregunta intentó despabilarme antes de que el sueño me alcanzara de nuevo.

—Si Odette vivió hace mucho tiempo... ¿quién era el cisne que vi?

—No lo sé —respondió la voz de Lindy en la oscuridad.

¿Quién era?

La vocecita en mi cabeza repitió la pregunta, cargándola dentro de sueños sobre bailarinas que danzaban en un lago cubierto por plumas.

7

LA VIDA DEL ARTISTA

El perfume me hizo cosquillas en la nariz y me sacó de un sueño que olvidé en cuanto abrí los ojos. Estaba rodeada por flores, algunas blancas, otras rosas, lilas, rojas. La pálida luz que se filtraba por las cortinas las salpicaba de tonos dorados.

La escena era tan idílica que permanecí así, sin siquiera estar segura de dónde me encontraba. Y luego lo reviví todo: las escenas del día anterior pasaban frente a mis ojos.

Me incorporé tan rápido que sentí un tirón en el cuello. Estaba en la habitación de Lindy. En aquel extraño reino llamado Lussel, donde la nieve no era fría y mis anfitriones tenían magia.

¿Entonces...? ¿Aquel lugar era real?

Como si aquella idea no me hubiera paralizado lo suficiente, un par de grandes ojos amarillos me sorprendieron desde la otra cama.

Dejé escapar un gritito que sobresaltó al animal, haciéndolo retroceder. Era un gato.

—¿Pastelito?

Lindy se asomó por la puerta. Era tan bonita como la recordaba. Su pelo rosa estaba en dos coletas adornadas por lazos lilas que combinaban con el moño en el cuello de su camisa. Llevaba el mismo vestido en forma de jardinero del día anterior.

—Oh, has encontrado a Goblin —dijo en tono alegre—. Lo estaba buscando para despedirme.

El gato saltó hacia el suelo y fue a restregarse a los pies de su dueña.

—Hay un plato especial esperándote abajo, pequeño consentido —dijo acariciando su cabeza antes de dirigir la mirada hacia mí—. Partiremos después del desayuno. Tam ha conjurado tartaletas de fresas y otros dulces.

Con solo imaginar las delicias que me esperaban, quería correr hacia abajo en pijama.

—Bajaré enseguida.

—Prepara todo lo que quieras llevar contigo... —Lindy hizo una pausa—. Supongo que no tienes mucho. No te preocupes, Glorian y yo siempre llevamos un cambiador más pequeño en caso de necesitar un cambio de vestuario.

Mi nuevo vestido azul y botitas blancas aguardaban acomodados de manera ordenada en una silla.

Disfruté de un espléndido desayuno que me dejó con el estómago lleno. Glorian llevaba su majestuoso sobretodo. El colgante con el caballito de mar que le había dado colgaba de su cuello.

¡Lo está usando!, gritó una vocecita en mi cabeza.

Traté de no mirar demasiado. Tamelina estaba sentada a mi lado, tomando té en silencio. Su largo pelo castaño estaba adornado por una goma que lo mantenía hacia atrás.

—¿Vas a entrar a Mela? —le pregunté en un susurro.

—Por supuesto que no.

Respondió en tono serio, aunque sus labios la traicionaron con una pequeña sonrisa.

—Dale un saludo de mi parte —dije.

Tam me miró de reojo y su expresión se suavizó.

—Lo haré. Espero que puedas conocer a la familia real y que te den la llave.

—Gracias.

—Creo que están listos para partir.

La niña me acompañó hacia el jardín donde sus hermanos mayores aguardaban junto a una carreta de madera con dos simpáticos burritos. Uno era gris, con un sombrero de paja que tenía dos huecos para sus largas orejas, y el otro era blanco con un collar hecho de margaritas.

—Estos son Nimbi y Daisy —los presentó Lindy.

—¡Son tan bonitos!

Me acerqué a ellos, y acaricié el hocico de cada uno. Estaban bien cuidados. Con el pelaje brillante y suave. El gris, un poco más rechoncho que el blanco.

La carreta ya cargaba dos baúles y unos sacos con zanahorias y manzanas.

—No te preocupes por el peso, tiene un hechizo que lo hace todo más liviano —me explicó Lindy.

Sonreí. Me encantaba cuando las personas cuidaban bien de los animales.

—Es hora de partir.

Glorian fue hacia su hermana menor y le dio un abrazo, y susurró algo a su oído. Tam escondió una risita contra su hombro.

—Sé una buena niña —le dijo guiñándole un ojo.

—Siempre —respondió Tamelina en tono angelical.

Lindy los observó como si se tratara de dos diablillos en vez de sus hermanos. Al abrazar a Tamelina le susurró su propio secreto y Glorian intentó escuchar sin mucho disimulo.

—Es un asunto de chicas —le dijo Lindy sacándole la lengua.

Ver la forma en que interactuaban era tan entretenido que deseé tener un hermano mayor que hiciera las cosas en casa más interesantes. Ojalá pudiera compartir con Olivia todo lo que estaba viviendo...

Cuando llegó mi turno, Tamelina tomó la falda de su vestido y me dedicó una agraciada reverencia.

—Suerte en tu viaje, Alex de Bristol.

Entonces, ¡sí hacen reverencias! Me puse casi de puntillas e hice una *pirouette*; un giro sobre una pierna. Sin mis zapatillas de ballet me era imposible hacerlo de la manera correcta, aunque di un giro completo y, al terminar, incliné mi torso hacia abajo en una reverencia.

—Gracias por tu hospitalidad, Tamelina de Lussel —dije con una risita.

Los ojos de la niña se abrieron con sorpresa, mirándome con más interés del que me había demostrado en toda mi estancia.

—La próxima vez tienes que enseñarme a hacer eso —me pidió.

Lindy aplaudió.

—¡Ha estado estupendo!

Tras despedirse una vez más, Glorian se acomodó sobre el asiento del conductor y dio un silbido. Los burritos levantaron las orejas con atención.

Estábamos a punto de partir.

Lindy me ayudó a subir a la carreta y me indicó que me sentara a su lado. Las ruedas no tardaron en moverse, dándonos un leve impulso hacia atrás.

La escena tenía todos los ingredientes de una prometedora aventura.

• • •

Nuestro primer destino fue el Valle Azulino, un pacífico lugar que se escondía dentro de un círculo de montañas esmeraldas. A medida que nos fuimos adentrando en el corazón del valle, pude ver por qué se llamaba así. Florecillas azules de cuatro pétalos cubrían todo lo que la luz tocaba y la sombra escondía: césped, troncos, rocas, muros. Las casitas de piedra que habían comenzado a aparecer a los laterales me hicieron pensar en migajas de pan que indicaban el camino hacia el pueblo.

La visión se completaba con gorriones turquesas y mariposas celestes que volaban sobre las flores, camuflándose con tanta frecuencia que era difícil encontrarlos.

Estiré las piernas, tratando de liberarme del calambre que me estrujaba los músculos. Había perdido la noción de cuánto tiempo llevábamos en la carreta. Demasiado. Pero no era como si estuviera sentada en el asiento trasero del coche familiar y pudiera quejarme.

Tenía que ser paciente.

Lindy sacó unas galletas y las repartió entre los tres. Tamelina nos había preparado todo tipo de dulces que fuimos comiendo durante el camino.

Después de un extenso debate dentro de mi cabeza, una manera de pasar el tiempo, terminé convencida de que, si pudiera elegir entre los tres dones: dulces, flores y cristales, mi elección sería dulces.

Estaba a punto de perderme en lo que fuera que cruzara por mi cabeza una vez más cuando Glorian comenzó a silbar una melodía alegre.

Los burritos aceleraron el paso, ansiosos por llegar y terminar su día de trabajo.

—Ya casi hemos llegado —dijo Lindy.

Las casitas se empezaron a repetir con más frecuencia. Fuimos por un camino marcado por pequeños faroles que llevaban hacia algo similar a un parque.

—¿Qué tipo de espectáculo montaréis? —pregunté, ansiosa por verlo.

—Una celebración para los sentidos. Una deslumbrante presentación que reúne magia, música y misterio. Las tres *M* que importan —respondió Glorian levantando el mentón de forma orgullosa.

Lindy acarició uno de los listones en su pelo y miró a su hermano como si seguirle la corriente fuera inevitable. Al adentrarnos por las callecitas de tierra noté que las personas que transitaban por el pueblo vestían ropa menos llamativa que la de mis anfitriones.

Algunas mujeres llevaban vestidos con bonitos delantales adornados por ribetes que me recordaron a cuando tuve que disfrazarme de campesina para un acto escolar. Y muchos de los hombres llevaban pantalones claros y camisolas sueltas. Atuendos relajados para un día de trabajo en el campo.

—Haremos nuestra primera presentación y luego buscaremos una posada donde pasar la noche —me explicó Lindy.

—Así vamos pueblo por pueblo. Esa es la vida del artista —agregó Glorian.

La carreta se detuvo y la alta figura del joven se irguió. Observó los alrededores como si estuviera buscando el escenario ideal.

—¡No puedo esperar a veros! —exclamé.

Sabía que ambos tenían magia, aunque apenas podía contener el entusiasmo de ver cómo transformaban sus habilidades en un espectáculo para entretener.

Bajé de la carreta con cuidado, moviendo las piernas poco a poco hasta deshacerme del calambre. Lo último que necesitaba era una lesión que me impidiera bailar.

Las personas del valle comenzaron a cerrarse en torno a Lindy y Glorian, mientras intercambiaban susurros exaltados. Sabían quiénes eran. Incluso oí los nombres de los hermanos pasar de boca en boca.

—Hola, hola, es un placer veros de nuevo —dijo Glorian alzando la voz y moviendo sus manos en un saludo—. Estamos de vuelta y tenemos un nuevo acto que nos gustaría compartir con vosotros.

Su lenguaje corporal había cambiado al de alguien que estaba acostumbrado a recibir atención. La forma en la que su rostro se iluminó con cada palabra, mientras se ganaba la atención de las personas, me recordó a los bailarines que conocía de mi academia de baile. El tipo de artistas que se transformaban en alguien completamente diferente en cuanto las luces los apuntaban.

—Busca un buen lugar, pastelito —me dijo Lindy.

La joven intercambió una mirada con Glorian. Ambos se dirigieron hacia el centro del parque.

Bordeé las tiendas que rodeaban el espacio y me senté junto a los niños, delante de una multitud que se agrandaba con cada momento.

Glorian se acomodó detrás de su hermana, dándole protagonismo. Llevaba algo en sus manos. Un instrumento. Era similar a una lira, con bordes dorados que combinaban con su abrigo y cuerdas de un plateado brillante.

¿Glorian sabía tocar la lira?

La idea me fascinó. Aguardé en silencio, compartiendo la misma expectación que la multitud que me rodeaba.

El joven mantuvo sus ojos azul noche en el público, jugando con el suspense, jugando y jugando, para luego inclinar la cabeza hacia abajo en un gesto dramático. Unos mechones de su pelo dorado cubrieron parte de su rostro, dejando entrever la sombra de una sonrisa que curvaba sus labios.

La música del instrumento reemplazó el silencio en una rápida sucesión de notas.

Lindy movió sus brazos en una hipnótica danza que se extendió al resto de su cuerpo. El hilo de luz lila que bailaba entre sus dedos conjuró flores silvestres que la rodearon al igual que una lluvia de confeti.

Caí bajo su conjuro junto al resto de inmediato, uniéndome a sus *Ohhhh* y sus *Ahhhh*.

Ver a Lindy era como ver el cambio de las estaciones. El abanico de flores en sus manos cambiaba de forma y color, pasando por tonos que iban de verano a otoño y de invierno a primavera. Cada flor nueva seguía la secuencia de sus movimientos, al igual que el ritmo de la música, en perfecta sincronía.

Nunca había visto a nadie bailar de una manera tan libre. La corta falda lila giraba de manera constante y las dos coletas con rizos rosados volaban sobre sus hombros.

La melodía de Glorian la acompañaba a la perfección.

Lindy envolvió al público con su hermoso acto y luego se mezcló entre ellos, regalando rosas y haciendo coronas de margaritas para las niñas.

Incluso me ofreció una a mí, acompañada de una vibrante sonrisa. Todos parecían cautivados por su magia. O al menos, casi todos. Había un grupo de jovencitas con vestidos bonitos que solo parecían tener ojos para Glorian. El grupo decía su nombre con frecuencia, compartiendo risitas.

Aunque él no se daba por aludido. Su mentón continuó gacho, mientras sus finos dedos se paseaban por las cuerdas de manera despreocupada.

Me pregunté si cuando yo fuera un poco más mayor, al igual que esas chicas, perdería la vergüenza y haría ese tipo de demostraciones evidentes. Lo dudaba. Con solo imaginarme actuando de esa manera frente a Harry, gritando su nombre entre risitas, quería esconderme detrás de un árbol.

Lindy terminó su acto con una lluvia de pétalos que cayó sobre su público en una llovizna de colores. Recibió tantos aplausos como monedas. Uno a uno, su público se acercó a saludarla, dejando un reconocimiento en un pequeño cofre.

La joven de ojos violeta se tomó unos momentos para dar las gracias a todos antes de cambiar de lugar con su hermano.

Glorian guardó la lira y le entregó otro instrumento. Una flauta hecha de cristal.

Tras intercambiar unos susurros, Lindy besó su mejilla antes de hacerse a un lado y llevar la boquilla de la flauta hacia sus labios.

Las notas que surgieron fueron lentas e hipnóticas. La figura de Glorian se mantuvo quieta a la vista de todos, prolongando el aire de misterio que lo envolvía junto a su abrigo. La sutil melodía de la flauta contribuyó a la atmósfera dramática.

Y luego levantó sus centelleantes ojos de zafiro hacia el público.

Las puntas de sus dedos acariciaron el aire, desprendiendo un pálido humo gris. Glorian tomó un puñado y se lo pasó de una mano a la otra, estirándolo como si se tratara de un ribete con la consistencia de una nube. Lo exhibió de manera lenta, dejándolo volar, antes de encerrarlo entre ambas manos y comenzar a amoldarlo.

Su acto fue pausado y cautivante, cubierto por un velo de suspense que funcionaba perfecto con la melodía de la flauta.

Glorian estiró el brazo hacia el público, exhibiendo un caballo de cristal sobre la palma de su mano. Los aplausos estallaron al unísono y el joven de pelo dorado los recibió con su enigmática sonrisa.

El espectáculo continuó y Glorian produjo nuevas figuras que acomodó sobre un pañuelo violeta junto al cofre. Un oso, un sombrero con flores, una flor, un gato, una pareja de burritos, una corona...

El último objeto me recordó a la pequeña corona de cristal que llevaba el cisne en el lago nevado. ¿Podía ser...? ¿Que Glorian se la hubiera hecho? ¿Que supiera quién era?

8

El rostro detrás del antifaz

La posada en la que pasamos la noche era una acogedora cabaña con muebles blancos y cortinas con motivos de patos. Patos con lazos en sus cuellos. Patos con botitas de lluvia. Patos con galeras. Patos con sombrillas. Patos con capas.

Eran tantos que había soñado con ellos. Me desperté en una gran cama y encontré a Lindy durmiendo a mi lado. Lo último que recordaba era haberme sentado en los mullidos sillones de la sala de estar después de la cena. La posadera nos había ofrecido chocolate caliente y los tres habíamos disfrutado de sentarnos juntos frente al fuego de un hogar.

Y luego... no estaba segura.

Me cambié en silencio, fui cuidadosa de no despertar a Lindy y me dirigí hacia la planta de abajo.

Creí que estaría sola, ya que era temprano, pero me encontré a Glorian estirado sobre uno de los sillones. Llevaba un sobretodo diferente. Este era de un rojo oscuro con botones dorados y detalles en negro. El diseño me recordó al uniforme de los soldados que había visto cuando había visitado la torre de Londres con mi familia.

Tenía el brazo sobre su rostro como si estuviera descansando. Di un paso hacia atrás. No quería molestar, era mejor si volvía a la habitación.

—Buenos días, conejito.

Mi rostro se enrojeció, como cada vez que me llamaba así.

—Buenos días.

No entendía por qué me sentía tan intimidada.

—Ayer te quedaste dormida y tuve que cargarte a la habitación. —Glorian se estiró al igual que un gato.

¿Había estado tan dormida que no noté a Glorian cargándome en sus brazos por las escaleras?, me pregunté, incrédula. Debía de estar desmayada.

—Gracias. Espero no ser demasiado pesada.

—Solo un poco más que Tam —respondió con una expresión despreocupada—. Tamelina es sorprendentemente liviana para alguien que come tantos dulces.

Glorian se incorporó, bajando sus largas piernas del sillón para que pudiera sentarme. Acepté la invitación, e intenté actuar de manera normal.

—El espectáculo que hicisteis ayer fue estupendo, nunca había visto nada parecido... ¿Quién os enseñó a tocar los instrumentos? —pregunté.

—Eso es un secreto.

Glorian me miró de reojo con una sonrisa llena de misterio.

—Pero estoy dispuesto a hacer un intercambio. Si me explicas algo sobre el lugar de donde vienes, qué tipo de paisajes tiene, cómo visten las personas, qué comen, qué trabajos tienen... —dijo enumerándolos con sus dedos—, compartiré ese pequeño secreto contigo.

—¡Trato!

—Espera aquí, le pediré a la posadera si nos puede preparar té y galletas. No hay nada más trágico que escuchar una buena historia sin té y galletas...

Estaba completamente de acuerdo. En Inglaterra, preparar una buena taza de té era algo que nos tomábamos muy en serio. Mamá siempre tenía una tetera lista para cuando Olivia y yo volvíamos de la escuela.

Glorian dejó la sala silbando para sí mismo. Lo oí intercambiar palabras con la señora Dotty, una mujer con pelo blanco y un delantal con patos, y minutos después regresó con una bandeja.

Me encantaba oír historias, aunque no solía contarlas. Era ese tipo de chica que agachaba la cabeza en clase con la esperanza de que la profesora se olvidara de mí y no me hiciera leer en voz alta.

Intenté imitar el tono pausado que solía usar mamá cuando me narraba cuentos y comencé a describir Bristol como si se tratara de una tierra lejana en vez de la ciudad en la que había vivido toda mi vida.

Le hablé sobre mi vecindario, mis lugares favoritos, las profesiones de mis padres, lo altos que podían ser los edificios, los medios de transporte como los trenes y los aviones…

Glorian parecía tan inmerso en mi relato que, por un momento, dudé de si me estaba escuchando o si se había perdido en alguna parte de su cabeza como a veces me pasaba durante las clases de Matemáticas.

Cuando me quedé sin más cosas que decir, Glorian me observó sin siquiera pestañear.

—Necesito conocer ese lugar —dijo finalmente.

—Si yo pude pasar a Lussel, de seguro tú también puedes pasar a Bristol —respondí.

Tal vez podría regresar conmigo.

—Me metería en problemas. —Hizo una pausa y agregó—: Aunque definitivamente es el tipo de problema en el que planeo meterme algún día.

Sostuve la taza vacía en mi mano, una delicada creación de porcelana con un pato que llevaba una capelina rosa, y lo miré de manera expectante.

—¿Cuál es el secreto? —pregunté.

—Debes prometer no decírselo a nadie.

—¡Lo prometo!

Glorian llevó su mano hacia algún bolsillo en el interior de su abrigo y sacó la flauta de cristal.

—Observa…

Este se llevó la boquilla a los labios y tocó una entretenida melodía. La forma en que soplaba, en que movía sus dedos, resultaba… *graciosa*. Como si estuviera haciendo movimientos al azar en vez de centrarse en seguir notas.

—El don de mi padre es la música —me explicó Glorian en voz baja—. Debemos imaginar la melodía en nuestra cabeza y los instrumentos hacen el resto por sí solos.

Solté una risita, deleitada por ser parte del secreto.

—Sois la familia más talentosa que conozco.

—Gracias, conejito. —Curvó los labios con humor y agregó—: O, mejor dicho, *patito*. ¿Has notado el exceso de patos que hay en este lugar?

Asentí de manera enfática, enseñándole la taza.

—Están en todos lados.

El secreto que compartió conmigo me dio una idea. Una idea que seguro que iba a lamentar cuando llegara el momento de convertirla en algo real.

—¿Crees que...? ¿Crees que yo podría darle una melodía a la flauta? Me gustaría bailar para ganar algunos lusseles y comprar uno de tus animales de cristal... —dije empujando cada palabra fuera de mi boca.

Glorian puso una expresión que no revelaba nada más que entretenimiento.

—Inténtalo —me dijo ofreciéndome la flauta.

• • •

La siguiente parada sería un lugar llamado Aldea de Cuarzo. Lindy me la enseñó en un mapa, mientras íbamos sentadas en la carreta. Los burritos parecían descansados y contentos de volver al camino.

Siempre me habían gustado los viajes. Lamenté no tener mi iPod para poder escuchar música a medida que avanzábamos por los alrededores con montes verdes y un cielo con nubes tan grandes que parecía como una explosión de algodón de azúcar.

Lindy también se había cambiado. El vestido que llevaba era similar al anterior, con la parte superior en forma de pichi y una camisa con el cuello cerrado por un moño, aunque la falda bajaba en un revuelo de volantes con capas blancas y rosadas.

La joven se había mostrado tan encantada ante la idea de que agregara un pequeño baile a su presentación, que no habría forma de arrepentirme a último momento.

La melodía que imaginé al soplar en la flauta era una de las escenas de *El lago de los cisnes*. Al principio me sentí inclinada a elegir una de Odette, pero luego me obligué a optar por la llegada de Odile al baile real porque era la que más debía practicar.

—¡Puedes usar el cambiador para elegir un atuendo más teatral! —dijo Lindy con entusiasmo—. Si estás nerviosa, incluso puedes usar un antifaz.

—Me gusta esa idea.

Un antifaz sonaba perfecto. No era que nadie supiera quién era, pero la idea de ocultar mi rostro era demasiado tentadora. Había oído a artistas decir que las máscaras y los antifaces no solo los ayudaban a poner distancia entre ellos y el público, sino que también era una forma de ocultar su identidad, ayudando a que floreciera la del personaje que estaban interpretando.

—Llegaremos pronto —anunció Glorian.

Al igual que había sucedido con el Valle Azulino, el paisaje comenzó a cambiar de manera repentina. Las florecillas silvestres ya no eran lo único que salpicaba el verde del césped con otros colores. Grandes rocas hechas de cuarzo rosado reposaban bajo los árboles, reflejando los rayos del sol que se infiltraban por las ramas y los convertían en una translúcida neblina rosada que envolvía la atmósfera.

Estiré la mano hacia arriba para acariciar el aire con mis dedos. Era como si hubiéramos pasado al interior de un arcoíris.

—Esta aldea es famosa por su cuarzo. La mayoría de las personas de aquí se dedican a utilizarlo para hacer muebles o artesanía —me explicó Lindy.

—También son famosos por sus atardeceres —agregó Glorian—. Nunca verás un atardecer como el de aquí.

La pareja de burritos nos condujo por un camino marcado con las preciosas piedras. Las construcciones también parecían un poco diferentes que en el pueblo anterior. Acogedoras cabañas blancas que, bajo el efecto de la luz, cobraban la misma tonalidad rosada que el resto del bosque.

Las vestimentas variaban de la misma manera. Muchas de las mujeres llevaban vestidos menos adornados que tenían un aspecto más adecuado para trabajar en un taller y el cabello peinado en trenzas o recogidos. Y un buen número de los hombres llevaban botas de cuero y un martillo al hombro.

Los hermanos reclamaron la atención de todos con facilidad. Muchos siguieron la carreta hacia el centro de la aldea, gritando saludos y compartiendo palabras de entusiasmo. No había duda de que tenían un público que los esperaba.

Jugué con mis manos para apaciguar los nervios.

¿En qué estaba pensando al ofrecerme a bailar?, me pregunté con pánico. No tenía la gracia ni la magia de Lindy, y ni hablar del encanto y el misterio de Glorian.

No haría más que arruinar el final de su espectáculo...

—Se te ve pálida. ¿Estás nerviosa? —me preguntó Lindy.

Asentí tan rápido que mi mentón bajó y subió varias veces.

—No creo que pueda hacer esto. Vuestra demostración es perfecta tal como está, no necesita una niña de trece años...

—Tonterías. No es un tema de edad, sino de corazón —respondió Lindy pasando una mano por mi pelo en un gesto afectuoso—. Si pones tu corazón en ello y lo disfrutas, les transmitirás alegría a las personas que te miran.

Eso era una de las cosas más reconfortantes que había escuchado. Pasamos por las estrechas callecitas del mercado, que exhibían espléndidas estatuas y refinados adornos: jarrones, candelabros, vajillas, esferas, todo hecho de cuarzo.

A mamá le encantaría ese sitio. Si lograba juntar el dinero necesario, le compraría algo para su próximo cumpleaños.

Una vez que llegamos al final del mercado, había un espacio abierto que daba pausa al pueblo antes de retomar más adelante con más cabañas.

—Debes cambiarte —dijo Lindy indicándome uno de los baúles que cargaban—. Nuestra madre lo hechizó al igual que a nuestros roperos. Imagina algo que te ayude a sentirte más segura en tu baile.

—Algo dramático —agregó Glorian desde delante.

Le eché un vistazo al baúl. Parecía... estrecho. No me gustaba la idea de estar encerrada en espacios reducidos.

—¿Cómo lo haré para respirar? —les pregunté.

—Es solo por unos momentos. Glo se las ingenia para entrar y que pueda cerrar la tapa sobre él, por lo que tendrás espacio de sobra —me aseguró Lindy.

¿Las largas piernas de Glorian entraban dentro de aquel baúl? Me parecía difícil de creer.

Lindy lo sostuvo abierto, dedicándome una mirada tranquilizadora. Puse una pierna dentro, luego la otra, y me senté.

El interior del baúl era más profundo de lo que aparentaba desde fuera. La escena era muy parecida a lo que solía imaginarme antes de bailar. Como si me hubiera metido dentro de mi propio baúl de los disfraces.

—¿Lista? —me preguntó Lindy.

—Creo que sí.

—Descuida, pastelito —dijo con una sonrisa—. Solo serán unos momentos.

Agaché la cabeza y dejé que la gran tapa se cerrara sobre mí. Todo se volvió negro. El tipo de oscuridad profunda que ni te permite verte las manos.

Necesito algo que me ayude a ser como el cisne negro, misteriosa e impactante. Aunque no demasiado sombrío. Algo con dorado para continuar con los colores que suelen usar Lindy y Glorian. Y zapatillas de ballet. Eso es indispensable.

Aquella sensación de manos invisibles tomando mis medidas me cosquilleó con su magia, haciendo difícil que me mantuviera quieta.

Comenzó por mis pies, subió por mis piernas y continuó por mi torso, mis brazos e incluso mi rostro.

Y luego se desvaneció en un soplido, con la misma sutileza con la que apareció.

—Listo —dije.

La tapa se levantó, permitiendo que el sol cortara la densa oscuridad que me envolvía.

Lindy dejó escapar un gritito de admiración. Glorian asintió con aprobación.

—¿Qué aspecto tengo?

La joven buscó en el otro baúl donde llevaba sus pertenencias, hasta sacar un espejo de mano.

Por segunda vez desde que había llegado a Lussel, mi reflejo me dejó sin habla. La chica que se escondía tras el reflejo tenía un delicado antifaz que se abría sobre sus ojos claros al igual que un par de alas negras que se desplegaban.

¿De verdad era yo?

Lindy movió el espejo, y me enseñó el resto. La parte superior del leotardo era negra con tirantes y finas líneas doradas que seguían un patrón similar al de las alas de una mariposa. Y la falda... el esponjoso material bajaba en capas y capas de tul con una forma más acampanada de la que solían tener los tutús de las bailarinas.

El reflejo continuó bajando, y me enseñó medias salpicadas con diminutos cristales dorados y zapatillas de ballet de un negro noche.

Guau y doble guau.

La magia de aquel cambiador definitivamente era poderosa, porque dudaba de que mi imaginación pudiera crear algo tan bonito y detallado.

—Estás preciosa... Ayyy, si Tamelina pudiera ver esto —dijo Lindy.

—No es... ¿*demasiado*? —pregunté, insegura.

—No hay tal cosa como *demasiado* —respondió Glorian.

El joven bajó de un salto, se posicionó en su rol de anfitrión para recibir a la multitud. El cambio fue tan fácil, tan preciso, que me pregunté si había magia involucrada. Tal vez el sobretodo llevaba un hechizo que causaba grandeza.

—Hola, hola —saludó levantando la voz y agitando una de sus manos en un abanico de destellante humo—. Sus ojos no los engañan, mi talentosa hermana Lindy y yo estamos de vuelta para entretenerlos una vez más.

El público se cerró sobre el espacio a nuestro alrededor de inmediato, repitiendo el mismo patrón que en el pueblo anterior. Una hilera de niños delante, jovencitas que intercambiaban risas con los ojos puestos en Glorian, adultos con miradas complacidas ante la oferta de entretenimiento.

Lindy comenzó el espectáculo con su precioso baile de flores. Aguardé junto a Glorian, intentando observarla en vez de prestar atención a los nervios que se paseaban por mi estómago, llenándome de una sensación fría.

La vocecita en mi cabeza me susurró que no era demasiado tarde para dar un paso hacia atrás y arrepentirse. Algo que consideré cada minuto.

Nadie sabe quién soy, nadie me volverá a ver... y sería una pena desperdiciar un atuendo tan bonito, me respondí a mí misma.

Mis dedos recorrieron el sedoso material del tul. Nina Klassen no estaba en el público. Aquellas personas no conocían la música ni la coreografía, por lo que nadie se daría cuenta si me equivocaba. Era mi oportunidad de practicar, de perderme en la música y de encontrar al personaje de Odile.

—Es mi turno, luego vienes tú —me dijo Glorian acomodando el cuello de su abrigo.

¿Tan rápido?

—¿Algún consejo? —pregunté.

—Diviértete. No pienses demasiado —respondió Glorian con una enigmática sonrisa de lado—. Y tómate unos momentos antes de comenzar, ayudará a aumentar al aire de misterio que genera el antifaz.

Asentí.

Me sentía como si estuviera de vuelta en un lateral del escenario, aguardando en el tortuoso entre medio. Aquellos momentos en los que debía aguardar en silencio antes de salir a escena siempre eran los peores.

—Gracias.

—Estarás bien, conejito.

Glorian me dedicó una sonrisa más genuina antes de caminar hacia el centro del espacio que nos servía de escenario y de tomar el lugar de Lindy.

A pesar de haber visto su actuación el día anterior, me envolvió con la misma energía persuasiva que me impedía retirar los ojos ni siquiera un momento.

Ese era el tipo de artista que quería ser. Alguien capaz de conjurar una fantasía tan hipnotizante que las personas estarían contentas de dejarse perder en mi arte, olvidando todo lo demás por un rato.

Para cuando Glorian terminó de conjurar el último cristal, había estado tan distraída que apenas tuve tiempo de reaccionar cuando Lindy me dio un empujoncito alentador.

—¿Ahora? ¿Estás segura? —pregunté encogiéndome bajo una pesada sensación de pánico.

Llevé la mano hacia mi garganta, la sentía seca, áspera. Podía oír el *tu-tuc* de mi corazón que comenzaba a correr.

—Estás preciosa. No puedo esperar a verlo yo misma —dijo con aquel entusiasmo innato brillando en sus ojos.

—¿Qué hay de la música? —pregunté buscando alguna excusa que demorara los pasos que debía dar hacia el escenario.

—La flauta ha memorizado tu melodía y Glorian ha dicho que hará el acompañamiento. ¡Todo va a salir bien!

Tomé aire, prometiéndome que sería valiente, y comencé a caminar.

Me encontraba en medio de una aventura. Si no me arriesgaba, si no me dejaba perder en Lussel, ¿cuál era el sentido de estar allí?

Me paré en el centro, adoptando cuarta posición; piernas cruzadas, un brazo en arco y el otro hacia arriba, y la mantuve durante uno, dos, tres segundos.

Una inesperada llovizna de pétalos rosados bailó a mi alrededor, imitando la caída de un telón que revelaba el siguiente acto.

Las miradas curiosas se dirigían a mí.

Sentí la presencia del público y cerré los ojos para evitar el peso de su atención. Necesitaba mantenerme liviana. Controlar mi respiración. Una de las cosas más difíciles del ballet era esconder el esfuerzo que exigía cada movimiento. Debía resultar fluido, natural, simple, pero sin dejar de ser extraordinario. Mi rostro no tenía permitido confesar ningún tipo de emoción que no perteneciera al personaje que estaba interpretando.

La flauta soltó las primeras notas y mi cuerpo reaccionó en reconocimiento, tomando control. La melodía me guio como si se tratara de una pareja invisible que mantenía un par de manos sobre mi cintura, inclinándome hacia abajo, para luego recogerme y hacerme girar lentamente al igual que la pieza de una caja musical.

Era Odile. Era un cisne hecho de noche y de estrellas. Un ave nacida de la oscuridad, decidida a reclamar un momento para brillar.

El antifaz creaba una distancia segura, haciendo que me sintiera a solas con la música. Di un giro, y luego otro, rápido, más rápido, desplegando la falda de tul hasta hacerla destellar al igual que brillantes plumas negras. Las puntas de mis dedos se extendieron hacia el cielo igual que alas probando la dirección de una brisa.

Era Odile. Era una doncella hecha de terciopelo y secretos que buscaba ganarse el favor de un príncipe.

Era la chica al otro lado del espejo. El cisne que se reflejaba bajo la superficie del lago. Una sombra del cisne blanco. Pero eso no significaba que no tuviera mis propios deseos. Que no pudiera volar.

Di un saltito, estiré ambas piernas y aterricé con la punta de mis zapatillas de ballet. Las notas de la flauta cobraron velocidad, ofreciéndome una melodiosa mano que me sirvió de pareja una vez más, maniobrando en una espléndida espiral de negros y dorados.

Cada paso lo sentí tanto fluido como preciso.

Para cuando llegué a la secuencia final, me había olvidado de dónde estaba o de que tenía público. Los aplausos reemplazaron el sonido de la flauta, separándome de Odile y trayendo a Alex de nuevo.

Lo había hecho. Era la primera vez que lograba perderme en la melodía y entender al cisne negro.

Decenas de rostros desconocidos me estaban observando con sonrisas y expresiones complacidas. Incluso Lindy y Glorian estaban aplaudiendo desde el lateral.

Hice una pequeña reverencia en agradecimiento. Mis labios se extendieron en una enorme sonrisa llena de felicidad. Mi corazón iba tan rápido que podía sentir cada latido que golpeaba contra mi pecho.

Tu-tuc, tu-tuc, tu-tuc, tu-tuc.

Varias personas se acercaron a ofrecerme halagos e incluso dejaron monedas en el pequeño cofre. Muchas monedas.

—Me encantaría poder ver el rostro detrás del antifaz —me dijo un muchacho que se detuvo frente a mí—. Necesito saber quién ha robado mi atención con tan precioso baile.

9

De invitaciones y rosas

Lo primero que noté fueron unos grandes ojos verdes que me recordaron a un bosque en primavera. El chico parecía de mi edad. Con pelo negro lacio que resaltaba sus delicadas mejillas y una pequeña nariz. La camisola blanca y la refinada capa gris le daban un aspecto que era sencillo sin dejar de ser sofisticado.

Sus palabras se quedaron conmigo igual que pajaritos que se posaban sobre mis hombros. Me había pedido ver el rostro tras el antifaz.

Me sentía como si hubiera caído en la escena de alguna película romántica donde el príncipe perseguía a una misteriosa joven y le pedía que revelara su identidad. A Olivia le encantaban ese tipo de películas, en especial *Cenicienta.*

—Una rosa a cambio de tu nombre, dos por el obsequio de ver tu rostro —insistió el muchacho mientras sacaba dos rosas blancas de su capa.

El cremoso tono de los pétalos, el dulce aroma que las perfumaba, me hizo pensar que eran obra de Lindy. Debía de haberlas recogido de su actuación y ahora me las estaba ofreciendo a mí.

La forma en que hablaba era tan poética, que sentí que debía usar oraciones más elaboradas de las que solía utilizar en mi forma de hablar cotidiana.

—Un nombre por un nombre —dije jugando con el misterio del antifaz, como me había dicho Glorian.

El chico me ofreció una sonrisa.

—Mi nombre es Sirien.

Tenía una sonoridad bonita.

—El mío es Alexina, pero me llaman Alex.

—Un nombre inusual para una chica especial —respondió sosteniéndome la mirada y ofreciéndome las flores—. Dos rosas por el antifaz, más la promesa de un atardecer rosado.

Mis labios se estiraron en una gran sonrisa sin darme oportunidad de hacer algo distinto.

—Eso es trampa. Solo el sol puede prometerme un atardecer, no puedes robarle el crédito —respondí.

Sirien rio. Ninguno de los chicos de mi escuela era capaz de emitir una risa tan libre y honesta. La manera en que enseñaba sus dientes era despreocupada. No buscaba impresionarme o parecer más interesante. Sin mencionar que nunca me hablarían de esa manera. La risa de Harry se paseó por mi cabeza, era más traviesa que otra cosa.

—Indudablemente cierto. Pero puedo ofrecerte mi compañía y una cesta de pícnic para disfrutar del legendario atardecer que el sol, tan gentilmente, nos va a ofrecer —dijo manteniendo sus alegres ojos sobre los míos y extendiéndome la mano a modo de invitación.

Era mi turno de reírme. Me costaba creer que estuviera hablando de manera tan correcta. ¿Su *compañía* y una *cesta de pícnic*? Eso sonaba a una cita.

Nunca había salido con ningún chico. Al menos no fuera de mi grupo de amigos.

Sirien parecía alguien con quien disfrutaría de pasar tiempo. Una de las cualidades que más me atraían de un chico era que pudiera hacerme reír con facilidad. Sin mencionar lo guapo que era.

—De acuerdo —dije sin tomarme más tiempo para seguir pensando.

La expresión de Sirien reveló dos adorables hoyuelos a los lados de sus labios. Su sonrisa era tan encantadora como el sonido de su risa. El joven estiró las manos hacia mi rostro, llevándolas a los bordes del antifaz. El roce de la punta de sus dedos contra mi mejilla me dio escalofríos que no tenían nada que ver con miedo. Era una sensación dulce y soleada. Una brisa repentina en un bonito día de verano.

—¿Puedo?

El inocente cosquilleo en mi estómago se transformó en piedra. ¿Y si el misterio era lo que hacía que la situación pareciera mágica?

Suponía que no podía retroceder y echarme a correr.

Asentí de manera imperceptible.

Los dedos de Sirien movieron el antifaz hacia arriba con un delicado gesto.

Solo lo había usado durante unos momentos, pero de repente me sentía expuesta. Mis ojos escaparon de la mirada verde que los buscaron. No quería ver su reacción. O sí... quería verla, pero no mientras Sirien me la devolvía.

Los pensamientos que daban vueltas por mi cabeza se estaban volviendo confusos.

—Eres muy bonita —dijo Sirien.

Sentí como si el sol estuviera enfocándose en mis mejillas.

—Gracias.

—Y pensar que solo estaba pasando por aquí y luego vi a la multitud que comenzó a reunirse para ver un espectáculo. Me alegro de haberme acercado. Es un placer conocerte, Alex —continuó.

Esta vez no escapé de su mirada. Aquel muchacho me intrigaba. No sabía quién era, pero definitivamente quería averiguarlo.

Sirien continuó sonriente, enseñándome esos adorables hoyuelos que adornaban su rostro. ¿Qué diría a continuación?

Por fortuna, Lindy interrumpió la escena, y me atrapó en un abrazo.

—¡Has estado estupenda! La forma en que te movías era tan delicada y romántica. ¿Verdad, Glo?

—Un verdadero deleite —respondió su hermano mientras paseaba su mirada de Sirien a mí—. ¿Qué tenemos aquí? ¿Un admirador?

El chico mantuvo una expresión relajada, admirando el espléndido sobretodo de Glorian. No parecía intimidado por el hecho de que fuera unos años mayor y considerablemente más alto.

—Un admirador suena acertado —respondió con una expresión culpable—. He disfrutado mucho de vuestras actuaciones. He visto a varios artistas y a un puñado de Conjuradores, pero ninguno me ha impresionado tanto como vosotros.

Lindy se mostró halagada y Glorian, complacido.

—Muy amable por tu parte —respondió Glorian—. Deberíamos ir en busca de una posada donde pasar la noche. ¿Lista, conejito?

Abrí la boca y la volví a cerrar. No estaba segura de cómo hablarles acerca de la invitación de Sirien. No estaba acostumbrada a hacer cosas sin pedir permiso. Tampoco es que hubiera pedido permiso a mis padres para salir con un chico a mirar el atardecer muchas veces. O nunca.

—Emmm... —Eso fue lo único que salió de mi boca.

—Me he ofrecido a llevar a vuestra hermana en un pícnic para ver la caída del sol. Esta aldea es famosa por el paisaje que ofrece cuando la luz del atardecer se refleja contra sus cristales de cuarzo. Lo llaman «El final rosado», ya que el día termina en hermosas tonalidades que funde los últimos rayos del sol con los cristales —dijo Sirien en tono cordial—. Con vuestro permiso, me gustaría poder cumplir con mi palabra.

No pude hacer más que mirarlo. Tal vez todo el asunto de salir con chicos era más fácil en Lussel que en Bristol.

—¿Quieres llevar a mi hermana Lindy a un pícnic? —preguntó Glorian levantando las cejas.

La pequeña chispa de humor en sus ojos lo delató. Sabía que se refería a mí, pero quería que lo dijera. Por alguna razón, la situación parecía entretenerlo.

La mirada certera de Sirien vaciló.

—Me refería a *Alex*.

Lindy camufló una risita y chocó su hombro contra el de su hermano en un gesto afectuoso.

—No molestes al pobre —lo reprendió antes de volverse a Sirien—. Alex es nuestra estimada amiga, no nuestra hermana, necesitas su permiso, no el nuestro.

—Ya veo.

Sirien me repitió su invitación una vez más, a pesar de que ya había aceptado y cargaba las dos rosas blancas en mi mano. Tras asegurarme que haría los preparativos y pasaría a buscarme por la posada, se despidió dándome un mágico beso en la mano.

• • •

El lugar donde nos hospedamos tenía la apariencia de una moderna casita de cuento. Cada uno de los muebles de la sala de estar estaba hecho de cuarzo rosado. La mesita de té, las sillas, los estantes con adornos. La luz que se filtraba por las ventanas se perdía en el translúcido interior de las piedras, iluminando la sala en un pálido tono rosado.

Era una bonita exhibición, aunque dudaba de que las sillas fueran cómodas.

Me alegré de comprobar que la habitación que nos asignaron tenía mullidas camas que, por fortuna, no estaban hechas de piedra.

Glorian y Lindy me ayudaron a cargar el baúl mágico para que pudiera cambiarme. El sastre invisible tomó el brillante leotardo negro de vuelta, y me puso la misma ropa que antes, aunque con unas algunas modificaciones.

La corta capa celeste que abrazaba mis hombros estaba salpicada con un motivo de diminutos pétalos que recorrían los bordes, mientras que la falda escondía nuevas capas de tela que le daban más volumen.

Lindy no perdió un momento y me hizo sentar al borde de la cama, mientras insistía en que debía cepillar mi pelo y agregarle algún detalle.

—¿Es tu primera cita? —me preguntó con entusiasmo.

Asentí.

—Sirien parece alguien que me gustaría conocer... aunque me da miedo encariñarme con él y luego tener que despedirme. Pero también he estado pensando en este otro chico, Harry Bentley, es mi vecino en Bristol y un año mayor... me gusta desde hace mucho —confesé.

—Qué nombre más gracioso —dijo Lindy para sí misma—. ¿Estás pensando en él porque es la persona con la que más te gustaría ir a una cita?

—Supongo... aunque también estoy ansiosa por pasar tiempo con Sirien.

Lindy deslizó el cepillo por mi pelo, peinándolo hacia abajo. Tenía una forma espontánea de poner cariño en todo lo que hacía.

—No hay nada malo en hacer más amigos. Pasar tiempo con una persona nueva no borra los afectos y recuerdos que tienes de las personas que ya están en tu vida —dijo en tono sereno mientras peinaba otro mechón.

Esas palabras se quedaron conmigo.

—Es cierto, desde que llegué a Lussel conocí a tres hermanos maravillosos, pero eso no me distrajo de pensar en mi familia —dije volviéndome hacia ella—. Estoy tan contenta de poder viajar contigo y con Glorian.

—Estamos contentos de tenerte con nosotros, pastelito —respondió Lindy dándome un abrazo—. Ayudar a prepararte me hace pensar en cuando llegue el momento de hacer esto con Tamelina.

Dejó escapar un sonido lleno de humor y movió la nariz como si tuviera un cosquilleo. El gesto hizo que sus mejillas se arrugaran hacia dentro en una expresión adorable.

—Aunque conociendo a Tam, es más probable que muestre interés en tener una cita con un oso en vez de con un ser humano.

Eso hizo que mi cuerpo se aflojara con una risa. Podía imaginarlo. La escena se desplegó dentro de mi cabeza igual que la ilustración de un libro. Una niña en un vestido rosa sentada en el césped junto a un gran oso negro de hocico marrón. Los últimos rayos del sol delineando sus figuras en trazos naranjas antes de desaparecer bajo el horizonte.

—Sería toda una escena —respondí.

Lindy conjuró una pequeña rosa roja, haciendo que el tallo verde se quedara agarrado con un mechón de pelo.

—Ve y diviértete. ¡Cuéntame todo cuando regreses!

10

UNA CITA AL ATARDECER

Sirien me llevó a un parque con bancos hechos de cuarzo y un gazebo blanco adornado por pequeñas linternas y finas enredaderas con flores celestes. Los paisajes en Lussel eran tan idílicos que parecían obras pintadas por algún artista.

Me recordaban a cuando mamá nos había llevado a la Galería Nacional de Londres a una exhibición de su pintor favorito, Claude Monet. Sus cuadros tenían la misma cautivante combinación que unía paisajes y colores, creando escenarios de ensueño.

Sirien preparó un mantel blanco donde sentarnos, acompañado por una canasta con frutas y pan con jalea.

El sol pendía en lo bajo del cielo, irradiando colores que comenzaban en rosa y pasaban por diferentes tonos hasta terminar en violeta. Cada uno se extendía a lo largo como un abanico hecho de luz.

—El verdadero espectáculo comienza cuando toca el horizonte —dijo Sirien.

Estaba sentado en una postura relajada con ambas piernas extendidas. La manzana en su mano era tan roja que aparentaba ser una fruta decorativa hecha de rubíes.

—No puedo esperar a verlo.

—Solo faltan unos minutos —me aseguró.

Estiré la mano hacia el interior de la canasta, decidiéndome por un melocotón dorado. ¿Era posible que alguien lo hubiera bañado en oro?

Esas frutas tenían aspecto de pertenecer a una joyería.

—¿Quieres que busque algo diferente? —preguntó Sirien.

—¡No!

Llevé el melocotón hacia mi boca y di un mordisco. El gusto endulzó mi lengua igual que miel.

—Está delicioso —dije.

Sirien sonrió, y volvieron a aparecer sus adorables hoyuelos.

—¿Cuál es tu fruta favorita? —Fue su peculiar pregunta.

—*Mmm*, supongo que los melocotones —respondí enseñándole la fruta dorada en mi mano—. Aunque también me gustan las fresas y las frambuesas.

—Me encantan las frambuesas —admitió Sirien.

—¿Cuál es tu fruta favorita? —pregunté.

No estaba tan interesada en ello, pero era una manera de seguir la conversación.

—*Arantillas.*

El nombre era nuevo. Nunca había oído hablar de esa fruta.

—No las conozco… —confesé.

—¡¿No?! Son deliciosas… —Hizo una pausa y agregó—: No creo que podamos conseguirlas en esta área, pero definitivamente tienes que probarlas.

—Lo tendré en cuenta —dije.

El sol continuó hundiéndose a paso lento, tomándose su tiempo.

—¿Qué te gusta hacer? —preguntó Sirien—. Eres una magnífica bailarina… ¿Tienes otras cosas que disfrutas?

Agaché el rostro, escondiendo la gran sonrisa que me causó el halago.

Una magnífica bailarina.

Esperaba que eso fuera cierto.

—No realmente. Dedico la mayor parte de mi tiempo a bailar… —dije considerándolo—. También me gusta leer. ¿Qué hay de ti?

—No quiero presumir, pero soy muy bueno en Destruye el fuerte —respondió orgulloso.

El nombre me robó una risa.

—¿Qué es eso? ¿Es como pelear en batalla? —Estaba llena de curiosidad.

Sirien me miró extrañado.

—Es un juego. Requiere varios jugadores que se dividen en dos equipos, cada uno tiene un arco que representa su fuerte y hay varias pelotas en juego que simbolizan balas de cañón —me explicó—. El equipo que logra bombardear el arco con más pelotas, gana.

Sonaba muy parecido al fútbol, solo que con más pelotas.

—Conozco el juego, pero con otro nombre, he jugado un par de veces, pero casi siempre son equipos de chicos —respondí—. Es divertido. A mí me gusta.

—¿En serio? Aquí los equipos son mixtos —dijo con entusiasmo—. Tenemos que jugar juntos.

No era tan buena como mi hermana Olivia, pero suponía que era decente. Era el deporte que había elegido para mi clase de actividad física.

—Me encantaría.

—Si vienes a...

Sirien interrumpió sus palabras, y dirigió la mirada hacia el cielo.

—¡Mira!

La silueta del sol estaba a punto de tocar la línea del horizonte. Sus rayos de luz se acercaron lo suficiente para abrirse paso entre las ramas de los árboles y encontrar el camino hacia las piedras de cuarzo.

Ver ese espectáculo me dejó sin aire.

Los rayos se fraccionaron contra la superficie, quebrándose en un caleidoscopio de tonos rosados que chocó contra la luz de las demás piedras. El espacio que nos rodeaba se vio envuelto en un manto de seda bordado con polvo de hadas. Los reflejos de luz rosa se quebraban una y otra vez, generando nuevos tonos que nunca había visto.

Sirien tomó mi mano para ayudarme a ponerme de pie.

—¿No es extraordinario?

Mantuvo la mirada en mi rostro por un momento, antes de regresarla hacia el cielo. Su expresión irradiaba la misma calidez que la del sol. A pesar del paisaje, no pude evitar dedicarle mi atención.

Sirien tenía una belleza risueña que me recordaba a caballos blancos y cuentos de hadas. A castillos encantados rodeados por feroces espinas. No estaba segura de qué era... ¿Tal vez había algo valiente en sus ojos? ¿O las líneas elegantes de su mentón? Podía ser la forma en que su pelo negro se abría sobre su frente... como si hubiera conocido el peso de una corona.

—Es el atardecer más hermoso que he visto —respondí.

Sirien cerró sus dedos sobre los míos en un suave apretón.

—Gracias por compartirlo conmigo.

—Gracias por el pícnic.

• • •

Una vez que el sol se escondió por completo y se llevó consigo las luces del día, el joven se ofreció a acompañarme de regreso a la posada. La charla fluyó con facilidad y le conté todo acerca de cómo había llegado a Lussel y de que estaba viajando hacia el castillo de la familia real para pedir una de las llaves que me permitiría regresar a casa.

Mi acompañante escuchó con interés. No se le veía tan sorprendido como Glorian y sus hermanas. Incluso, confesó que había oído hablar sobre otros visitantes que habían llegado a través de portales escondidos. También me contó que el rey y la reina me harían firmar un pergamino encantado antes de prestarme una de las llaves. Una promesa de que no revelaría la existencia de Lussel.

—La tinta posee magia poderosa que cruzará contigo de regreso a tu tierra. Por lo que he oído, te permitirá conservar tus recuerdos, pero no podrás decir el nombre de nuestro reino o hablar sobre él.

Suponía que era un precio justo. Entendía por qué querían proteger un lugar tan bonito. Mi padre solía decir que las personas tendíamos a romper cosas que admirábamos cuando nuestra ambición por poseerlas opacaba la magia de admirarlas.

—¿Cómo sabes tanto? —pregunté.

—Supongo que yo también tengo algo que confesar —respondió con una expresión inocente que bordeaba en lo travieso.

Sirien se quitó la capa, le dio vuelta, y luego se la volvió a colocar. La textura de la tela cambió a un pálido terciopelo gris que tenía un aspecto más refinado que el del reverso. Pero eso no era todo. En el lado derecho había una insignia bordada con hilo plateado. Una corona.

—Soy el príncipe Sirien de Lussel de Abajo y estoy a tu servicio... —dijo inclinando la cabeza en una elegante reverencia.

¿Un príncipe?

A pesar de la sorpresa, no tuve duda de que era cierto. Cada delicado aspecto de ese muchacho encajaba con todo lo que había visto y leído acerca de príncipes. Era encantador. Apuesto. Tenía hoyuelos. Llevaba una capa. Y me estaba ofreciendo su ayuda.

—No puedo creer que acabe de compartir un pícnic con un príncipe —dije asombrada.

Me puse de puntillas, hice una *pirouette,* y repetí la reverencia que le había ofrecido a Tamelina.

—Su... ¿Majestad?

—Alteza —me corrigió Sirien—. No es necesario que me llames así. Solo llámame por mi nombre.

—¿Seguro?

—Más que seguro.

Su expresión amistosa calmó el pequeño revuelo en el que había caído mi corazón. A pesar de que pertenecía a la realeza, el chico frente a mí tenía una personalidad relajada que me hacía sentir cómoda.

—Si lo que necesitas es una de las llaves, te escoltaré al castillo y se la pediré a mis padres en tu nombre —se ofreció Sirien.

—Eso sería perfecto. ¡Gracias!

El príncipe jugó con los bordes de su capa antes de hacer regresar la mirada hacia mí. Algunos mechones de pelo caían sobre sus densas pestañas, ambos compartían el mismo tono que parecía tinta negra diluida en un cielo estrellado.

—Si no tienes prisa por volver, tal vez puedas quedarte unos días como mi invitada... me encantaría jugar a Destruye el fuerte contigo —dijo.

No pude evitar soltar una risita ante el nombre. Apenas podía creer que un príncipe me estuviera proponiendo jugar al fútbol. Todavía me quedaban varios días, y la idea de poder pasarlos con Sirien me despertó un cosquilleo en el pecho. Los chicos de mi escuela no solían prestarme atención. Probablemente porque pasaba la mayor parte de mi tiempo libre en el estudio de danza, en vez de en actividades grupales que organizaban fuera de la escuela.

Bajamos por una callecita con casas silenciosas. Su tamaño era modesto. Compartían aquella cualidad acogedora que envolvía al resto de la aldea. Muros de piedra, techos bajos, ventanas adornadas por coloridas flores.

—Me encantaría. Aunque confieso que no soy muy buena...

—No lo sé. Algo me dice que me terminaré sorprendiendo —respondió Sirien mientras me miraba como si el solo hecho de que hubiera aceptado ya lo sorprendiera.

El letrero con el nombre de la posada se hizo visible dos casas adelante. Estábamos a punto de llegar. No podía esperar a contarles a Lindy y Glorian la verdadera identidad de Sirien. Seguro que estarían encantados de saber que habían tenido a un príncipe en su público.

Pensar en ellos me llenó de una sensación agridulce. No estaba lista para despedirme. No cuando creí que al menos compartiríamos unos días más antes de que el camino nos separara.

—¿Sucede algo? —preguntó Sirien al notar mi expresión.

—No. Es solo que... si voy contigo tendré que despedirme de los Conjuradores que estaban conmigo en el espectáculo —respondí—. Los conozco desde hace poco, pero debo admitir que me entristece.

—Tus amigos pueden venir con nosotros. Sus actuaciones de verdad fueron excepcionales, me gustaría que hicieran una función para mis padres —se apresuró a decir.

—¿En serio?

Sirien asintió sin perder un momento.

—Los tres sois bienvenidos a la corte como mis invitados.

No me di cuenta de lo que estaba haciendo hasta que mis brazos se cerraron alrededor de los hombros del príncipe en un abrazo.

—¡Gracias!

Su cuerpo se volvió rígido por la sorpresa. Para cuando comenzó a levantar sus brazos para devolverme el gesto, di un paso hacia atrás con las mejillas sonrojadas.

Dudaba de que las personas tuvieran permitido tocar a la realeza de esa manera. Una parte de mí incluso esperaba que algún guardia saltara fuera de su escondite y me arrojara al suelo.

—Lo siento... ha sido la emoción del momento —me disculpé.

—Ha sido inesperado pero bienvenido —dijo Sirien, y me regaló esa encantadora sonrisa de cuento de hadas.

Caminamos los pocos pasos que quedaban hasta la puerta de la posada. Las nubes habían perdido su tonalidad rosada, se habían vuelto de un violeta azulado que prometía luna y estrellas. Los faroles a ambos lados de la entrada de la posada ardían con pequeñas velas que parecían entretener a un grupo de luciérnagas.

—¿Dónde pasarás la noche? —le pregunté.

—Este es uno de los pueblos favoritos de mi madre. Mi padre le construyó una casa preciosa para que pueda venir de visita cuando quiera —respondió el príncipe—. Me estoy quedando allí con algunos escoltas de mi guardia.

Lo sabía. Sabía que seguro que tendría una guardia espiando desde algún rincón oculto para protegerlo. Apostaría lussines a que nos estaban mirando en ese mismo momento.

—Gracias por el pícnic y por todo —dije deteniéndome bajo la luz de los faroles. Esa parte, la de despedirse frente a la puerta, era la que siempre me burlaba con nervios. Culpaba a la excesiva cantidad de películas y vídeos musicales que tenían ese mismo escenario para los primeros besos…

—Por supuesto. Mañana pasaré a buscarlos cuando el reloj dé las diez.

Asentí.

—Buenas noches —dije retrocediendo hasta el picaporte.

—Buenas noches para ti —respondió Sirien—. Que tus sueños te lleven a lugares felices.

Tomó mi mano y la besó.

Las luciérnagas que danzaban junto a los faroles se acercaron a mí, con el mismo aleteo que sentía en mi estómago. Observé a Sirien marcharse, siguiendo el movimiento de los bordes de su capa contra el suelo. No podía esperar a ver lo que me traería el día siguiente.

11

UN SUEÑO DE PLUMAS BLANCAS

Esa noche mis sueños sí me llevaron a un lugar feliz. Las familiares calles de mi vecindario se extendieron frente a mí bajo un cielo estrellado. Un gran perro caminaba a mi lado, moviendo la cola, y paseaba su hocico contra la gravilla junto al pavimento.

Toby no era el único que me acompañaba. A mi otro lado, un chico con una chaqueta burdeos me miraba de reojo, enseñándome una media sonrisa.

La escena se extendió como la noche. Estaba hablando con Harry de manera casual, disfrutando del momento. No tenía ni idea de lo que estaba diciendo, o de lo que él respondía. Mi única certeza era que nuestros pies se movían al mismo tiempo, manteniéndonos lado a lado.

La escena cambió de manera abrupta una vez que llegamos al final de la calle. Sentí como si me estuviera sumergiendo en la profundidad de un lago. El rostro de Harry Bentley me dio un último vistazo desde arriba antes de desaparecer.

La calma del agua me meció de manera reconfortante, tragándose el grito que había crecido en mi garganta.

El silencioso mundo que me rodeaba hizo que flotara como si mi cuerpo fuera un globo que viaja entre las nubes. Nubes hechas de plumas blancas que me rodearon por ambos lados, ayudándome a alzar vuelo.

Mi cabeza rompió contra la superficie.

La cara de la luna me recibió rodeada por estrellas y finos copos de nieve pintados de una luminosa tonalidad verde.

Un lago hecho de invierno y de noche. Un reino secreto que pertenecía a un majestuoso cisne con una corona de cristal.

El ave abrió las alas y la pose se congeló antes de que pudieran extenderse por completo. No era solo la corona, sino el cisne. Ambos estaban hechos de cristal. En un momento era una espléndida escultura hecha de hielo, y al siguiente, se hizo añicos.

¡NO!

Estiré los dedos para alcanzarlo, pero una delicada mano me encontró primero. Una hermosa chica con pelo corto del color del sol y la luna flotaba junto a mí con su cuerpo oculto bajo el agua.

—Ayúdame —me pidió.

—¿Cómo?

El par de ojos marrones de la chica me miró de manera implorante.

—Ayúdame, por favor —repitió.

12

La ciudad de las estrellas

Había despertado con la mano extendida hacia arriba y la inquietante sensación de haber olvidado algo de importancia.

Lindy y Glorian me esperaban en la sala de estar. Ambos estaban impactantes, con atuendos que solo podían significar una visita a la familia real.

El vestido de Lindy era un agraciado conjunto lila con un estampado de rosas doradas. La parte superior exhibía delicados tirantes trenzados, mientras que la falda caía por encima de sus rodillas con la ligereza de la seda. Su pálido pelo rosa estaba peinado en dos trenzas que se entrelazaban con lazos de seda, imitando los tirantes de sus prendas.

Su aspecto era el mismo que el de las hadas de un libro que tenía en mi estantería. Un hada con el poder de regalar sol y primavera.

Glorian también estaba impactante con un refinado sobretodo de un violeta aterciopelado y con un patrón de rosas doradas que eran iguales a las del vestido de su hermana. Su pelo de oro caía en ordenadas capas de manera impecable.

Mi boca permaneció abierta con una expresión de sorpresa. El par de Conjuradores me hizo imaginar a un dúo de estrellas fugaces que caían por el cielo de Lussel con una destellante estela dorada detrás.

Tal vez, si pedía un deseo frente a ellos, se haría realidad.

Deseo... Deseo que todo esto sea real.

—Creo que hemos logrado encandilarla —dijo Glorian curvando los labios en una sonrisa llena de humor que tocó sus mejillas.

Abrí los ojos. Los había cerrado al pedir el deseo.

—¿Es demasiado? —preguntó Lindy.

—No... Estáis... *estupendos* —balbuceé—. Os complementáis a la perfección.

—Supongo que fuimos bendecidos con la belleza de nuestra madre y el buen gusto de nuestro padre —respondió Glorian mientras pasaba un brazo por los hombros de su hermana.

—Y la magia de nuestros antepasados —agregó Lindy.

Mis ojos se dirigieron a las puntas de mis botitas blancas. Me gustaba el vestido que llevaba. Era cómodo y adoraba la media capa que abrazaba mis hombros.

—¿Creéis que deba cambiarme? —pregunté.

Lindy me observó por un momento antes de negar con la cabeza.

—No. Ese vestido tiene un diseño particular y te sienta muy bien, pastelito —respondió.

Glorian se paseó a mi alrededor.

La forma en que siempre custodiaba su expresión hacía imposible leer su rostro o adivinar lo que sucedía dentro de su misteriosa cabeza.

Parecía un mago. Un mago que planificaba su próximo truco.

—*Mmm*, tal vez un pequeño detalle —murmuró para sí mismo.

Glorian hizo una serie de movimientos y conjuró un humo gris que amoldó entre sus manos antes de volcarlo hacia mí con un soplido. La magia me rodeó en una llovizna que salpicó diminutos cristales rojos sobre los bordes de la falda y algunos más sobre mis pies.

—Mucho mejor —dijo con una sonrisa de satisfacción.

Bajé la vista y seguí el rastro de rojo que destacaba sobre el azul del vestido y el blanco de las botitas.

—Me encanta... Eres como un hada madrina —dije sin poder contenerme.

Los hermanos compartieron una mirada de confusión.

—¿Qué es un *hada madrina*? —preguntó Lindy.

—¿Por qué me estás comparando con aquellos diablillos alados? —preguntó Glorian al tiempo que levantaba las cejas, escéptico.

Me apresuré a negar con la cabeza por miedo a haberlo ofendido.

—No... es... es una expresión que usamos en casa. ¿Nunca habéis oído hablar de Cenicienta? ¿De sus zapatitos de cristal? Su hada madrina convirtió una gran calabaza en un precioso carruaje y transformó ratones en caballos para que pudiera llegar a un baile en el casti... —La forma en que ambos abrieron sus ojos de par en par e incrédulos respondió por ellos. Al parecer nunca habían oído del hada azul y de su *Bibidi Babidi Bú.*

Glorian no parecía convencido, aunque lo dejó pasar. El joven tomó una pequeña bolsita de terciopelo del interior de su bolsillo y la arrojó hacia mis manos.

—Tu parte de las ganancias de ayer —dijo.

Esta tenía al menos ocho o nueve monedas. Lusseles. Tomé una, y la observé. Era más grande que las monedas que usábamos en Inglaterra. En una cara mostraba una corona y, en la otra, dos castillos enfrentados; uno hacia abajo y el otro hacia arriba, las torres de ambos se encontraban en el medio. Lussel de Arriba y Lussel de Abajo.

—Gracias —dije mientras apretaba el saco contra mi pecho. Luego, miré a Glorian—. Eh... solo las quería para poder comprar uno de tus animales de cristal.

Los ojos azules de Glorian se detuvieron en los míos. Se le veía... ¿halagado?

—Guárdalas. No es necesario que me pagues —respondió—. Dame unos días y te haré algo especial.

Habló en un tono que le restaba importancia.

—¿De verdad? —pregunté esbozando una sonrisa tan grande que se saldría de mi cara.

—Si he dicho que lo haré, lo haré.

El dueño de la posada entró en la sala para informarnos de que había personas esperando por nosotros en la entrada. Lindy alisó la falda de su vestido, mientras que Glorian acomodó el cuello de su abrigo.

—No puedo creer que tengamos que hacer nuestro espectáculo para la familia real de Lussel de Abajo —dijo Lindy con entusiasmo.

—Alex ha demostrado ser un conejito de la suerte —bromeó Glorian.

—No muchas chicas pueden decir que entablaron una amistad con el príncipe Sirien —asintió su hermana.

No podía llevarme crédito por ello como si hubiera hecho algo para merecerlo. Ni siquiera sabía que el muchacho de pelo negro era un príncipe cuando se había acercado después de mi número. Era afortunada de que Sirien fuera tan amistoso y se hubiera ofrecido a ayudarme.

Cuando salimos, Sirien nos aguardaba en la callecita frente a la posada, acompañado por un imponente joven con armadura y cuatro guardias montados a caballo. El príncipe llevaba la capa del lado correcto, enseñando la corona plateada. Me sorprendí de ver la empuñadura de una espada que asomaba por la apertura de su capa.

Una espada de verdad. Hecha de acero. Y con filo.

Eso me trajo recuerdos de cuando jugábamos a que éramos piratas con Olivia. Las películas de *Piratas del Caribe* habían sido responsables de una fase en la que mi hermana menor y yo nos batíamos en duelo con espadas de plástico. Oli siempre quería ser Elizabeth Swan y yo solía ser Jack Sparrow.

—Alexina, es un placer verte de nuevo —me saludó Sirien con su sonrisa de sol.

Escuchar mi nombre completo me pilló desprevenida. Los únicos que me llamaban así eran mis padres y solo cuando me reprendían por algo.

—Lo mismo digo.

Verlo de nuevo me recordó a las luciérnagas que flotaban junto a los faroles la noche anterior. Habían parecido livianas. Atraídas por el calor de las velas y su promesa de verano. Me sentía como si yo fuera una de ellas y Sirien fuera mi farol.

—Permíteme presentarte a Finn, uno de los caballeros de mi guardia personal —dijo señalando a su acompañante.

Un caballero. El joven de bronceada piel marrón parecía ser unos años mayor que Glorian, por lo que debía estar en sus veinte. La armadura plateada que cubría su torso relucía igual que un espejo y llevaba una lustrosa capa roja.

—Es un placer —lo saludé—. Ellos son mis amigos, Lindy y Glorian.

Los hermanos se acercaron a su lado, ofreciéndole reverencias al príncipe de Lussel.

Todo resultaba muy formal e importante.

—Su Alteza —ambos dijeron al unísono.

—Es un honor. Encontré vuestro espectáculo de lo más entretenido, estoy seguro de que mis padres también lo disfrutarán —respondió Sirien.

Glorian se lo agradeció, conjurando algo a tal velocidad que ni siquiera vi el humo. Un naipe de cristal. Se lo ofreció a modo de obsequio y se excusó para ir a buscar al par de burritos que aguardaban en un corral situado en el jardín trasero de la posada.

Lindy aguardó conmigo, mientras susurraba que el príncipe era *adorable.*

—No deberíamos abandonar nuestra búsqueda, Su Alteza. Si quiere ayudar a esta jovencita, puedo asignarle un escolta para que los acompañe al castillo.

Las palabras de Finn llegaron a mis oídos a pesar de que las dijo en voz baja.

—Hemos estado viajando durante semanas. Creo que podemos permitirnos un descanso antes de continuar —respondió Sirien—. Tal vez mis padres tengan información nueva.

—Su Alteza…

—Si soy sincero, hay días en que apenas recuerdo lo que estamos buscando —lo interrumpió en un tono que no daba lugar a más discusión.

¿Estaban en una misión? ¿Una búsqueda? ¿De qué? Las preguntas permanecieron en mi cabeza mientras nos organizábamos para retomar el camino.

Me senté en la esquina de la carreta blanca junto a Lindy. Los burritos parecían bien descansados. Nimbi masticaba lo que quedaba de una zanahoria, mientras que Daisy tenía la cabeza hacia arriba disfrutando del sol. Noté que no llevaban puesto ningún arnés, sino un fino hilo blanco que parecía hecho con magia. Algún familiar de Lindy y Glorian debía de ser capaz de generar conjuros para que las cosas fueran más livianas.

El príncipe montaba sobre un elegante caballo como en los cuentos de hadas, solo que no era blanco, sino marrón con largas crines del color del trigo.

Finn y los cuatro guardias lideraron el camino. Sirien guio su caballo a un lado de la carreta, posicionándose cerca de mi lado para poder hablar.

—Cuéntame más sobre ti —me pidió. El viaje duró hasta bien entrada la noche. Hablamos un buen rato, intercambiamos historias hasta que el movimiento constante de la carreta empezó a pesarme en los ojos y me quedé dormida.

Me desperté con la cabeza en el regazo de Lindy y con una constelación de estrellas que me saludaba desde el cielo. El *clank, clank, clank, clank* que acompañaba las pisadas de los caballos encontró mis oídos apenas abandoné el sueño.

Seguíamos de viaje.

Acomodé mi pelo hacia atrás y me incorporé. El paisaje ya no estaba sumergido en verde, ni exhibía cristales de cuarzo, sino que descansaba bajo los trazos azules de la noche en un suelo de margaritas que cubrían todo a su paso.

El caballo del príncipe iba delante de los burritos y detrás de su guardia. Las palabras de su caballero Finn se repitieron en mi cabeza.

No deberíamos abandonar nuestra búsqueda.

Una parte de mí se sentía contenta de que Sirien quisiera tomarse el tiempo para acompañarme al castillo, pero la otra pequeña parte se preguntaba si había interrumpido algo importante.

—¿Has tenido una buena siesta? —me preguntó Lindy pasando una mano por mi pelo. Asentí.

—Lamento si mi cabeza es pesada...

—Tu cabeza no es pesada en lo más mínimo, pastelito. Tam también suele dormir la siesta cuando hacemos viajes largos —respondió la joven de ojos violeta observándome de manera afectuosa como si le recordara a su hermana pequeña.

Extendí los brazos hacia arriba para estirar mi espalda. El duro suelo de madera me había dejado rígida en todos lados.

—Pronto llegaremos. Puedes ver las luces desde aquí —dijo Lindy, y señaló hacia delante—. La familia real de Lussel de Abajo vive en un castillo que se encuentra en el medio de una extensa área con residencias y comercios. La llaman la Ciudad de las Estrellas.

Estaba a punto de preguntar por qué, cuando la escena frente a nosotros me respondió por sí sola.

Saqué la cabeza por el borde de la carreta para poder ver mejor.

Las pequeñas luces comenzaron a aparecer una por una. No eran un puñado igual que en los pueblos anteriores. Centenares de faroles iluminaban cada rincón de la zona, delineando sus bordes con cálidas esferas amarillas.

La visión me dejó atónita.

El cielo nocturno sobre nuestras cabezas era una oscura capa de terciopelo adornada por incontables estrellas, mientras que el paisaje de Lussel de Abajo le devolvía un reflejo compuesto por margaritas, sombras y luciérnagas.

—Es como estar en medio de dos cielos —exclamé.

Glorian se volvió hacia mí con una mirada que prometía más sorpresas.

—Espera a ver el castillo —me dijo.

Nimbi y Daisy avanzaron por el sendero que llevaba al corazón de la ciudad. Los árboles dieron lugar a pintorescas casas que al comienzo eran pequeñas y fueron ganando tamaño a medida que avanzábamos. Los faroles serpenteaban entre cercas y jardines.

Podía ver con claridad a pesar de la falta de electricidad. La luz de las velas y las luciérnagas encendían los alrededores de la misma forma en que las estrellas daban brillo al cielo.

Avanzamos por la ciudad dormida y la única pista de nuestra llegada era el *clank, clank, clank, clank* de los caballos.

El castillo se hizo visible, se elevaba en el centro. No era excesivamente grande. Ni gris. Ni frío.

No.

El castillo de Lussel de Abajo era una construcción de ensueño hecha de espejadas piedras blancas que reflejaban la luz de las estrellas.

Las banderas que ondeaban desde las finas torres se enredaban con el viento en una combinación de violetas y dorados. Me pregunté si Lindy había elegido un vestido con esa misma combinación ya que eran los colores del reino. Ilustraban un castillo invertido con las torres hacia abajo. Era igual que a la mitad de la insignia en las monedas que había ganado. Lussel de Abajo.

Un lago bordeaba el castillo, siguiendo las líneas de los muros. Su superficie exponía cisnes que dormían con la cabeza escondida entre sus alas, rodeados por flores de loto.

La mágica visión atraparía a cualquier viajero bajo su encanto.

Y yo no fui la excepción. Estaba tan encandilada que era como caer en un sueño. No sabía qué era real y qué no.

Entonces pude ver otro lago debajo de la luna.

Un lago con una muchacha de pie sobre el agua junto a un grupo de aves blancas.

Ayúdame.

La voz me pareció tan real como la mano de Lindy sobre mi hombro.

No sabía quién era. Lo que sí sabía era dónde encontrarla.

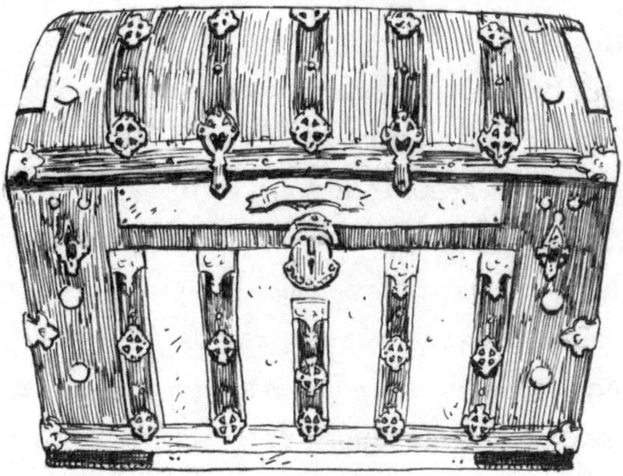

13

PALABRAS DE MIEL

Al día siguiente, los padres de Sirien nos recibieron en un salón adornado con elegantes jarrones que mezclaban flores color pastel con bonitas plumas que me recordaron a la cola de un pavo real.

El rey era un hombre de rostro amable y ojos sabios. Vestía una refinada túnica de un profundo tono violeta. La corona en su cabeza era un sencillo círculo dorado con bordes que se entrelazaban igual que alas. La reina estaba preciosa en un vestido beige y compartía el mismo encanto que su hijo. Los tronos en los que estaban sentados no eran sillas de madera como las que había visto en exhibiciones de viejos castillos en Inglaterra. Aquel par de tronos se parecían más a sillones sofisticados con un respaldo adornado en oro blanco y tapices plateados de apariencia mullida.

Nos recibieron expectantes, ansiosos por ver la sorpresa que tenía a su hijo tan entusiasmado.

Cuando desperté por la mañana, les dije a Lindy y a Glorian que no quería bailar. La sola idea de tener un público compuesto por la familia real me había llenado de tantos nervios que ni siquiera recordaba los pasos de mi número.

Por supuesto que los hermanos fueron tan persuasivos que, para cuando nos presentamos frente a los reyes, yo ya llevaba un nuevo atuendo para mi baile.

Interpretar el papel de Odile en los salones de un castillo, frente a un príncipe, me parecía mal. Como si estuviera allí para engañarlo al igual que el cisne negro. Por lo que había decidido hacer uno de los bailes de Odette. El leotardo que llevaba era una preciosa creación de rosas y blancos con un tutú que parecía estar hecho de nubes.

Los hermanos pusieron tal empeño en su presentación que el público parecía estar conteniéndose de pestañear por miedo a perderse algo.

Lindy los cautivó con sus flores; Glorian, con sus cristales, y luego yo intenté encantarlos con mi ballet.

Cuando terminamos, el rey parecía tan complacido que nos invitó a un banquete que darían por la noche, para que pudiéramos repetir nuestras actuaciones frente a nobles y amigos.

Sirien me llamó a un lado junto a su madre, mientras su padre conversaba con Glorian y Lindy.

—Mi hijo me dice que has venido a pedir una de las llaves para poder regresar a una tierra llamada Bristol —dijo la reina Serelina.

La agraciada mujer compartía el pelo negro y las mejillas pronunciadas de su hijo.

—Así es, Su Majestad —respondí—. Llegué aquí por accidente y me gustaría volver antes de que mi familia comience a preocuparse.

—Entiendo. Por supuesto que tengo simpatía por una hija que no quiere preocupar a sus padres —respondió reposando una mano sobre el hombro de Sirien de manera gentil—. Buscaré una de las llaves antes de que termine el día.

—Gracias. Muchas gracias.

Sirien me dedicó una sonrisa agridulce, como si estuviera contento de que obtuviera la llave, pero triste porque esa misma llave me llevaría a un lugar fuera de Lussel.

Después de ponerme mi vestido de nuevo, el príncipe insistió en que fuéramos a los jardines para jugar a Destruye el fuerte. El juego requería más jugadores, por lo que Lindy y otros chicos de la corte se nos unieron.

Glorian se negó de manera rotunda, asegurándonos que sus pies no estaban hechos para patear una pelota.

Me dejó aliviada comprobar que el juego era muy similar al fútbol, con la excepción de que había varias pelotas y teníamos permitido tomarlas con las manos además de patearlas. Eso y los arcos, que tenían forma de antiguas puertas.

Si Olivia estuviera aquí, pensé. Mi hermana menor era bastante mejor que yo jugando al fútbol.

No era que estuviera desesperada por ganar. Solo quería disfrutar del juego. Del tiempo que tenía para pasar con Sirien y mis amigos de Lussel.

Una de las pelotas voló por el jardín dando comienzo al partido. Corrí tras ella igual que el resto de los chicos que me rodeaban. Todos excepto Lindy.

—¡Tú ve, pastelito! Me quedaré cerca del fuerte en caso de que vuelva para este lado —me gritó.

Estiré la mano hacia ella, alentándola a que me siguiera. Esta respondió lanzándome un beso de buena suerte. Lindy no parecía alguien que disfrutara de correr. La forma en que permaneció parada sin ánimo de moverse me lo confirmó.

El príncipe había decidido estar en mi mismo equipo para que pudiéramos trabajar juntos. Así que corrió junto a mí, y se adelantó para atrapar una de las pelotas que simulaban ser balas de cañón.

Jugamos durante buena parte de la tarde. Intenté mantener el ritmo y dar lo mejor de mí. Los términos que usaban, como si estuviéramos en medio de un campo de batalla luchando por romper líneas enemigas, hizo que Destruye el fuerte fuera mucho más entretenido que un partido de fútbol. Incluso me las ingenié para meter dos *balas de cañón* en el interior de la portería.

Sirien festejó conmigo, y me dio un abrazo.

La sensación de pertenecer a un equipo, de tener compañeros vitoreando mi nombre entre risas, me llenó de una alegría inesperada. En la escuela nunca había formado parte de algo así. Al no pasar demasiado tiempo con mis compañeros fuera de clases, ellos solían olvidarse de incluirme en bromas internas y siempre quedaba entre las últimas cuando elegían equipos en las clases de Educación Física.

En mi grupo de ballet sí había cierto compañerismo, pero era distinto. Todos compartíamos la misma pasión y nos apoyábamos para dedicarle tiempo y esfuerzo. Aun así, el ballet era una disciplina solitaria. Cada uno trabajaba para alcanzar sus propias metas, no las de un *equipo*.

Nuestro *ejército*, como Sirien lo llamaba, ganó tras lograr siete ataques a la portería, mientras que el del bando contrario logró solo cinco.

Lindy parecía tan aliviada de que el juego finalmente hubiera terminado que prácticamente me arrastró tras ella, diciendo que debíamos prepararnos para el banquete.

—Te veré esta noche —me gritó Sirien.

Gotas de sudor bajaban por sus pronunciadas mejillas y una enorme sonrisa le iluminaba el rostro.

Me despidió con la mano en el aire, mientras Lindy insistía en que debíamos apresurarnos.

• • •

La familia real había sido lo suficientemente amable como para dejar que nos quedáramos en una acogedora cabaña para huéspedes dentro de los terrenos del castillo. Tenía dos habitaciones y una pequeña sala de estar con un sofá de tapizado floreado y una estantería llena de libros.

Lindy y Glorian se relajaron contra los mullidos almohadones del sofá, y me dieron un rato de privacidad.

No estaba segura de querer cambiarme, pero algo me decía que los hermanos usarían atuendos aún más llamativos. A fin de cuentas, eran los invitados de honor del banquete.

Gracias a Dios por el cambiador, de no ser por su magia aún estaría usando un par de vaqueros y una camiseta, pensé.

No era que no extrañara la comodidad de mi ropa, pero tras haber visto a Buu el espantapájaros vestido de la misma manera, dudaba de que fueran adecuadas para un banquete en el castillo.

La chica de pelo castaño y ojos azules que se unió a Glorian y Lindy en la sala de estar no era Alex Belle de Bristol, sino alguna elegante jovencita que vi reflejada en el espejo. Llevaba un vestido lila repleto de estrellas doradas. Las mangas dejaban mis hombros al descubierto y la falda caía en varias capas. Era similar a un vestido que había visto en las revistas de moda de mi madre.

—Alex... ¡Estás guapísima! —dijo Lindy poniéndose de pie—. Mi refinado pastelito.

Me sonrojé por su halago.

—¿Está bien si uso estos colores? Se me ha ocurrido que quedaría bien si los tres íbamos a juego...

O tal vez era algo especial entre ellos porque eran hermanos.

—¡Por supuesto que está bien!

—Creo que eres una buena incorporación al equipo —dijo Glorian con aquella sonrisa enigmática que podía significar cualquier cosa.

Hice una *pirouette,* dejando que la falda volara. Me encantaba girar y sentir el vuelo de la tela replicando el movimiento. No volvería a tener la oportunidad de asistir a un banquete real ni de vestir algo creado por magia. Por lo que me había convencido de que no había nada de malo en jugar a ser Cenicienta por una noche.

—¿Debo darte la charla? —me preguntó Glorian estirado en el sofá.

—¿Qué charla?

Intercambió una mirada entretenida con su hermana antes de girar el rostro hacia mí. Densas capas de pelo dorado cayeron sobre su frente.

—La de no dejar que un muchacho endulce tus oídos con palabras de miel para luego romper tu corazón igual que a una delicada pieza de cristal...

Sus ojos brillaron con las palabras en advertencia. Conjuró un pequeño corazón y giró la palma de su mano, dejándolo caer...

Crack.

El impacto contra el suelo fraccionó el cristal en una infinidad de pedazos.

Lo miré atónita. Definitivamente no quería que nadie le hiciera eso a mi corazón.

—Glorian...

Lindy dijo su nombre con reproche en la voz.

—No... Si lo dices por Sirien, solo somos amigos —dije.

Glorian levantó las cejas, escéptico.

—No dejes que te asuste, pastelito. Me dijo lo mismo a mí la primera vez que salí con un chico —me reconfortó Lindy.

—Bray del Valle Azulino. ¿Y qué aprendimos de eso?

Su hermana levantó el mentón, poniendo los ojos en blanco con una lentitud que expresaba fastidio.

—Repite conmigo: besar a alguien en un establo no garantiza una segunda cita —dijo Glorian moviendo su dedo como si estuviera recitando algo.

—No voy a besar a nadie en ningún establo… —me apresuré a decir—. ¿Y quién no querría una segunda cita con Lindy? Es tan guapa…

La chica me sonrió.

—Bray se arrepintió. Vino a casa después de unas semanas a disculparse —me explicó Lindy—. A lo que respondí dejando que Glo cerrara la puerta en su cara.

—Y luego Mela lo persiguió un buen rato —agregó Glorian con una sonrisita picarona.

Eso sonaba genial. Esperaba que Olivia y Toby hicieran lo mismo por mí si alguna vez pasaba por alguna situación parecida.

—Sirien parece un chico dulce —dijo Lindy—. Glorian solo está siendo protector. Le dirá lo mismo a Tamelina cuando llegue el momento.

Glorian se puso de pie, pasando las manos por su elegante traje en caso de que tuviera alguna arruga.

—Tam es inteligente. Dudo de que vaya a tener que advertirle sobre algún apuesto animal del bosque —replicó.

Los tres compartimos una risa. Los últimos rayos del sol se alejaron de la ventana, anticipando la llegada del anochecer. El banquete no tardaría en comenzar.

• • •

El salón era un gran espacio adornado por candelabros y largas mesas que exhibían una vasta variedad de comida. Los invitados llevaban atuendos elegantes, aunque Glorian y Lindy eran quienes robaban todas las miradas. Ambos se sentían cómodos siendo el centro de la atención. En especial Glorian. Emanaba de él un halo de misterio que muchos parecían querer resolver.

Y luego había una mujer de pelo negro y de piel blanca como la porcelana cuya mirada siempre parecía encontrarme. Al principio creí que lo estaba imaginando. Pero sin importar en qué parte del salón estuviera, la mirada de desconfianza continuaba dando conmigo como si tuviera un blanco en mi espalda. ¿Había hecho algo para ofenderla? Tal vez creía que era una ladrona. La manera en que sus ojos me monitoreaban constantemente me recordó a los guardias de seguridad en tiendas de lujo.

Intenté ignorarla y disfrutar la noche. Me senté en una mesa junto al príncipe y al resto de sus amigos con los que habíamos jugado a Destruye el fuerte y escuché las anécdotas que tenían para contarme.

La noche transcurrió entre comida y risas hasta que Sirien me llevó por una puerta trasera que daba al jardín. Caminamos lado a lado observando el paisaje por la maravilla que era. Las margaritas que crecían contra las paredes del castillo, el sendero de pequeñas piedrecitas blancas besadas por luz de luna, el lago que los acompañaba en silencio. La atmósfera parecía encantada por algo casi romántico. Los dedos de Sirien rozaron los míos varias veces. Al principio creí que lo estaba haciendo sin darse cuenta, pero luego se cerraron sobre los míos de manera tímida y me dio la mano.

Mi respiración se entrecortó. No sabía qué decir, por lo que no dije nada. Sirien tampoco habló. Continuamos caminando de manera casual como si algo asombroso no acabara de suceder.

Era la primera vez que iba de la mano con un chico.

No estaba segura de si me sentía como una niña jugando a ser adulta o como una adulta que no dejaba de ser una niña.

El príncipe me llevó hacia un pequeño muelle y nos sentamos con las piernas colgando sobre la superficie del lago. El azul del agua era igual de oscuro que el cielo. Mis ojos siguieron las hermosas flores de loto que flotaban en silencio. El rosado de sus pétalos era del mismo tono satinado que mis zapatillas de ballet.

—¿Qué piensas de mi hogar? —preguntó Sirien.

—Es como algo sacado de un sueño. Eres muy afortunado.

Una brisa de verano sacudió su pelo negro. Pensé en acomodárselo. A mis dedos les tentó la idea y los cerré por miedo a no poder controlarlos.

—Supongo que echas de menos el tuyo…

—Sí —respondí—. Aunque estoy feliz de haber llegado a Lussel. Es como haber caído en una gran aventura: Conjuradores, castillos, un baúl mágico…

—¿Un príncipe? —sugirió Sirien.

—Y un príncipe —confirmé.

Siempre pensé que darle la mano a alguien era una forma de expresar una amistad especial. Sin embargo, había más que eso. Era romántico de una manera sencilla. De una manera que decía *Quiero tenerte cerca porque no quiero perder tu compañía.*

—¿Un príncipe apuesto? —insistió con su encantadora sonrisa.

—*Mmm*, tal vez.

—¿Un príncipe apuesto que conoce a una bonita bailarina que es diferente al resto de las chicas de su reino?

La pregunta hizo que sintiera polvo de hadas en mi estómago.

—No puedo responder eso...

—Entonces, yo lo responderé por ti.

Sirien inclinó la cabeza, volcando mechones de pelo negro sobre mi frente. No podía pensar en un lugar más perfecto para tener un primer beso. Y Sirien era el chico perfecto también, pero de ser así... ¿Por qué estaba pensando en el deseo que escondía el oso de felpa sobre mi cama? La voz de una Alex un año menor alcanzó mis oídos: *Deseo que mi primer beso sea con Harry Bentley.*

Mis hombros se echaron hacia atrás antes de que los labios de Sirien llegaran a los míos. Debió de verlo en mi rostro porque se apresuró a desviar la mirada, rompiendo el momento.

—¿Tienes a alguien esperando por ti en Bristol? —preguntó.

Noté la rigidez en su postura. Se pasó una mano por el pelo, manteniendo la vista distraída como si estuviera avergonzado de volver a mirarme.

Harry no me estaba esperando. Ni siquiera sabía que ya no estaba en Inglaterra.

—No.

Sirien movió los pies sobre el lago.

—Cuéntame algo que no le hayas contado a nadie —me pidió.

Un secreto.

—No sé... *mmm.*

Lo pensé. Algo que no le hubiera contado a nadie.

—A veces... cuando me miro en un espejo, trato de encontrar alguna diferencia entre mi reflejo y yo —hablé lentamente, sin estar segura de si debía decirlo—. Sé que suena extraño, pero, no lo sé, supongo que a veces imagino que mi reflejo esconde algún pequeño secreto que nos hace diferentes.

—Nunca lo había pensado —dijo Sirien y arrugó la frente de manera pensativa.

Dudaba de que muchas personas lo hicieran. Ni siquiera sabía de dónde había salido tal ocurrencia.

Si yo había compartido uno de mis secretos, suponía que estaba bien pedirle uno de los suyos.

—¿Puedo preguntarte algo?

Sirien asintió.

—Lo que gustes.

—Oí lo que dijo tu caballero Finn antes de dejar la aldea de cuarzo. ¿Qué estabais buscando? —le pregunté.

El rostro del príncipe se perdió en el lago como si la respuesta estuviera escondida entre los cisnes. Su mirada se tornó algo melancólica.

—No puedo responder eso, lo siento. Mis padres me pidieron que lo mantuviera en secreto para no generar miedo en Lussel.

—Entiendo...

No. No lo entendía. Si era el tipo de secreto que podía causar miedo o poner al reino en riesgo, no entendía por qué había decidido volver conmigo.

—Mis padres también me pidieron que te entregara esto.

Sirien extendió la mano hacia mí y me ofreció una pequeña llave de oro. El delicado diseño formaba una corona en el extremo opuesto de los dientes. Esta estaba sujeta por un lazo celeste que el príncipe pasó por mi cabeza como si se tratara de un collar.

—Así no la pierdes —dijo.

—Gracias.

Sentí el peso del pequeño objeto contra mi pecho. Si dejaba Lussel... ¿Sería posible regresar? ¿Algún día?

El pensar en decir adiós me provocaba una sensación fría en el estómago.

—Debes firmar este pergamino —dijo Sirien mientras sacaba un papel enrollado junto a una pluma del interior de su chaqueta.

Lo tomé en mis manos. La pluma era imposiblemente liviana. Al apoyar su punta sobre el papel, sentí el mismo cosquilleo de magia que cuando me vestía dentro del cambiador. Sirien había dicho que me impediría hablar de Lussel cuando regresara a mi hogar.

La tinta se hundió en el pergamino, y puse mi nombre.

—Creo que voy a volver a la cabaña. Estoy cansada —me excusé.

—De acuerdo. ¿Sabes el camino?

—Sí. Te veré mañana.

Regresé por el sendero de piedrecitas blancas, dejando que el aire de la noche soplara contra mi rostro. Me sentía inquieta.

Como si tuviera que estar haciendo algo en vez de estar paseándome con un bonito vestido y acompañada por un príncipe. Pero ¿qué podía ser?

Ayúdame...

El sueño que había tenido comenzó a regresar a mí, reemplazando el paisaje por un lago salpicado de plumas blancas y luz de luna. La chica que estaba de pie tenía las manos cerradas contra sí misma, como si se estuviera aferrando a las emociones que latían bajo su pecho.

Una silueta se desprendió de la sombra del castillo, y me cortó el paso. La mujer que no me quitaba la mirada de encima en el salón. Su pelo negro era tan brillante como el de mi amiga Sumi y llevaba un vestido de manga larga que parecía un kimono. La fina tela tenía mariposas bordadas.

—Sé quién eres —su voz sonaba firme—. Estás aquí para condenar a la princesa Celestia como lo hizo la Hechicera Negra con Odette.

Las palabras hicieron eco en mi cabeza. Nunca había oído hablar de una princesa llamada Celestia, aunque definitivamente sabía quién era Odette.

—Mi nombre es Alexina Belle. No tengo magia, ni soy una hechicera —respondí.

Los ojos de la mujer fueron directos a mi brazo. El cisne negro que Sumi dibujó allí no se había borrado del todo. Aún quedaba una sombra del ave en mi piel.

—No es lo que parece —dije—. Es solo un dibujo.

—Admite que te ha enviado Christabella —exigió.

Retrocedí por miedo a que fuera a abalanzarse sobre mí.

—No me ha enviado nadie. Lo juro.

La mujer suspiró, frustrada. No estaba segura de que me creyera. La acusación en sus ojos no había disminuido ni un poco.

—Soy Arisa y sirvo a la familia real de Lussel de Arriba. Vine aquí en nombre de Su Majestad con la esperanza de oír hablar de algún progreso en la búsqueda de su hija —habló con calma a pesar de que su mirada todavía se veía como la de un gato enojado—. Imagina mi sorpresa al descubrir que el príncipe Sirien está aquí, entreteniendo a una jovencita, en lugar de estar buscando a la princesa perdida.

La búsqueda de la que hablaba Finn.

Estaban buscando a una persona.

A una princesa...

—¿Qué le sucedió a la princesa Celestia? —le pregunté.

La mujer permaneció en silencio.

—Por favor. Quizás pueda ayudarla —insistí.

Arisa dio unos pasos hacia al borde del lago y se tomó unos momentos antes de responder.

—Tras la muerte de su esposa, el rey de Lussel de Arriba decidió elegir una nueva reina. Muchos creían que sería la Conjuradora Christabella, dada su reputación de ser una de las mujeres más bellas del reino. Pero el rey eligió a otra persona. Su corazón escogió a una mujer sencilla, una linda pastelera de corazón gentil. Christabella lo tomó como una humillación, una humillación que merecía un castigo —relató con la mirada perdida en las sombras del lago—. La Conjuradora volvió a usar la antigua maldición que aprisionó a la reina Odette y la utilizó contra la única hija del rey: la princesa Celestia.

Las palabras de la mujer comenzaron a tejer una historia dentro de mi cabeza. En alguna parte de Lussel, se escondía una princesa que había caído víctima de la misma maldición que Odette. Lo que significaba que estaba prisionera bajo la forma de un cisne.

Me llevé la mano a la boca, recordando la noche en que emergí en el lago nevado, la noche en que llegué a Lussel.

El cisne con la corona de cristal.

El cisne que me había salvado de ahogarme.

—Me temo que la magia de Christabella es más cruel que la de Von Rothbart. Que no solo robó su forma humana, sino también los recuerdos que tenemos de ella... Dulce Celestia, cada día que pasa pierdo más detalles de su rostro, de nuestro tiempo juntas... —continuó para sí misma.

—¡Creo saber dónde está Celestia! —exclamé—. La princesa me salvó, y haré lo mismo por ella.

Arisa se volvió tan rápido que la falda de su vestido cortó el aire en dos.

—Si eso es cierto, envía al príncipe a por ella. —La mujer hizo una pausa y agregó—: Dile dónde encontrar a Celestia y ruega que sea capaz de romper el hechizo con una declaración de amor verdadero. Ruega no haber robado el afecto que solía sentir por la princesa para ti misma.

PARTE 2

EL DESEO DE LA PRINCESA

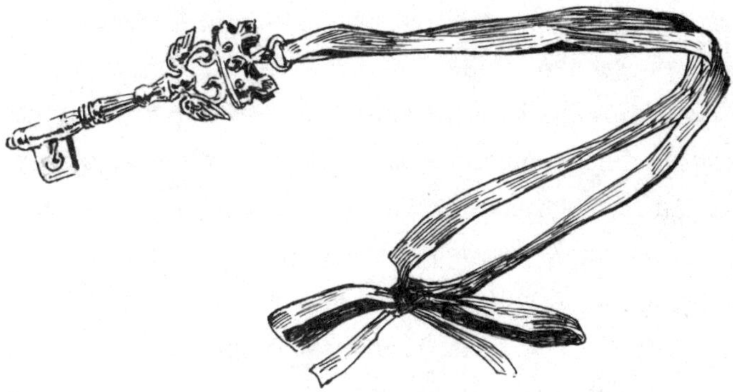

14

UNA ELECCIÓN DISTINTA

Uno no podía robar afecto, ¿verdad?

Corrí de vuelta hacia el pequeño muelle donde había dejado a Sirien. La silueta del joven príncipe seguía allí. Su pelo perdido en la oscuridad de la noche.

La chica de pelo rubio que había visto cuando había emergido del lago y había llegado a Lussel tenía que ser la princesa Celestia. Eso explicaba el cisne con la corona de cristal.

El corazón me latía tan rápido que me di un momento para esperar a que se calmara.

Tu-tuc, tu-tuc, tu-tuc, tu-tuc.

Estaba reviviendo la historia del ballet. Solo que no era una historia, sino algo que ya había sucedido antes en Lussel.

Cerré los dedos contra la palma de mi mano. Las circunstancias me habían puesto en el papel de Odile. Había estado tan cerca de besar al príncipe...

Habíamos charlado, jugado a Destruye el fuerte, caminado por los jardines tomados de la mano. Y mientras nosotros nos divertíamos, Celestia esperaba sola en el lago.

No lo sabía, no era mi intención, me dije a mí misma.

Me limpié las lágrimas de los ojos. Tal vez había terminado con un papel que no quería, pero eso no significaba que tuviera que actuar como otros esperaban.

No quería causarle ningún daño a Celestia. No era Odile. Era una simple chica de Bristol que había tropezado dentro de una aventura y haría lo necesario para que esa aventura tuviera un final feliz.

Para que todos tuviéramos un final feliz.

—¡Sirien!

Me apresuré hacia el príncipe, y lo tomé por sorpresa.

—Has vuelto —dijo contento de verme.

Se puso de pie, estirando su mano hacia la mía. Mi cuerpo retrocedió como si fuera a quemarse.

—Sé que estás buscando a la princesa Celestia —dije—. Una mujer de Lussel de Arriba me ha contado lo que sucedió.

—Celestia...

Sirien pronunció el nombre como si lo hubiera olvidado.

—Lamento no haberte dicho que estaba buscando a una princesa, no era mi intención ocultarte nada. Eso no cambia que me guste pasar tiempo contigo, desde que te vi bailar que...

—Sé dónde está —lo interrumpí—. Cuando llegué a Lussel me habría ahogado en el fondo del lago de no ser por un cisne que me salvó y me llevó a la orilla. Un cisne que se transformó en una chica iluminada por la luna.

—¿Celestia te salvó? —preguntó, incierto.

—¡Sí! Y ahora nosotros tenemos que salvarla a ella —le rogué.

El príncipe lo consideró durante un largo momento antes de volverse hacia el lago.

—Es curioso. Recuerdo muy poco sobre ella. Sé que solía visitar el castillo para las festividades y creo que le encantaban los naipes de chocolate y fresas que solía hornear la pastelera. Pero parece muy lejano en el tiempo.

Sus ojos verdes se perdieron en las estrellas del cielo.

—Debe de ser el hechizo. Arisa dijo que la magia de la Conjuradora Christabella es cruel y que estaba borrando los recuerdos que las personas de Lussel tienen de ella —dije.

—Supongo que es cierto.

¿Qué clase de persona condenaría a una chica a vivir sola en un lago y a ser olvidada por todos?

Alguien horrible, me respondí a mí misma.

—Creí que habías vuelto a por el beso —dijo Sirien bajando el mentón.

—Ese beso es para Celestia, no para mí.

Tenía que haber sabido que alguien tan encantador no estaba destinado a ser mío.

—Pero quiero que seas tú —protestó Sirien.

No. Su declaración de amor debía ser para Celestia. Era la única manera de salvarla. ¿Podía ser que estuviera atrapada en el papel de Odile? ¿Que hubiera robado su amor sin siquiera saberlo?

Me negaba a creer eso. Cada uno tenía el poder de decidir sobre sus acciones. Lo que significaba que podía hacer algo para ahuyentarlo.

—He mentido, cuando he dicho que no había nadie esperándome en Bristol. Hay un chico. Su nombre es Harry —dije.

La expresión de Sirien se tiñó de dolor, aunque también de sospecha.

—¿Has mentido? ¿O estás mintiendo ahora? —me preguntó.

No era buena mintiendo. Mi madre siempre decía que mi labio casi se transformaba en una mueca de culpa.

—Sirien… —hice una pausa sin saber qué decir—. Si no vas a por Celestia, entonces iré yo.

Con eso escapé de la escena, corriendo de regreso a la cabaña. Las lágrimas que caían por mis mejillas se fueron una a una con el aire de la noche y la falda del vestido se agitó a mi alrededor volando en un viento lila que persiguió mis pasos.

• • •

A la mañana siguiente no perdí un momento en contarles a Lindy y Glorian todo lo sucedido. Las palabras de la mujer con el vestido de mariposas, mi conversación con Sirien, cada detalle de la noche en que llegué a Lussel, mi decisión de volver a por la princesa y hacer lo posible por romper el hechizo que la tenía prisionera.

Lindy se paseó por alrededor de la sala de estar de manera impaciente, incapaz de quedarse quieta siquiera un momento.

Glorian se mantuvo sentado en el sillón, brazos cruzados y mirada pensativa.

No quería causarles más molestias, aunque tenía la esperanza de que decidieran regresar conmigo y ayudarme. En la historia que conocía, la única manera de romper la maldición era con una declaración de amor verdadero. Lo cual sería un problema si Sirien no podía recordarla o tenía sentimientos por la chica equivocada.

Solo me conoce desde hace unos pocos días, si lograra recuperar sus recuerdos del tiempo que pasó con Celestia, seguro que encontraría afecto en ellos, pensé.

—Por poco olvido que el rey de Lussel de Arriba tiene una hija —dijo Lindy llevando la mirada a su hermano—. Es como si la información hubiera comenzado a borrarse de mi mente sin que fuera consciente de ello.

—Me ha pasado lo mismo —repuso Glorian.

Agaché la cabeza para esconder la tristeza de mi rostro. Pobre Celestia. La imagen de la princesa se había estado desvaneciendo lentamente, pero la verdadera persona todavía existía.

—El cisne que me salvó llevaba una pequeña corona de cristal —expliqué—. Creí que tal vez era obra de Glorian…

Los ojos del joven se abrieron con sorpresa.

—Recuerdo haber visto un cisne que parecía diferente a los demás. Tenía alas tan largas y majestuosas, y había algo nostálgico en su mirada… Recuerdo haber visto la corona, pero no fue obra mía, había un aspecto oscuro en el cristal… y luego lo olvidé —dijo pasando una mano por su pelo dorado—. Hasta ahora.

Se puso de pie y estiró las piernas.

—Si aquella ave era la princesa Celestia, será un honor ayudarla.

—Esa pobre niña. He oído cosas terribles acerca de Christabella —agregó Lindy—. Por supuesto que iremos contigo.

Sentí un alivio tan grande que por poco me desplomé. Fui hacia Lindy y le di un abrazo. La muchacha me sostuvo de manera reconfortante.

—No fue mi intención llamar la atención de Sirien, no sabía que había alguien esperándolo... —dije derramando lágrimas sobre su vestimenta.

—Oh, pastelito. No es tu culpa —me aseguró—. Lo importante es que estás dispuesta a ir a por ella.

Glorian se nos unió, y reposó una mano sobre mi hombro.

—Todo va a ir bien —dijo.

Los hermanos planearon los pasos a seguir y nos preparamos para volver al camino. Glorian cargó el escaso equipaje en la carreta, mientras que Lindy les escribió una nota a Sus Majestades, agradeciéndoles su hospitalidad.

Aguardé en el exterior con las manos en la pequeña llave de oro que colgaba de mi cuello.

Tal vez la verdadera razón por la que había llegado a Lussel era porque la princesa me necesitaba. No iba a fingir que entendía los sentimientos de Celestia, pero tras haber pasado tanto tiempo preparándome para el rol de Odette, sí conocía la soledad que expresaba la música cada vez que debía danzar alrededor del lago imaginario.

Era una soledad oscura. Un vacío que te aislaba del mundo que solías conocer.

No podía llevarle el amor de un príncipe; pero lo que sí podía hacer era ofrecerle la lealtad de una amiga. Eso tenía que contar para algo.

—¿Lista para partir?

El par de burritos, Nimbi y Daisy, caminaron hacia mí, acercando sus hocicos de manera expectante. Les ofrecí una manzana a cada uno antes de subir a la carreta. Me estaba acostumbrando al ruido de las ruedas y al viento en mi rostro. Pronto sería tan cotidiano como sentarse en el asiento trasero del coche familiar.

Observé el castillo espejado hacerse pequeño a medida que nos alejábamos. Había intentado escribirle una carta a Sirien, pero cada intento terminó en una pelota de papel.

En algunas le explicaba que las circunstancias me habían atrapado en un papel que no quería y la única manera de corregirlo era haciéndome a un lado. En otras le confesaba que, de no haber oído hablar sobre Celestia, tal vez sí hubiera vuelto a por aquel beso. En una le pedía que se olvidara de haberme conocido y que no perdiera un momento en ir hacia el lago que se escondía en el bosque. Y en todas le daba las gracias por la llave y el tiempo que habíamos pasado juntos.

Lamenté no haber escrito una que dijera:

Gracias. Espero que podamos ser amigos.

Eso era lo que realmente había querido decir.

El castillo continuó haciéndose más pequeño, hasta no ser más que un resplandor blanco en la distancia.

—Adiós, Sirien —susurré con la pequeña llave en mi mano.

15

La princesa cisne

El bosque era tal como lo recordaba. Los copos de nieve que desprendían un leve destello verde caían del cielo en una llovizna que era húmeda pero no fría. Uno de los burros, Nimbi, estiró su hocico hacia arriba, atrapando un copo en su lengua.

Durante el viaje los hermanos me habían contado que aquel bosque era el hogar de un hada que adoraba volar entre la nieve, pero no favorecía el frío del invierno.

El polvo de hada que se desprende de sus alas cada vez que levanta el vuelo crea nieve propia que no depende del clima, me había contado Lindy.

Esperaba verla. Me encantaba la idea de poder contarle a Olivia que había conocido a un hada. No era que fuera a creerme. O que pudiera decirle la verdad acerca de Lussel.

La carreta se movió entre los árboles, despertándolos con el *track, track, track,* de las ruedas. Los ojos azul violeta de Lindy estaban perdidos en los alrededores, mientras que la cabeza dorada de Glorian solo miraba hacia el frente.

¿Qué le diría a Celestia? ¿Cómo le explicaría que me había dejado encantar por su príncipe porque no sabía que era suyo?

Cada vez que intentaba repasar las palabras en mi cabeza, estas se enredaban igual que cuando había intentado escribirle la carta a Sirien.

No dejaría Lussel hasta ayudarla a romper el hechizo. Sabía que no era una heroína, pero tampoco era una villana. Era... una chica de trece años. Una bailarina. Pero podía ser más que eso. Mis padres siempre me decían que podía ser quien quisiera si me empeñaba lo suficiente.

La fila de árboles se abrió como un telón, revelando el Lago de los Cisnes. Podía distinguir las aves en la distancia, flotando entre todo el blanco. El cambio en la atmósfera fue instantáneo. Como si hubiéramos caído dentro de una de esas esferas de cristal que protegían un pequeño mundo entre nieve y cristal.

Los burritos aceleraron el paso. Lindy se asomó al borde de la carreta. Y la espalda de Glorian se inclinó hacia delante.

El paisaje era una hermosa creación hecha de copos de nieve y plumas blancas. La superficie del lago era tan lisa como un espejo.

Mi mirada fue de cisne en cisne, buscando a la princesa. Al principio todos parecían iguales. Algunos más grandes, otros más pequeños. Pero con el mismo delineado negro alrededor de sus ojos, con el mismo pico naranja y cuello arqueado.

—Allí...

La mano de Lindy guio mis ojos hacia el borde opuesto del lago. Detrás de una pareja de cisnes, un destello atrapaba la luz del día que se filtraba entre las copas de los árboles.

Una pequeña corona de cristal.

El ave que la llevaba descansaba con las alas retraídas y la cabeza hacia abajo.

Odette.

No, no era la misma princesa cisne que debía interpretar en el ballet. Era una chica diferente bajo la misma maldición. La princesa de Lussel de Arriba.

—Celestia.

Su nombre se escapó de mis labios y se hundió en el agua. Glorian se bajó de su lugar al frente de la carreta y dio unos pasos silenciosos hacia la orilla. Se había puesto un sobretodo cuyos hombros desplegaban una capa que se cerraba sobre su pecho y caía junto a las mangas. Era negro con viñas doradas.

Un atuendo que iba bien con un mago en una misión de rescate.

—Es de día, debemos esperar a que la noche la devuelva a su forma humana —murmuró.

Un grupo de cisnes se acercó a él con graznidos curiosos. No la princesa. El ave con la corona permaneció en su rincón, ensimismada en sus pensamientos.

Lindy se llevó una mano a la mejilla y se limpió una lagrima.

—Esa pobre niña...

—Estamos aquí. Estamos aquí y vamos a ayudarte —prometí.

• • •

Aguardamos junto a la orilla durante el resto de la tarde. Aquel espacio en medio del bosque hubiera parecido congelado en el tiempo de no ser por los cisnes que se movían sobre la superficie del lago.

Mi mirada iba al cisne en la orilla opuesta todo el tiempo. No había venido a nosotros, por lo que decidimos darle su espacio. Parecía asustado.

Glorian y Lindy jugaron varias partidas de naipes para pasar el tiempo, aunque a ambos se los veía distraídos.

Mis dedos encontraban la llave en mi cuello cada cierto rato. Me recordaba a Sirien. Deseaba que pudiera estar con nosotros. Que fuera el primero en recibir a la princesa cuando recuperara su verdadera forma.

Seguro que necesitaba ver una cara familiar. Alguien que la recordara. Glorian, Lindy y yo éramos extraños para ella.

Aunque tal vez me reconocería de la noche en que me había rescatado del lago.

—Glo… ¿Qué haremos una vez que esté con nosotros? —preguntó Lindy bajando los naipes en sus manos de manera resignada.

Su hermano lo consideró por un momento antes de llevar la mirada al lago.

—Sin el príncipe o su declaración de afecto, no nos queda más remedio que ir en busca de Christabella —respondió—. Todo hechizo tiene algún amuleto donde anclar su magia. Así que tenemos que encontrarlo y romperlo.

—He oído que tiene una gran casa que se encuentra en la Pradera Azabache…

Glorian asintió, barajando los naipes en su mano de manera experta.

—¿La Pradera Azabache? —pregunté horrorizada—. Suena a un lugar oscuro.

—Lo es. El césped es tan oscuro como la tinta negra.

—Sin flores ni árboles —agregó Lindy.

—Dicen que es el hogar de grandes panteras que se camuflan con sus alrededores y la única manera de verlas es por el verde de sus ojos —agregó Glorian—. Panteras fantasmas.

Un escalofrío bajó por mi espalda como si alguien hubiera soplado contra mi nuca. ¿Un prado de césped negro con panteras fantasmas? Sonaba a algo que me daría pesadillas mucho tiempo.

—Y si logramos atravesarlo... ¿Debemos enfrentarnos a la cruel Conjuradora?

Los hermanos intercambiaron miradas cautas.

—Mejor dicho, sería algo como escabullirnos en su casa y romper el amuleto —respondió Glorian—. En lo posible, sin que nos atrapen.

Asentí de manera enfática.

—Voy a necesitar una espada. Por si acaso —dije.

Lindy me observó sorprendida.

—¿Para qué quieres una espada, pastelito?

—Los príncipes y los piratas siempre cargan espadas para afrontar peligros inesperados —respondí al recordar libros y películas—. No es que yo sea una princesa o una pirata, pero me gustaría poder cargar una también.

Glorian me dedicó una sonrisa que comenzó entretenida y terminó con aprobación. Seguimos esperando hasta que el cielo finalmente comenzó a oscurecerse. Algunos de los cisnes se fueron dispersando hacia los bordes, escondiendo las cabezas dentro de sus alas.

No fue hasta que la luna mostró su cara que el ave con la corona de cristal finalmente abandonó su lugar, moviéndose hacia el centro del lago, donde la luz iluminaba mejor.

Observé cada momento sin siquiera pestañear. El silencioso trayecto del cisne. El leve movimiento del agua que distorsionaba el reflejo del cielo nocturno.

La melodía del ballet comenzó a sonar en mi cabeza.

El cuerpo blanco del cisne se detuvo bajo el resplandor de la luna y las estrellas para luego sumergirse bajo el agua. La luz se quebró en un sinfín de destellos que se mezclaron con los copos de nieve sobre la superficie del lago.

Magia.

La escena me robó suspiro tras suspiro, estaba cautivada. Era más hermoso que ver juegos artificiales. Los rayos de luz se perdieron en una mezcla de colores que iluminó el lago de un extremo al otro. El pálido verde de los copos de nieve, el etéreo plateado de la luna, el profundo azul del agua...

Y luego una pluma blanca rompió la superficie.

Una segunda pluma no tardó en seguirle, y una tercera, hasta que fueron suficientes como para cubrir el reflejo de la luna.

La chica que emergió de ellas era tan delicada como una estrella caída. Su rostro flotó entre las plumas, dio un respiro, y se dio cuenta de que tenía público cerca de la orilla.

Lindy y Glorian permanecieron inmóviles. Parecían tan encandilados como yo.

La princesa nadó hacia nosotros con la misma fluidez que cuando era un cisne. Enseguida noté que la pequeña corona de cristal continuaba sobre su cabeza.

Verla caminar fuera del agua hizo aparecer otra melodía en mi cabeza. Celestia tenía cabello de un suave tono rubio que caía mojado a la altura de sus hombros, unos cautivantes ojos de un cálido marrón ámbar y piel tan pálida como un rayo de luna.

El delicado vestido que llevaba era tan blanco como la nieve del paisaje. La falda fluía en diferentes capas, cada una con un largo distinto.

—Su Alteza.

Glorian hizo una reverencia y Lindy lo imitó enseguida. Intenté hacer lo mismo, pero mi cuerpo permaneció inmóvil, congelado por una sensación de asombro que no podía quitarme.

La princesa los miró sin entender.

—No sé... No sé quién soy. No sé por qué estoy aquí —dijo una voz frágil que nada tenía que ver con el imponente cisne.

Escondió la mirada de manera avergonzada. ¿No recordaba quién era? ¿El hechizo también había afectado su memoria? La triste expresión llenó mis ojos de lágrimas.

—¿Me recuerdas a mí? —pregunté en tono amable.

Levantó sus grandes ojos hacia mi rostro. Se la veía tan... *perdida*. Una chispa de reconocimiento centelleó en su mirada y suspiré, aliviada.

—Estabas en el lago —dijo.

—Tú me salvaste. Me llevaste a la orilla.

Celestia giró la cabeza en dirección al lago.

—Deseaba que alguien viniera a hacerme compañía. Alguien además de los cisnes. Y luego tú apareciste... pero después de esa noche no volví a verte.

—Lo siento. En ese momento no sabía lo que estaba sucediendo —me disculpé—. He vuelto por ti, para ayudarte. Mi nombre es Alexina Belle, me llaman Alex, y tú eres la princesa Celestia de Lussel de Arriba.

—¿Celestia? —repitió su nombre.

—Así es, dulce princesa —dijo Lindy.

Se acercó lentamente y llevó una mano hacia su hombro ofreciéndole consuelo. La guapa muchacha permaneció inmóvil, sin saber qué hacer. Era de mi misma estatura, no debía de tener más de trece años.

—¿Por qué estoy aquí? —nos preguntó.

—Fue obra de una malvada Conjuradora —respondió Glorian.

Este tenía sus ojos clavados en la pequeña corona, la miraba con sospecha. Tal vez su magia podía percibir algo oculto dentro del cristal. Algo que nos ayudaría a romper la maldición.

¿Qué había dicho acerca de los amuletos?

El ruido de unas pisadas hizo que me volviera a tiempo para ver a una figura aparecer entre los árboles. Una figura que al acercarse se convirtió en un chico de pelo negro y cara bonita.

Sirien.

El príncipe caminó en mi dirección con su capa agitándose con cada paso que daba. Sus ojos de primavera encontraron los míos, y me sostuvo la mirada por un largo momento antes de dirigirse a la princesa.

—Celestia... te han encontrado.

La joven lo miró de tal manera que por un momento creí que lo recordaba. Pero luego su mirada se perdió de vuelta y el viento jugó con su pelo mojado.

Bésala, pensé. *El beso siempre funciona.*

Aunque en ese caso no estaba convencida de que fuera suficiente. El príncipe parecía inseguro y la princesa se acurrucó contra Lindy, buscando refugio en sus brazos.

—Ni siquiera recuerda su nombre —le explicó Lindy.

Una pequeña silueta se asomó sobre el hombro de Sirien, iluminando el espacio a su alrededor como si pudiera generar luz propia. Lo primero que noté fueron alas similares a las de una mariposa. Parecían estar hechas de escarcha. Del mismo tono menta que los copos de nieve.

El Hada del Bosque.

Tenía largo pelo rojo que caía por debajo de su cintura y un bonito vestido color esmeralda con una falda en forma de tutú que la hacía parecer la bailarina más hermosa que jamás hubiera visto.

—Primsella —saludaron Glorian y Lindy al unísono.

Al escuchar sus voces, el hada se iluminó aún más y voló hacia ellos.

—Mis Conjuradores favoritos —dijo soltando una risita de deleite—. Me encanta cuando me visitáis, vuestros obsequios siempre me traen alegría.

Lindy estiró la palma de su mano y el hada descendió sobre ella con diminutos copos de nieve danzando alrededor de sus alas.

—¿Sabes lo que le sucedió a la princesa? —le preguntó Lindy.

—La he estado visitando por las noches sin lograr conversar con ella. No hace más que mirar el lago y a los cisnes… —respondió el hada con su voz cantarina—. Y hoy he encontrado a este encantador príncipe perdido en el bosque. Lo he guiado hasta aquí con la esperanza de que pudiera ayudarla. Ansío poder ver si su amor es suficiente para presentar batalla a la magia que la mantiene prisionera.

Dirigí la mirada hacia Sirien sin poder evitarlo. Se lo veía más inseguro que antes. Su cuerpo estaba rígido y tenía las manos cerradas en puños.

—Encontré las bolas de papel que dejaste en la cabaña, las cartas que empezaste a escribir... y decidí venir a por ti —me explicó Sirien mirándome a los ojos—. Y a por Celestia.

La mención de las cartas me hizo ruborizar. Estaba tan nerviosa que ni siquiera podía recordar lo que había escrito.

Estaba contenta de verlo y de tener una segunda oportunidad de ser amigos.

Eso es lo único que podemos ser, me dije, *amigos*.

Con solo pensar en la princesa parada de pie junto a Lindy, sentí que la culpa me invadía.

—Has venido por Celestia —repetí—. Porque es alguien importante para ti que conoces desde tu infancia.

Le rogué con la mirada. Sirien esquivó mis ojos y ocultó lo que fuera que estuviese pensando.

—Todavía no logro recuperar todos mis recuerdos de ella —respondió.

Eso no ayudaba. Celestia lo estaba observando como si fuera un extraño. Aunque podía ver una pequeña chispa de interés en sus ojos. Algo que hacía que su mirada no resultara tan vacía.

—¿Quién es esta niñita? —preguntó el Hada del Bosque.

—Es nuestra amiga Alex de Bristol, está aquí para ayudar —me presentó Glorian.

—Oh, pero no estoy tan segura —respondió con tono travieso—. ¿Y si en vez de ayudar roba al príncipe Sirien? Se estaban mirando, *mmm*, cómo decirlo, ¿con la esperanza de vivir un romance?

Negué con la cabeza. No, no, no. Nada de ojos de romance.

—Solo somos amigos. Estoy aquí para ayudar —le aseguré.

—Ya veremos.

El Hada del Bosque dejó escapar una risita que se perdió con el viento.

—Supongo que también has notado lo que esconde la corona. ¿No es así, querido Glorian? Después de todo, tu especialidad son los cristales —señaló mientras revoloteaba frente a su rostro.

Glorian sostuvo la mirada de Primsella. No se lo veía necesariamente encantado por el hada que no dejaba de brillar cerca de él, más bien parecía fastidiado.

—¿Por qué no la rompiste? —preguntó.

—Creí que te dejaría los honores. Sabes que no me gusta entrometerme en asuntos ajenos, eso enfadaría a Christabella —replicó.

El hada se acercó aún más y le dio un beso en la mejilla, luego voló hacia un lado.

Glorian la ignoró.

¿Por qué me estás comparando con aquellos diablillos alados?, me había dicho cuando lo había comparado con un hada madrina. Ahora entendía a qué se refería

El joven se dirigió a la princesa y se arrodilló frente a ella para poder estar a la altura de su rostro.

—Princesa Celestia, voy a ayudarte y para eso necesito la corona que tienes en la cabeza.

16

Recuerdos de cristal

Celestia observó al joven de pelo dorado que se arrodillaba frente a ella. Juntos formaban una imagen perfecta. La princesa con su vestido blanco y el Conjurador de Cristales con su elegante abrigo. El lago estaba sumido en un silencio sepulcral detrás de ellos. Algunos cisnes se movían sobre la superficie, mientras que otros dormían bajo las estrellas.

Sirien se paró a mi lado, observando la escena con atención. Se lo veía esperanzado de que Glorian pudiera hacer algo por ella.

Lindy pasó una mano por el pelo de la princesa de manera reconfortante.

—Es mi hermano, puedes confiar en él —le prometió.

Celestia lo consideró unos momentos más antes de tomar la pequeña corona que adornaba su cabeza y se la ofreció con un gesto tímido. Glorian la tomó en sus manos.

—Gracias.

Al ponerse de pie, la extendió hacia el cielo para poder verla con claridad. La luz de la luna iluminó las transparencias del cristal. Al principio no logré ver nada más que su forma, pero justo antes de que Glorian la moviera de nuevo juraría que había visto una suerte de neblina negra moverse dentro.

El Hada del Bosque voló alrededor de Celestia.

—No estés triste, princesa cisne. Las cosas están a punto de mejorar —le dijo.

Glorian levantó la corona una vez más, solo para extender sus brazos y arrojarla con fuerza. El impacto contra el suelo envió trozos de cristal en todas direcciones. Sirien estiró una mano delante de mí para proteger mi rostro y Lindy hizo lo mismo con Celestia.

La neblina oscura que había creído ver se agitó en una espiral, mientras se liberaba de cada pieza de cristal, hasta que se perdió completamente en el cielo nocturno.

—¿Qué es lo que escondía la corona? —pregunté.

—Sus recuerdos —respondió Glorian.

Celestia se llevó las manos a la frente con un grito de dolor. De inmediato me dirigí a su lado y ayudé a Lindy a sostenerla antes de que cayera al suelo.

—¿Estás bien?

Celestia cerró los ojos intentando detener lo que fuera que estuviera pasando dentro de su cabeza. Su piel estaba fría. Su pelo estaba empapado. No podía siquiera imaginar qué le sucedía.

El cuerpo de la princesa se sacudió con un escalofrío. Los sonidos de dolor que escapaban de sus labios hacían que me desesperara por hacer algo para ayudar.

—Está muy fría… —le susurré a Lindy.

Sirien me oyó, se quitó su capa y la pasó alrededor de los hombros de Celestia con cuidado. Por un momento extendió su mano hacia la de ella como si fuera a tomarla, pero rápidamente la dejó caer.

—Todo va a ir bien, mantén los ojos cerrados y trata de tranquilizarte —le dijo Glorian levantándola en sus brazos.

—Recuéstala en la carreta —le indicó Lindy

Primsella voló delante del Conjurador, iluminando el camino. A pesar de la noche que se extendía sobre los árboles, el reflejo de la luna sobre el lago provocó que los alrededores no resultaran tan oscuros. Las alas del Hada del Bosque me recordaban a las estrellitas que se deshacían en chispas con las que mis padres nos permitían jugar cuando celebrábamos el comienzo de año.

Los hermanos se subieron a la carreta y Glorian acomodó a la princesa en el suelo, mientras Lindy colocaba una manta debajo de su cabeza. Sirien y yo nos quedamos a un lado sin saber cómo ayudar.

—Nunca pensé que estaría tan triste y sola —murmuró el príncipe—. De haberlo sabido, me habría esforzado más por encontrarla.

Le creía. Lo había visto en sus ojos cuando él había visto a la princesa de pie junto al lago. Antes de que nuestros caminos se cruzaran en el espectáculo en la Aldea de Cuarzo, Sirien había estado viajando con su guardia en búsqueda de Celestia. *Yo* había sido la distracción que le había servido de excusa para poder tomarse unos días y regresar al castillo. Yo había sido quien lo había desviado de su camino.

—Lo sé. Lamento haberte distraído de tu misión —dije arrepentida.

—Alex… por favor, no te culpes. Estaba cansado de la marcha constante y apenas podía recordarla, conocerte fue como una brisa de aire fresco. Lo necesitaba —respondió.

Eso me hizo sentir un poco mejor.

—Las cartas que encontraste, lo que en realidad quería decir era… que espero que podamos ser amigos —dije empujando cada palabra.

Sirien asintió, derramando mechones de pelo negro sobre sus ojos verdes. Fue un gesto lento. El comienzo de algo distinto.

—Me gusta ese plan.

La figura de Glorian se dirigió hacia nosotros, rompiendo aquella atmósfera rara que nos rodeaba. El Conjurador tenía una expresión que indicaba mal humor. Probablemente por el hada sonriente que iba sentada sobre su hombro. Me pregunté si había alguna historia entre ellos o si simplemente no le gustaban las hadas.

—¿Cómo está Celestia? —le pregunté.

—Mejor.

Glorian respondió sin mirarme y continuó camino al lago. Se lo veía distraído. Primsella estaba susurrando algo en sus oídos, pero lo que le decía era inaudible para nosotros.

• • •

Me senté junto a la princesa y me quedé en silencio, viendo pasar la noche. En algún punto debí de quedarme dormida porque la siguiente vez que me moví y levanté la cabeza, la escena había cambiado. Los brillantes ojos de Celestia estaban abiertos, perdidos en la luna que todavía seguía visible en el cielo.

Era el mismo rostro que había visto en la orilla del lago cuando llegué a Lussel. La misma belleza que la hacía parecer una princesa hecha de hielo y nieve en lugar de una chica corriente.

—¿Celestia?

—Mis padres me llaman Celes.

La voz con la que pronunció esas palabras ya no sonaba vacía.

—Celes. ¿Puedo llamarte así también?

Su mirada bajó del cielo hasta mis ojos.

—Sí. —Hizo una pausa y agregó—: Los recuerdo, a mis padres, al castillo que llamamos hogar, los almohadones bordados sobre mi cama, la voz de mi madre cantándome canciones...

Esas últimas palabras llevaron nubes de lluvia a sus ojos.

Perdió a su madre, recordé.

La mujer con el vestido de mariposas dijo que la Conjuradora Christabella se había ofendido porque el rey había elegido a otra mujer para que fuera su nueva reina.

—Tu madre siempre va a estar contigo —intenté reconfortarla.

—Creo que mi institutriz me dijo lo mismo. No recuerdo todo... solo algunas imágenes y sonidos, cosas que eran importantes.

—¿Qué hay de Sirien?

El nombre hizo que sus labios se cerraran en una pequeña sonrisa. Celes se encogió dentro de la capa que llevaba sobre sus hombros. Podía ver los bordes plateados del emblema de la corona que adornaba la tela.

—Sé que solía robar galletas recién horneadas de la cocina para que pudiéramos compartirlas bajo una gran mesa que siempre estaba cubierta por una sábana que la protegía del polvo. Ese era nuestro escondite… en una sala olvidada de su castillo —me contó mientras una sonrisa pícara le daba vida a su mirada—. Y una vez me regaló un conejo hecho de ramas y flores secas, aún puedo verlo sobre el tocador de mi habitación.

Giré la cabeza hacia las figuras que descansaban recostadas cerca de la orilla y busqué la de Sirien. Sonaban a bonitos recuerdos. Podía imaginarlos, el príncipe con su pelo oscuro y su sonrisa de sol, la princesa con sus luminosos rizos rubios y su rostro de luna, lado a lado en un carruaje comandado por majestuosos caballos blancos. La imagen del perfecto final de cuento de hadas.

¿Qué me espera a mí? ¿Podré encontrar mi propio camino una vez que regrese a Bristol?

—Todavía no tengo recuerdos de ti. Solo recuerdo cuando vi tu cuerpo en el fondo del lago —me comentó la princesa.

—Fue entonces cuando nos conocimos, ese es nuestro primer recuerdo juntas —respondí—. Caí a un lago en un lugar lejano y luego aparecí en este, aquí en Lussel. Sé que suena extraño, pero es cierto.

—¿Crees que…? Pedí un deseo a una estrella fugaz: que enviara a alguien para que no tuviera que estar sola todos los días.

Alguien además de los cisnes. Y luego apareciste tú —me cuenta mientras vuelve a dirigir la mirada hacia el cielo—. ¿Crees que tú fuiste mi deseo?

Sonaba mágico e incluso posible, pero, en realidad, todo lo que había sucedido desde que había llegado a Lussel sonaba imposible. Me sentía conectada a la chica que estaba sentada a mi lado. Por la historia de Odette. Por los sentimientos que burbujeaban en mi pecho cada vez que escuchaba las melodías del ballet. ¿Y si el deseo de Celestia realmente me había traído a Lussel?

Por un lado, solo me hacía sentir más culpable por el tiempo que había pasado con Sirien, pero por el otro, me hacía querer ayudarla con todo mi corazón.

Y no era como si estuviera haciendo tan mal trabajo. Había guiado al resto hacia ella y, gracias a Glorian, sus recuerdos estaban regresando.

—Espero que sí —respondí.

La princesa reposó la cabeza contra mi hombro. Se veía cansada. Dejé que mi cabeza cayera sobre la suya y deseé poder seguirla a sus sueños para que no tuviera que estar sola.

La sombra de Odile ya no me asustaba. Sabía quién era y qué rol quería jugar.

17

UN TRATO CON UN HADA

Al despertar por la mañana encontré a un cisne sentado a mi lado. La repentina aparición del ave hizo que me incorporara de manera precipitada. Era la primera vez que veía a uno tan de cerca. Las plumas eran completamente blancas al igual que la nieve recién caída. El color cambiaba de manera leve a medida que mi mirada subía por su cuello, donde también se veían algunos tonos de un amarillo claro. Y luego estaba el parche negro entre los ojos y el pico.

Sabía que era la princesa aun sin la pequeña corona de cristal.

La magia que la atrapaba en aquella forma debía de haberla cambiado cuando el sol había roto la noche.

El cisne estiró su largo cuello para poder mirarme. Que no pudiera hablar no significaba que no fuera a entenderlo. Las emociones que llenaban aquellos pequeños ojos que se asemejaban a perlas negras eran suficientes. *No me dejéis*, rogaba.

—No lo haremos, lo prometo, Celes.

Miré al ave de manera significativa, intentando transmitirle calma. No la dejaría hasta que el hechizo estuviera roto y se encontrara a salvo de esa terrible Conjuradora.

En los alrededores, el paisaje nevado relucía bajo los rayos de sol que se filtraban entre los árboles. Lindy y Sirien estaban sentados junto a la orilla del lago, comiendo algo, mientras que Glorian se encontraba a unos metros, solo. Podía ver la luz de Primsella revoloteando a su alrededor.

—Vayamos a desayunar junto a los demás —propuse.

Bajé de la carreta, pero el cisne se quedó donde estaba. Su cuerpo reposaba sobre la capa gris del príncipe.

Tal vez es su manera de asegurarse de que no nos iremos sin ella. No la culpaba, con solo pensar en lo sola que debía de haberse sentido en ese lago, mis ojos se humedecían con lágrimas.

—Te traeré algo de comida.

Lindy estaba sentada junto al príncipe. Había cambiado su vestimenta al atuendo con el que la había visto por primera vez. El conjunto lila que se desplegaba en una corta falda con bordes dorados y la camisa blanca con el moño alrededor de su cuello. Su pálido pelo rosa estaba peinado hacia atrás en una trenza adornada por diminutas florecillas blancas. Sirien parecía relajado. Como si la compañía de Lindy lo calmara. Llevaba una camisola blanca de aspecto clásico y pantalones de montar. Mis ojos se concentraron en la espada que llevaba enfundada en su cinturón. Necesitaba una de esas. No sabía bien cómo usarla, pero la necesitaba.

—¿Has dormido bien, pastelito? —me preguntó Lindy, e hizo una seña hacia el lugar a su lado para que me sentara.

—Sí, he podido descansar.

Al sentarme, Sirien me ofreció un pequeño plato de madera con pan, queso y una manzana. Acompañó el gesto con una sonrisa pícara que me hizo sonreír. De verdad quería que fuéramos amigos.

—Gracias.

—La señorita Lindy ha preparado un buen desayuno a pesar de que nos encontramos en medio del bosque —comentó mientras extendía una mano para atrapar un copo de nieve solitario.

La suave nevada era tan propia del paisaje que ya no me sorprendía que cayera del cielo en un día de sol o que no sintiéramos frío. Era obra del Hada del Bosque que aún revoloteaba junto a Glorian. El Conjurador estaba parado de espaldas a nosotros. La curiosidad por saber de qué hablaban hizo que moviera el pie de manera inquieta. Estaban teniendo aquella conversación privada desde la noche anterior.

—No es nada. Mi hermano y yo estamos acostumbrados a la vida en el camino, sabemos dónde comprar provisiones y de qué manera racionarlas —nos explicó Lindy.

—¿De qué está hablando con Primsella? ¿Va a ayudarnos con la princesa? —pregunté sin poder controlar mi curiosidad.

Comí un bocado de pan para que eso cerrara mi boca. No quería sonar entrometida.

—Están negociando. Las hadas son insaciables cuando se trata de negociar —respondió Lindy con humor—. Primsella sabe la ubicación exacta donde podemos encontrar la casa de Christabella.

—¿Y Glorian tiene que darle algo a cambio para que nos lo diga?

Lindy asintió.

—Mi padre siempre dice que negociar con un hada es una pesadilla que lo deja con dolor de cabeza durante días —nos contó Sirien.

—Glorian probablemente coincida con él. —Lindy hizo una pausa y luego agregó—: Y en este caso, Primsella está disfrutando de extender su tortura.

—¿Por qué?

—Cuando la conocimos, antes de saber quién o qué era, engañó a mi hermano haciéndose pasar por una guapa costurera para ir a una cita. Las hadas pueden adquirir forma humana por unas horas cuando hay luna llena —nos explicó con una risita—: Glo se ofendió cuando descubrió que se trataba de un hada.

¿Cómo podía ofenderse? Solo podía imaginar lo bonita que debía de haber estado haciéndose pasar por una joven de su edad.

—Pero es tan guapa… —dije.

—A las hadas les gusta jugar con nosotros. —La voz de Sirien sonó firme.

—Y el hecho de no haber visto lo que realmente era fue un golpe a su ego —agregó Lindy con otra risita—. A Glorian le gusta sorprender con sus trucos, pero odia cuando alguien logra sorprenderlo a él.

Entendía por qué lo encontraba tan gracioso. Aunque me costaba creer que hubiera logrado engañarlo, Glorian era la persona más suspicaz que conocía.

Continuamos comiendo hasta que Glorian finalmente decidió unirse a nosotros. La expresión de fastidio en su rostro era peor que la noche anterior. El hada voló por encima de él, salpicando destellantes copos de nieve sobre su hombro. La línea de sus labios se volvía más rígida con cada paso que daba.

—Come algo —le sugirió Lindy—. Un estómago vacío solo empeorará tu humor.

Glorian asintió y su hermana se apresuró a prepararle un plato con comida.

—Gracias, Lind. —Sus ojos azules pasaron de ella a Sirien con una expresión fulminante—. Su Alteza, debo pedirle que intente romper el hechizo con una declaración de amor verdadero.

El príncipe se encogió de hombros. ¿Tenía miedo de no poder hacerlo? ¿O quizás no conocía sus propios sentimientos?

—¿Ahora? —preguntó, incómodo.

—Me temo que sí. No haré ningún trato hasta asegurarme de que no nos queda otra opción más que ir en busca de Christabella —respondió cruzándose de brazos.

—Pude recordarla mejor desde que rompiste la corona, pero todavía no... No estoy seguro de... de mis sentimientos por ella.

Su voz fue perdiendo fuerza y apenas logré escuchar las últimas palabras.

—La cabeza a veces olvida, pero el corazón siempre recuerda —dijo Lindy alentándolo.

—Por favor, inténtalo —le rogué con una mirada suplicante.

Sirien se puso de pie lentamente. Se le veía diferente al chico seguro que me había invitado a ver el atardecer al conocernos. Aquel encanto fue fácilmente reemplazado por una actitud vulnerable e insegura.

Dio un paso, luego otro y se alejó en dirección a la carreta. Los cuatro nos quedamos observándolo en silencio. Incluso la pareja de ciervos que pastaba bajo la sombra de un árbol parecía estar prestando atención. Y los cisnes... podía ver un grupo de ellos flotando junto a la orilla de manera inmóvil, expectantes.

—Tengo mis dudas acerca de nuestro apuesto príncipe —comentó Primsella con su voz cantarina—. El muchacho no parece convencido.

Sus ojos me escrutaron por un momento, como si yo fuera la culpable. No lo era. Una persona no podía borrar ni reemplazar a otra. Lo sabía porque a pesar de que me gustaba pasar tiempo con Sirien, todo lo que sentía por Harry seguía allí. Intacto. El deseo de que mi primer beso fuera con él había sido lo que me había impedido besar al príncipe Sirien en el muelle.

—Es muy joven. Aún está aprendiendo a comprender su corazón —dijo Lindy.

—Ayudaría si aprendiera rápido —murmuró Glorian.

Estaba tan ansiosa por ver lo que sucedería que comí dos galletas al mismo tiempo. El príncipe se sentó en la carreta a un lado del majestuoso cisne. Juntos formaban una imagen que había imaginado infinidad de veces cuando practicaba para el ballet.

¿Y si este es el final de la historia? ¿Si sus palabras son suficientes para romper la maldición?

—Nos estamos comportando como un grupo de chismosos. —Lindy devolvió la vista a la canasta del desayuno y me preguntó—: ¿Quieres que te prepare algo más, pastelito?

Me esforcé por girar hacia ella y despegar mis ojos de la escena.

—Otra rebanada de pan con queso, por favor.

—Aceptaré una manzana cortada en pequeños trozos, querida Lindy —intervino Primsella, y se sentó al borde de la canasta.

Su rostro era tan delicado como el de una estatuilla de porcelana: pestañas curvilíneas. Nariz pequeña. La forma de sus labios y su tono cereza parecían obra de un pintor. En forma humana debía de haber sido imposiblemente guapa. Podía verla tomada de la mano del elegante Glorian. La pareja más llamativa de todo Lussel, sin lugar a dudas.

—¿A qué trato habéis llegado si el príncipe Sirien no logra ayudar a la princesa? —preguntó Lindy.

Su hermano desvió la mirada sin decir una palabra. El hada sonrió de manera traviesa y sus alas pasaron de verde a turquesa.

—Mi querido Glorian debe obsequiarme un anillo hecho con sus cristales, además de permitirme ser su compañera en uno de sus espectáculos. Haremos una actuación juntos. —El Hada del Bosque estaba exultante—. También recibiré tus flores, una invitación abierta a los bailes reales del príncipe Sirien, y... aún no sé qué quiero de ti, Alex de Bristol.

Primsella se me quedó mirando con interés.

—No serás mi compañera, no necesito una —refunfuñó Glorian por lo bajo.

—¿Qué tienes para ofrecerme? —me preguntó el hada ignorándolo.

Dudaba de que fuera a aceptar un baile. Pensé en lo que llevaba conmigo. El reloj en mi muñeca era demasiado valioso, un regalo de mis abuelos. Y le había dado mi colgante a Glorian. Lo que dejaba el par de aretes en forma de rosas. Eran tan pequeños que me había olvidado de que los llevaba puestos.

Me los quité con cuidado y se los enseñé.

—¿Qué hay de estos?

El Hada del Bosque los observó con curiosidad.

—Mmm podría usarlos para adornar mi pelo —dijo pasando las manos por un mechón rojo.

—No le des nada —me ordenó Glorian—. No hasta que...

—¡El príncipe está arrodillado! —lo interrumpió Primsella señalando sobre nuestras cabezas.

Me giré sin siquiera pensarlo. Era cierto. Podía ver la silueta de Sirien arrodillada frente al ave blanca de manera solemne. Diciendo palabras que seguro que eran importantes. Sentidas.

Sentí una pequeña punzada de celos. Fue rápida y caprichosa.

Está bien, es lo que tiene que suceder, me dije. Decir las palabras en mi mente me ayudó.

Los hermanos avanzaron hacia mi lado, prestando atención.

Glorian estaba rígido. Lindy, expectante.

Ambos estaban conteniendo el aire como yo. Podía imaginar destellos de magia cubriendo a la princesa igual que fuegos artificiales. Plumas blancas que pronto caerían una tras otra.

Solo que… nada de eso sucedió. El príncipe permaneció inmóvil frente al cisne, congelado en la escena un largo rato, hasta que finalmente se puso de pie, derrotado.

¿Dónde estaba la magia? ¿Y el beso?

Sirien caminó hacia nosotros con la cabeza gacha. Varios mechones de pelo cayeron sobre su rostro, manteniéndolo en las sombras. Glorian dejó escapar un suspiro exasperado.

—Guarda tus comentarios, es solo un niño —le advirtió Lindy.

La mirada de advertencia que le dedicó a su hermano fue suficiente para hacer que se comportara.

El príncipe nos pasó por un lado sin detenerse.

—Le he prometido que pelearía hasta mi último aliento para romper la maldición —lo dijo sin hablarle a nadie en particular.

Asentí a pesar de que me estaba dando la espalda. Lo ayudaría a cumplir su promesa. Mi mano fue a la pequeña llave colgada de mi cuello, y se cerró sobre su fría superficie.

No regresaría a Bristol hasta que la princesa fuera libre.

—Cuando forme parte de tu actuación, usaré un vestido azul oscuro con dorado para poder combinar contigo —le dijo Primsella a Glorian, repleta de felicidad.

La tormenta que centelleó en los ojos del joven provocó un escalofrío por mi espalda.

18

UN CAMINO DE DIAMANTES

Primsella se ofreció a escoltarnos hasta el límite de su bosque y nos contó qué atajo nos llevaría directos hacia la Pradera Azabache.

Glorian había aceptado con una máscara de indiferencia en su rostro. En todo el tiempo que llevábamos marchando entre las filas de árboles nevados, no había emitido ni una palabra.

Lindy, la princesa cisne y yo íbamos sentadas en la carreta. Sirien montaba en su caballo unos pasos detrás. El príncipe tampoco había hablado desde que habíamos abandonado el lago. Se lo veía avergonzado. Muy diferente al chico que había conocido.

En los libros que me solía leer mi madre, los príncipes siempre se mostraban llenos de coraje y seguridad. Pero era mentira. Sirien era una persona igual que yo, por supuesto que tenía días donde no se sentía seguro o perdía su valentía. Una corona no podía protegerlo de eso.

Las alas de Primsella creaban una reluciente llovizna color menta que caía delante de los burritos, que nos marcaban el camino. Estaba tentada de pedirle si podía darme un pequeño recipiente con polvo de hadas para mi hermana Olivia, pero sabía que solo lo haría a cambio de algo y ya no tenía más cosas para intercambiar.

Los cálidos tonos del sol habían comenzado a perderse detrás de los árboles. Pronto anochecería. Celes estiró la cabeza hacia arriba, esperando ver la luna. Parecía ansiosa por recuperar su forma humana. El cisne había estado mirando al príncipe que cabalgaba detrás una buena parte del trayecto. Seguro que quería hablar con él. Darle una respuesta a las palabras que le había dicho.

—Nimbi y Daisy están cansados, descansaremos un poco —anunció Glorian. La carreta se detuvo. Lindy estiró los brazos, despabilándose. La facilidad con la que se adaptaba a todas las situaciones no dejaba de sorprenderme. Como si dormir a la intemperie en medio de un bosque o ir en busca de una peligrosa hechicera fueran cosas de todos los días.

»Esperad aquí, buscaré un rincón un poco más resguardado.

Glorian bajó de un salto y caminó en dirección a un grupo de árboles que se encimaban unos a otros, formando una suerte de techo con sus ramas. El hada voló detrás de él, haciendo un espectáculo de rodearlo con su magia.

—Está abusando de su paciencia —murmuré sin ser consciente de ello.

Lindy dejó escapar una risita.

—Las hadas son muy perceptivas. Estoy segura de que Primsella sabe exactamente hasta dónde empujar sin meterse en problemas —respondió.

—¿Crees que Glorian de verdad la dejará acompañarlo en su actuación?

Tras haber visto su actuación un par de veces era evidente que el joven Conjurador era el tipo de artista al que le gustaba tener el control del escenario. Ser la única estrella frente a los ojos de la multitud.

—Será entretenido de presenciar —dijo Lindy—. De eso estoy segura.

El cisne dejó escapar un suave graznido, abriendo sus alas. El cielo se había vuelto oscuro. Podía distinguir la silueta de una luna llena asomándose por detrás de las nubes. Distinguir el tintineo de las primeras estrellas. La magia de la noche no tardó en envolver a Celestia, ocultando al cisne, y dejando a una hermosa joven con un vestido blanco en su lugar.

Celestia nos observó y su cuerpo tembló contra el aire frío de la noche. Este lado del bosque era más gélido que la parte que rodeaba el lago. Mi vestido tenía manga larga y la media capa que abrazaba mis hombros; el vestido de la princesa era más ligero, con delicados tirantes que dejaban sus brazos al descubierto.

—Bienvenida de vuelta, princesita —le dijo Lindy con dulzura—. Aquel baúl que ves ahí está encantado con magia que puede cambiar tu vestimenta y hacerla más abrigada. ¿Te gustaría intentarlo?

Celes miró el baúl con curiosidad. Sus manos fueron a la capa sobre la que estaba sentada, moviéndose sobre la tela.

—Sí. Debo devolverle la capa a… —Su voz titubeó sin decir el nombre—. Para que no pase frío.

Lindy la ayudó a ponerse de pie y le enseñó el interior vacío del baúl. Escuchar su explicación me recordó a la primera vez que lo había usado, solo unos días atrás. Me había familiarizado con todo bastante rápido. Celestia no parecía convencida de querer sentarse dentro y dejar que lo cerráramos sobre ella.

—No me gusta la oscuridad.

—A mí también me daba miedo. Pero es rápido y te sentirás mejor con ropa más abrigada —le dije.

—¿Tú también te sentaste allí?

—Sí, el cambiador me dio todo lo que llevo puesto —le enseñé mi vestido.

Eso pareció animarla.

—Es muy bonito —dijo.

—Alex y yo estaremos aquí, listas para levantar la tapa en cuanto lo digas —le aseguró Lindy.

Celestia dejó que la ayudáramos a acomodarse en el interior del baúl. Solo podía imaginar el fantástico vestuario que llevaría puesto cuando saliera de allí. Celes aparentaba ser alguien con un gusto muy refinado, sin mencionar que era una princesa.

—¿Lista? —le preguntó Lindy.

—Eso creo.

Sus luminosos rizos desaparecieron bajo la tapa.

—No puedo esperar a ver lo que le dará el cambiador —le dije a Lindy con entusiasmo.

—Yo tampoco —me respondió con una sonrisa—. Mi madre estará feliz de saber que su magia ha vestido a un miembro de la realeza.

El bosque había caído bajo un manto oscuro que se perdía entre los árboles, estirándolos en una gran sombra. De no ser por la nieve que delineaba todo de blanco con aquel brillo verdoso que era casi imperceptible, hubiera sido difícil de ver. Glorian había liberado a los burritos y Sirien lo estaba ayudando a deshacer uno de los petates con provisiones. La luz de Primsella los seguía de cerca.

—Me gustaría salir, por favor —pidió Celes desde el interior mientras daba unos golpecitos.

Lindy y yo intercambiamos una mirada de entusiasmo. Nuestras manos se movieron al mismo tiempo para revelar a la chica que esperaba dentro.

Celestia tenía el aspecto de la princesa encantada que era. Llevaba el mismo vestido que antes, aunque con algunas modificaciones. Una refinada tela con transparencias cubría sus brazos. Los puños estaban adornados por diminutas plumas que imitaban las de un cisne. La falda tenía nuevas capas de distintas medidas, agregándole volumen. Las plumas en los pliegues creaban la ilusión de que el vestido flotaba alrededor de sus piernas en vez de caer con su propio peso.

Mis ojos fueron directos a su cabeza. Un delicado círculo de cristal coronaba su pelo rubio, adornando su frente con una fina banda que reflejaba la luz de la luna.

—¡Estás preciosa! —exclamamos Lindy y yo al unísono.

—Gracias.

Inclinó la cabeza con timidez. El rubor en sus mejillas fue fácil de notar contra su piel pálida. Aquel aspecto era el que quería tener cuando interpretara a Odette en el ballet. Aunque no me sería posible imitar la belleza de la princesa. *Ni todo el maquillaje del mundo puede conseguir eso*, me dije.

No. No era solo su apariencia, sino lo que transmitía. Alguien frágil y a la vez fuerte. Una luz con un tinte inocente y genuino.

—Lind, ¿puedes comenzar con la cena, por favor? Estoy hambriento... —dijo Glorian acercándose—. Alex, tú puedes ayudarme a juntar ramas secas para el fuego.

—¡Sí! —me apresuré a decir.

—Le he pedido al príncipe que improvisara un refugio donde nosotros dos pondremos nuestros sacos de dormir, vosotras tres estarán más cómodas en la carreta —añadió el Conjurador—. Aquel engañoso diablillo alado ha dicho que tiene asuntos de los que ocuparse y que regresará más tarde...

—Si Primsella te oye llamarla así, aumentará el precio de su trato —le advirtió Lindy.

Su hermano dejó escapar un bufido que me recordó a un gato. Caminé hacia él, contenta de ayudarlo en lo que me pidiera. Había algo acerca de ese muchacho que me hacía querer impresionarlo. Buscaría las ramas más secas que hubiera visto.

—¿Qué puedo hacer yo? —preguntó la suave voz de Celestia.

—No es necesario que hagas nada.

Glorian le dedicó una sonrisa gentil. Era la primera vez que lo veía sonreír desde que el Hada del Bosque se nos había unido.

—Me gustaría ayudar.

—Puedes ayudarme con la comida —dijo Lindy ofreciéndole la mano—. O si lo prefieres, puedes cepillar a Nimbi y a Daisy.

La princesa asintió. Mis ojos permanecieron en la capa en sus manos. La había doblado de manera pulcra y la cargaba contra su pecho. La manera en que la sostenía me hizo pensar en el oso de peluche que reposaba en mi cama. Harry. Estaba segura de que yo solía sostenerlo de la misma manera. Me pregunté si habría recuperado más recuerdos de Sirien.

—Vamos, conejito.

Glorian avanzó hacia un tramo despejado entre los árboles. Me apresuré a seguirlo. Mis botas se enterraron en la nieve y por poco me tropiezo. Levanté las piernas con fuerza, decidida a no quedarme detrás.

Los alrededores parecían diferentes bajo la noche. Intimidantes. Cada tronco era una forma oscura que mi cabeza podía convertir en un monstruo. La lluvia de copos de nieve tampoco ayudaba. Hacía que el paisaje resultara más borroso y algo espeluznante.

El *crunch, crunch, crunch,* de la nieve bajo mis botas que acompañó cada uno de mis pasos, hacía que mis nervios empeoraran.

Mis ojos se cerraron de manera instintiva, resguardándose de la llovizna blanca. No pudo haber sido por más de unos segundos. Al abrirlos, Glorian ya no estaba.

El negro y dorado de su abrigo debería ser fácil de encontrar.

Me quedé donde estaba y giré la cabeza hacia cada árbol que me rodeaba.

—¿Glorian?

El silbido del viento que sacudía las ramas de los árboles fue mi única respuesta. Cerré una mano sobre la otra, moviendo los dedos de manera nerviosa. ¿Y si me perdía? ¿O si había algo tenebroso merodeando en la oscuridad del bosque?

Podía seguir mis huellas de regreso al campamento…

Miré detrás de mí. La nieve recién caída había cubierto mis pisadas en un fino manto que las hacía difíciles de distinguir.

No. No. No.

No podía imaginar una peor pesadilla que perderme de noche entre decenas de árboles que me observaban al igual que un ejército en la penumbra aguardando para atacar.

—¡Buuuu!

La alta figura que saltó por detrás de uno de los troncos me hizo gritar tan fuerte que una pareja de lechuzas abandonó su escondite en un vuelo asustado.

—Solo soy yo —dijo Glorian curvando los labios hacia un lado en una mueca entretenida—. Lo siento, no he podido resistirme.

Mi corazón martillaba contra el pecho.

—Eso… ha sido peor que ver una película de terror.

Glorian juntó las cejas. Parecía confundido.

—Me refiero a que me has dado un buen susto —aclaré.

—Necesitaba hacer algo que mejorara mi humor.

—¿Ha funcionado?

—Un poco.

Al menos mi susto había servido de algo. Glorian comenzó a caminar hacia un viejo árbol con ramas muertas que habían caído alrededor de su tronco y comenzó a levantarlas. Me apresuré a su lado. Era la primera vez que recogía leña para una fogata. No era el tipo de persona que disfrutaba de acampar. Menos a la intemperie. Olivia y yo a veces montábamos la tienda de *camping* de mi padre dentro de la sala de estar y fingíamos que estábamos en un parque nacional en busca de osos y ciervos.

—¿Echas de menos tu hogar? —me preguntó Glorian.

—Un poco, pero estoy contenta de estar aquí con vosotros.

—Supongo que cosas como estas no suceden en Bristol.

Negué con la cabeza.

—No, no tenemos magia ni hadas, y mucho menos nieve que no es fría —respondí partiendo una rama en dos para que fuera más fácil de cargar.

—Un mundo sin hadas. —La mirada de Glorian era soñadora—. Me gusta la idea.

—¿Primsella de verdad te desagrada tanto?

No podía comprender por qué. El hada era tan bonita y llena de vida...

—¿Qué hay en Bristol de especial que no haya aquí? —me cambió de tema ignorando mi pregunta.

Tomé otra rama pensando en algo que siempre me diera alegría. Lo primero que vino a mi cabeza fueron los pasteles de nuestro café favorito en Londres. Pero los dulces que había conjurado Tamelina habían sido igual de deliciosos. ¿Chocolate caliente con pequeños malvaviscos? ¿Música? ¿Las calles de mi vecindario en primavera?

No, Lussel también tenía chocolate, música y flores.

—¡Navidad! —exclamé—. Es una celebración donde decoramos las fachadas de nuestras casas con pequeñas lucecitas y nos sentamos alrededor de un árbol cubierto con adornos, luego intercambiamos regalos y cantamos canciones festivas con nuestras familias. También colgamos grandes calcetines con nuestros nombres bordados en la chimenea. Mis padres siempre nos esconden dulces...

Glorian levantó una ceja con interés. Bajo la luz de la luna, su pelo parecía más blanco que dorado.

—Suena extraño y divertido. Otro incentivo para algún día romper las reglas y visitar tu mundo.

Una Navidad con Glorian. Sonaba tan maravilloso que con solo imaginarlo quería bailar. Esperaba que algún día fuera posible. Que Lindy y él cruzaran a Bristol.

Mis brazos se cerraron sobre la pila de ramas, conteniéndolas para evitar que cayeran al suelo. No había lugar para más.

—¿Crees que esto es suficiente? —le pregunté.

El joven asintió.

—Vuelve con el resto y colócalas donde Lindy diga, ella sabe cómo empezar el fuego —me pidió.

¿Sola?

—Todo parece tan igual... ¿Y si me pierdo? —Me sentía un poco avergonzada.

Quería demostrarle que también podía ayudar, pero con solo pensar en caminar sola por aquel laberinto hecho de pinos me recorría un escalofrío por todo el cuerpo.

—Sigue los cristales, te llevarán por el camino correcto —me aseguró Glorian.

El movimiento de su mano desprendió un soplido de magia que se perdió entre la nevada. Aguardé. Luego lo vi. El primer cristal apareció cerca de mi pie. Un diamante en forma de rombo. El segundo no tardó en aparecer a una distancia visible.

A medida que comencé a caminar, le siguieron más, guiándome igual que un rastro de migajas como en el cuento de Hansel y Gretel.

Crunch, crunch, crunch, los crujidos de la nieve acompañaron cada uno de mis pasos. A pesar de que me asustaba la oscuridad, me sentía a salvo con la magia de Glorian acompañándome. Cada vez que mis botas alcanzaban un cristal, uno nuevo aparecía delante. Brillaban más que la nieve. Cada uno de la misma forma y tamaño que el anterior.

Estaba cerca. El sonido de las voces me lo indicaba. Tras unos pasos más, logré distinguir la silueta de Celestia. La princesa estaba de pie junto a los burros.

—Gracias por ofrecerme tu amistad y tu protección, tal vez no sea suficiente para romper el encantamiento, pero es suficiente para mí.

Su voz sonaba tan baja que me sorprendí de poder oírla. Había una segunda figura frente a ella.

Sirien.

La capa volvía a estar sobre sus hombros, resguardándolo del frío de la noche.

—Cada vez que te miro descubro algún nuevo recuerdo, son como piezas de un rompecabezas…

—Es lo mismo para mí. Solo que… son muchas piezas y no logro ponerlas en su lugar…

Celestia llevó una mano al cuello de Daisy y la acarició. El burrito parecía contento por la compañía.

—No solo me olvidaste a mí, sino a todos, a ti misma, no puedo imaginar lo que debes de sentir —dijo el príncipe—. Lo siento tanto.

—Es confuso, pero tengo la esperanza de que todo va a ir bien.

—Eres valiente, Celestia.

—Igual que tú. —Movió la cabeza y volcó su suave cabello rubio sobre su mejilla—. Una vez te deslizaste por la baranda de las escaleras hacia el piso de abajo para que te persiguiera, me habías robado algo.

—Un prendedor. —Hizo una pausa y agregó—: Todavía lo tengo, en mi habitación. Te prometí que te lo devolvería la próxima vez que nos viéramos.

Las siluetas del príncipe y la princesa, parados uno frente al otro en la oscuridad del bosque, eran la viva imagen de un cuento de hadas.

—Esa próxima vez nunca llegó… hasta ahora.

—Lamento no llevarlo conmigo —se disculpó Sirien.

Su sonrisa era tan encantadora que podía verla desde mi escondite. Aquellos hoyuelos que se formaban junto a sus labios ganarían el corazón de cualquier chica. Habían estado cerca de ganar el mío.

—Una promesa para otro día —dijo la princesa.

Levantó el mentón hacia el cielo y su mirada se perdió en las estrellas.

—Una promesa que voy a cumplir —respondió el príncipe siguiendo su mirada.

El peso de las ramas estaba cansando mis brazos. Me moví en silencio, rodeando otro grupo de árboles para poder encontrar a Lindy sin interrumpirlos.

Crunch, crunch, crunch.

Los diamantes de Glorian habían desaparecido. Me pregunté si ese tipo de promesas y romances mágicos también existían en mi mundo. Si ser una simple chica con sueños grandes y zapatillas de ballet era igual de especial que ser una princesa atrapada bajo las plumas de un cisne.

19

Lobos de nieve y noche

Glorian y Lindy nos entretuvieron con historias alrededor de la fogata. Considerando dónde estábamos, la cena había resultado mejor de lo que esperaba. No sabía si era algún método vinculado a magia o las manos expertas de la Conjuradora, pero la comida había sido abundante y sabrosa.

Al terminar intenté mantenerme despierta para hacerle compañía a Celestia. Era injusto que solo pudiera estar en su forma humana durante la noche, cuando el cansancio del día nos pesaba al resto.

Uno pensaría que tendría energía tras haber pasado buena parte del día durmiendo la siesta en la carreta. Pero no era el caso. Los párpados se me cerraban de manera constante. La marcha del camino parecía cansarme incluso cuando estaba sentada.

Mis sueños me llevaron a las gradas en el patio trasero de la escuela, las que rodeaban el campo de deportes. Podía ver a Harry corriendo con la sudadera del equipo de fútbol. Su tupido pelo castaño cambiaba bajo el sol, y por momentos se volvía realmente claro.

Si me concentraba lo suficiente, podía distinguir los auriculares blancos en sus oídos. Harry siempre escuchaba música cuando corría. También cuando paseaba con Toby.

Quería hacer algo tonto, como extender el brazo para saludarlo. Cerré la mano sobre mi pierna. Siempre me sentía tentada, pero nunca lo hacía. Dudaba de que fuera a devolverme el saludo.

Y lo que era peor, tenía miedo de que las chicas de su curso me vieran y se burlaran de mí. Por lo que me quedé sentada, fingiendo estar distraída mientras lo veía correr.

Eso fue hasta que mis labios gritaron su nombre.

«¡HARRY! ¡HARRY! ¡HA… AUUUUUUUU!».

Mis ojos se abrieron tan rápido que la escena de mi sueño colisionó con la del paisaje y creí ver gradas en el bosque.

Espero no haber gritado de verdad, pensé, avergonzada.

Todavía era de noche. Lindy y Celes estaban recostadas a mi lado. La Conjuradora parecía alarmada, mientras que la princesa todavía dormía.

—¿Has oído eso? —me preguntó.

Necesitaba con desesperación que alguien me asegurara que no había gritado su nombre mientras dormía.

—¿Qué has oído?

—Un aullido —murmuró Lindy.

Tenía el cabello despeinado y sus ojos violetas pestañeaban con fuerza como si estuviera haciendo un esfuerzo por no dormirse de nuevo.

Mis hombros se hundieron con alivio. No era como si un aullido fuera algo bueno, pero era mejor que los gritos de una chica que soñaba con su amor secreto.

Las ramas de los árboles se agitaron al ritmo del viento, creando un silbido que cubrió el resto de los sonidos que venían del bosque.

Solo podía pensar en un animal que aullara de noche, bajo la luna...

—¡¿Qué crees que estás haciendo?!

La voz de Glorian sonó tan molesta que me sobresaltó. Lindy y yo nos pusimos de pie al mismo tiempo, intentando ver a lo lejos. El joven y el príncipe habían puesto sus sacos de dormir bajo un refugio improvisado entre dos troncos.

—Quería darte una sorpresa —respondió la melodiosa voz de Primsella.

—Tus sorpresas tienden a ser engañosas.

Lindy encendió un farol y lo levantó para iluminar nuestros alrededores. Podía ver dos figuras contra las sombras de los árboles. Una tenía esplendoroso pelo dorado, y la otra una cascada de tonos rojizos que caían tapando sus hombros.

—Admite que disfrutas de mis pequeños trucos, querido Glorian —dijo paseando los dedos por su pecho.

Ya no era un hada, sino una chica guapa que aparentaba la misma edad que Glorian. Llevaba un vestido de un aterciopelado tono turquesa que combinaba flores y finas viñas. Los delicados tirantes parecían estar hechos de pétalos.

—No vuelvas a recostarte a mi lado de esa manera. —La voz del joven sonó tajante.

—Solo te estaba viendo dormir… —dijo la muchacha entre risitas nerviosas.

—Y verme dormir es *invasivo*.

—Es *romántico* —lo corrigió Primsella.

—A las hadas les gusta escabullirse en la noche y ver a los mortales dormir —explicó Lindy, camuflando una risita.

Eso tenía más sentido. Supongo que era un poco invasivo, pero también sonaba romántico. Una tercera figura se movió cerca de ellos. Sirien. Claramente no podía dormir. El príncipe se llevó la mano a los ojos, refregándolos para despabilarse.

Un profundo aullido atravesó la noche, tan prolongado que me erizó la piel. Algo frío y afilado recorrió mi cuerpo.

El silencio que le siguió apenas nos dio unos momentos antes de que una sucesión de diferentes aullidos se oyera a modo de respuesta a los primeros.

—Es una jauría —afirmó Lindy.

Celestia se puso de pie y se acurrucó a mi lado.

¿Una jauría de lobos? ¿Lobos salvajes?

Uno de mis pies comenzó a tamborilear contra el suelo.

—Venid aquí, ahora —nos ordenó Glorian.

Lindy nos guio a ambas de la mano, detrás de ella. No podía verlos. Solo oír los aullidos que sonaban más y más cerca. El boque parecía haber cobrado vida bajo la nieve. Los pájaros cambiaban de escondite entre las ramas. Las ardillas trepaban por los troncos hasta desaparecer.

—Lobos... No suelo tener problemas con ellos cuando estoy en mi forma original —dijo Primsella tomando el brazo de Glorian—. Vas a protegerme, ¿verdad?

El Conjurador la miró de reojo, sin negarlo ni afirmarlo. Sirien se apresuró a venir hacia nosotras, dividiendo su atención entre la princesa y yo.

—Quedaos conmigo —dijo desenfundando su espada.

Su pelo negro estaba revuelto y había copos de nieve escondidos entre algunos mechones. Con su capa y espada parecía salido de una ilustración de *La bella durmiente.*

—Ten cuidado —le pedí.

—Por favor, no te pongas en peligro —le rogó Celestia.

Sirien asintió. No había nada de malo en preocuparme por él. Estaba dispuesto a protegernos y éramos amigos.

—¡Daisy, Nimbi!

Crunch, crunch, crunch, crunch.

El sonido de la nieve crujiendo nos rodeó desde diferentes direcciones.

Estaban cerca.

Lindy corrió hacia los burritos y los trajo hacia el árbol que estaba a nuestras espaldas. Ambos tenían sus orejas en posición de alerta y sus miradas eran de terror.

—Glo...

—Necesito que me consigas tiempo —respondió el Conjurador, serio—. Ya sabes qué hacer, Lind.

La joven asintió, enfrentando a la fila de árboles con una expresión decidida. ¿Qué iba a hacer? No podían usar flores para pelear contra lobos.

—¡Lindy!

Mis pies se movieron por sí solos. Sirien se posicionó delante de mí, deteniéndome el paso.

—Es mi amiga, tengo que ayudarla —le dije.

—Todo va a ir bien, quédate ahí, pastelito.

Quería creerle, pero los aullidos que mordían el aire de la noche lo hacían difícil. La luz de la farola en el suelo apenas iluminaba lo suficiente como para que nos pudiéramos ver entre nosotros.

—Alex, cuida a la princesa —me pidió Glorian.

Sus ovalados ojos de zafiro me miraron con seguridad, como si me creyera capaz de hacerlo. De cuidarla.

—Lo haré.

Una sombra se cruzó entre los troncos, moviéndose a tal velocidad que apenas logré divisarla. Pude seguirla con los ojos antes de que una segunda sombra se moviera a mi otro lado. Las patas del animal marcaron la nieve.

Lindy movió las manos en el aire. La forma en que realizó el conjuro fue diferente a cuando lo hacía en las funciones. Los movimientos ya no se asemejaban a una danza, sino que eran breves y precisos.

El suelo se sacudió debajo de nuestros pies y se fraccionó como si fuera una tela de araña. Luego, se estiró hasta quebrarse.

Celestia dejó escapar un grito de sorpresa. La tomé de la mano con fuerza.

Sirien nos abrazó a ambas para evitar que tropezáramos.

—Glorian. —Su nombre sonó distinto en los labios del hada. Sexy. Melodioso.

—No es momento de jugar a la damisela en apuros —respondió entre dientes.

—¿Quién ha dicho que esté jugando?

La figura del hada —ahora humana— estaba de espalda a nosotros. Sus brazos rígidos. Sus manos creaban algo que todavía no tenía forma.

Lindy continuó trabajando en su propio conjuro, mientras un pálido humo color lila la iba rodeando poco a poco.

Algo que se asemejaba a una raíz serpenteó fuera de las grietas de nieve y tierra. La imagen me sorprendió tanto que dejé escapar un grito.

El caos que se desató a nuestro alrededor me confundió. Los aullidos distantes se habían convertido en veloces sombras con colas mullidas que cortaban el aire blanco.

Feroces animales que corrían de tronco en tronco, camuflándose en la noche.

Y luego estaban las enredaderas que habían brotado del suelo, serpenteando en un intento de anticipar sus movimientos.

—¿Qué son esas cosas? —pregunté alarmada.

Eran largas, interminables, gruesas al igual que una gorda serpiente y sorprendentemente veloces.

—Raíces —me confirmó Sirien—. Son obra de Lindy.

Seguí su mirada hacia la joven Conjuradora. Sus manos se movían como si estuviera tocando un violín invisible. Cada secuencia generaba una reacción nueva de las raíces.

Una de ellas logró enredarse sobre la pata de una de las sombras, obligándola a detenerse. Y ese fue el primer lobo que pude ver con claridad.

Una hermosa criatura de denso pelaje blanco y punzantes ojos del color del otoño.

—Es precioso —murmuró Celestia a mi lado.

—Esa no es la primera palabra que viene a mi mente; letal, temible, salvaje. El pelaje blanco definitivamente es una gran ventaja, por eso les es tan fácil esconderse en el paisaje —dijo Sirien sosteniendo la espada con ambas manos.

No quería que le hiciera daño. El lobo arrugó su hocico, enseñándonos largos colmillos que me hicieron temblar.

Tampoco quiero que nos coma, grité para mis adentros.

La raíz lo sostuvo con fuerza.

Más aullidos nos rodearon desde las sombras. Había al menos cuatro o cinco siluetas saltando en diferentes direcciones.

—Glo...

Los brazos de Lindy parecían cansados. Los movimientos, lentos.

—Solo un poco más —respondió su hermano.

Un gruñido envió aire caliente contra mi espalda, haciendo que me volviera de inmediato. Un enorme lobo de pelaje blanco grisáceo me observaba a tan solo unos metros. Su cabeza estaba gacha y sus dientes, expuestos. Una postura que dejaba claras sus intenciones.

—Alex...

La princesa movió su hombro contra el mío.

—No te muevas —le susurré.

Estaba segura de haber leído que uno debía permanecer quieto frente a animales salvajes y evitar los movimientos bruscos.

La saliva que cayó de la boca del animal empeoró mi miedo. Su expresión se volvía más y más acechante con cada segundo que pasaba. El pelaje de su lomo bajaba erizado hacia su cola.

Solo bastó un gruñido y mi cuerpo tembló.

El lobo se abalanzó hacia adelante y una espada de acero lo obligó a desviarse. La capa de Sirien voló contra mi rostro.

Todo se volvió gris.

Luego blanco.

Lo que fuera que hubiera ocurrido salpicó nieve contra mi rostro.

—¡SIRIEN! —el grito de Celestia partió la noche.

Me apresuré a limpiarme los ojos con las mangas del vestido. La escena que encontré hizo que mi corazón se acelerara en violentos latidos.

El príncipe estaba de espaldas, contra la nieve; su bota se encontraba atrapada entre los terribles colmillos del lobo.

Tengo que hacer algo. Tengo que hacer algo. Tengo que hacer algo.

Celestia intentó ir hacia él, pero la sostuve con fuerza. Glorian me había pedido que cuidara de ella, e iba a cumplirlo.

Pero Sirien...

El grito de dolor que escapó de sus labios frenó el ritmo apresurado de mi corazón y lo heló en su lugar. Juraría que mi sangre se enfrió tanto que empujó hielo por mis venas.

—¡Por favor! —me imploró Celestia intentado soltarse.

Tengo que hacer algo. Tengo que hacer algo. Tengo que hacer algo.

Miré hacia el suelo en busca de una rama. El farol olvidado era una luz tenue en la noche. Todo se veía blanco. Las raíces de Lindy estaban ocupadas, ahuyentando al resto de las bestias.

Tengo que...

—Voy a ayudarlo, pero para eso necesito soltarte —mis palabras salieron atropelladamente de mi boca—. Quédate conmigo.

Nunca me había enfrentado a tal peligro. Caer en el lago había sido como caer en el agujero del conejo blanco de Alicia. Desde entonces, seguía cayendo y cayendo, perdida en sus maravillas, pero era momento de pelear en mi camino hacia abajo en vez de simplemente caer.

Enterré mis manos en la nieve, amoldándola dentro de mis puños hasta formar una bola. No estaba segura de tener buena puntería. Por suerte, el gran tamaño del lobo lo hacía más fácil.

Arrojé la bola de nieve con fuerza y dio de lleno contra su cabeza. El animal gruñó enojado, pero seguía sosteniendo el pie de Sirien entre sus dientes.

Me apresuré a hacer otra bola y Celestia me imitó. Juntas lanzamos una bola tras otra, golpeando su cabeza, lomo, cola, hasta que finamente soltó al príncipe, logramos distraerlo.

—Lo hici...

No logré terminar la frase. El lobo saltó hacia nosotras, decidido a convertirnos en su cena. Celestia y yo nos abrazamos, cubriéndonos mutuamente entre gritos desesperados.

—¡NOOOO!

La voz de Sirien terminó de congelar mi corazón. El tiempo se movió rápido y luego lento. Las afiladas garras del animal apenas tuvieron tiempo de rozar mi mano antes de que una abrupta ventisca impactara contra su cuerpo. El viento rugió con tal fuerza que atrapó al lobo en pleno salto y lo arrojó contra un tronco.

—¡Moveos! —nos ordenó Primsella.

Una espiral de magia envolvía el cuerpo del hada, agitando su largo pelo rojo contra la noche.

Nos había salvado.

—¡Detrás de mí! ¡Ahora! —gritó Glorian.

El príncipe nos alcanzó mientras soltaba un grito de dolor. Celestia lo tomó de un brazo, y yo del otro.

—¿Estáis bien? —preguntó apoyado en nuestros brazos.

Sus ojos sostuvieron mi mirada, contagiándome el miedo que había sentido.

—Eso creo —respondí—. No estoy segura de que mi corazón esté latiendo.

—Ni el mío.

—Gracias por protegernos —le agradecí.

—Lo mismo digo —respondió con una sonrisa débil.

¿De verdad había ayudado a salvar a un príncipe de convertirse en la cena de un lobo?

Eso tiene que merecer una placa o algo.

—¡GLO!

La voz de Lindy sonaba agotada.

—¡Ahora! —respondió su hermano.

La única raíz que aún se movía cobró velocidad y se movió en torno a Lindy igual que la aguja de un reloj, obligando a los animales a retroceder.

El bosque se movió con el viento. Las ramas se sacudieron con aullidos de lobos enfadados que se negaban a rendirse.

Y luego fue el turno de Glorian. La cola de su largo abrigo ondeó en un despliegue de negro y dorado, antecediendo a los bloques de magia que se liberaron delante de él. Uno surcó hacia la izquierda, el otro hacia la derecha, y nos envolvieron por ambos lados hasta encontrarse.

La escena me confundió por unos momentos. Me sentía mareada. Como si hubiera salido de una montaña rusa.

Todo se había vuelto claro... transparente. Y quieto. A pesar de los gruñidos, no había lobos ni sombras surcando entre los troncos.

La magia de Glorian se manifestó como un muro que nos rodeó por completo, dejándonos en el centro de un anillo de cristal.

—Espléndido —murmuró Sirien con admiración.

Los tres seguíamos parados juntos, demasiado sorprendidos para movernos. Glorian se acercó a nosotros con aquella sonrisa socarrona que solía exhibir en sus actuaciones.

—Eso los mantendrá fuera —nos aseguró.

—¿Por cuánto tiempo? —preguntó Celestia.

—Por el resto de la noche, princesa.

Por poco me senté del alivio. No íbamos a convertirnos en la cena de una jauría de lobos hambrientos.

Estábamos a salvo.

—Mi héroe.

Primsella estiró los brazos alrededor del cuello de Glorian y le dio un beso en la mejilla. En forma humana era unos centímetros más baja que él. Esbelta y llamativa. Esperaba ser así cuando creciera.

El joven dejó escapar uno de esos sonidos que me recordaba al bufido de un gato, aunque no intentó liberarse.

—Primsella nos ha salvado de uno de los lobos —dije.

Celes asintió.

—Gracias, Hada del Bosque —dijo inclinando la cabeza.

—No iba a dejar que hirieran a un par de niñas en mi dominio —respondió con una sonrisita vanidosa—. En especial a una de Sangre Real.

Lindy se acercó a nosotros, se la veía fatigada. La falda de su vestido tenía manchas de tierra y una de sus trenzas estaba deshecha. Me dirigí hacia ella y le di un abrazo. Su magia había despertado a las raíces de los árboles, consiguiéndonos tiempo para que Glorian pudiera hacer su encantamiento. De no ser por ella, no estaba segura de lo que nos habría sucedido.

—¿Estás bien? ¿Te han herido? —le pregunté.

—Nada grave, pastelito —dijo devolviéndome el abrazo—. ¿Tú cómo estás?

—Apenas un rasguño en mi mano.

Glorian se salió de los brazos del hada y no perdió un momento en ir hacia su hermana. Me encantaba el tipo de relación que tenían: cariñosa, cómplice.

—Bien hecho, Lind —dijo tomándola de un hombro y guardándola contra su pecho por un momento—. ¿Necesitas que te vende?

La joven negó con la cabeza.

—Solo ha rasgado la tela del vestido —respondió.

Un fuerte aullido hizo que me estremeciera, temiendo un nuevo ataque. El muro de cristal se mantuvo firme. Podía ver a los lobos rodeando la superficie transparente. Sus siluetas acechaban con cada paso en busca de una entrada.

Eran temibles, sí, pero eran animales preciosos. Me acerqué para poder ver mejor. Uno de ellos tenía su hocico contra la superficie de cristal que nos protegía.

El gran lobo con pelaje blanco y ojos de otoño.

Apoyé la palma de la mano contra la barrera que nos separaba. Las orejas del lobo se levantaron, alertas.

Todavía me costaba creer que todo eso fuera real: el bosque encantado por el hada, la magia, los animales al otro lado.

—Sirien está herido. No puede apoyar el pie... —dijo la vocecita de Celestia.

Lo había olvidado. Retrocedí lentamente, consciente de la mirada atenta del lobo blanco. Tenía miedo de darle la espalda.

—Sus dientes han atravesado mi bota.

El príncipe aún se sostenía del hombro de Celestia en busca de soporte. Con su pelo negro revuelto por la pelea, sus ojos verdes y su piel pálida contra la nieve, era tan apuesto que no pude evitar mirarlo por unos momentos.

Lindy le indicó a Celestia que la ayudara a llevarlo hacia la carreta para poder atenderlo. Por suerte, la magia de Glorian logró dejarla dentro del círculo, dado que allí era donde estaban todas las provisiones.

La pareja de burritos se había movido a un lado, resguardándose mutuamente. Se los veía asustados. Daisy había agachado su cabeza por debajo de la de Nimbi.

—Todo va a ir bien —dije yendo hacia ellos para acariciarlos.

Esperaba que la herida de Sirien no fuera grave. Quería ayudar, pero parte de mí me decía que le diera lugar a la princesa. Que les diera la oportunidad de recuperar los recuerdos que habían perdido.

Cuando el lobo nos había atacado, había sentido como si los tres fuéramos un equipo. Eso me hizo sonreír.

Celestia y Sirien eran mis amigos.

—Has hecho un buen trabajo.

La voz de Glorian me sobresaltó. Había aparecido a mi lado sin una pisada que lo delatara.

—Tú eres quien nos ha salvado a todos —respondí—. Y Lindy.

—Todos hemos hecho nuestra parte.

El Conjurador me regaló una de sus sonrisas enigmáticas. Sus bonitos ojos se perdieron en los animales que nos esperaban detrás del cristal. Algunos lobos seguían rodeando la superficie, mientras que otros nos observaban desde las sombras de los árboles.

—¿Qué hacemos ahora? —pregunté.

—Esperamos a que la luna se esconda y el sol los ahuyente.

20

La Pradera Azabache

A la mañana siguiente, la luz del día iluminó los alrededores. Tras asegurarse de que no hubiera rastros de la jauría de lobos, Glorian deshizo su magia, transformando el muro de cristal en un círculo de humo que no tardó en desvanecerse con el viento.

Lindy había vendado el pie de Sirien y pudo conseguir botas nuevas del cambiador. No era como si eso lo hubiera arreglado todo. El príncipe no podía evitar una mueca de dolor cada vez que apoyaba su pie derecho.

Los demás estaban ocupados y Celestia había vuelto a la forma del majestuoso cisne blanco, por lo que me ofrecí a ayudar a Sirien con su caballo.

—¿Alguna vez has ensillado uno? —me preguntó.

Negué con la cabeza. Mis abuelos por parte de madre vivían en una gran casa con una granja en la campiña francesa. Tenían tres perros, un gato, dos vacas, un par de gallinas, un caballo y un poni. Olivia y yo siempre nos turnábamos para ir a cabalgar, pero mi abuelo era quien se encargaba de preparar su equipo.

—Lo haremos juntos. Si puedes llevar la silla de montar, eso ayudaría —dijo Sirien—. No estoy seguro de poder cargar el peso sobre mi pie.

—¿Dónde está?

Señaló debajo de un árbol. Su caballo pastaba cerca de donde estábamos. Levanté la silla de montar en mis brazos, aliviada de comprobar que no era tan pesada. Sirien caminó a mi lado con pasos cortos y lentos.

—Va sobre el lomo del caballo… —comentó con esa sonrisa risueña que le sentaba tan bien.

—No me digas —respondí llevándome la mano a la boca y abriendo los ojos de manera exagerada para fingir sorpresa.

—Es un detalle importante.

El humor en su voz era contagioso. Me gustaba que pudiéramos bromear de esa manera. Sentir real la posibilidad de que fuéramos amigos.

Su caballo era alto. Incluso si me ponía de puntillas, no estaba segura de poder alcanzar su lomo.

La levanté lo más que pude y el príncipe hizo el resto. El animal permaneció quieto, masticando una bocanada de césped.

—Buen chico —dijo palmeando su cuello.

—¿Estás seguro de que no prefieres ir en la carreta? —le pregunté.

Sirien asintió.

—Mientras no tenga que caminar, estaré bien —respondió—. Gracias por preocuparte.

—Para eso estamos los amigos.

Moví los labios hacia un lado en una pequeña sonrisa. Sirien me devolvió el gesto.

—¿Tienes miedo de ir a la Pradera Azabache?

—¿Debería?

—Nunca he ido antes. He oído historias. Los pocos viajeros que se aventuraron allí lo describieron como un lugar tenebroso que le juega trucos a la mente —me contó.

Esperaba que hubieran exagerado. Los lobos de la noche anterior habían sido susto suficiente.

—Tenemos que hacerlo por Celestia —dije más para mí misma que para él.

—Lo haremos —me aseguró—. Juntos encontraremos la manera de romper la maldición.

—¡Alex! —La voz de Glorian sonó como música para mis oídos. El joven estaba sentado sobre un árbol caído, de espaldas al resto, mientras que Lindy, Celestia en su forma de cisne y Primsella comían fresas sentadas sobre una manta.

Fui hacia él, cubriendo un bostezo con mi mano. Tenía sueño. El día anterior me había despertado con frecuencia. Me pregunté si Glorian se había quedado despierto, vigilando que los lobos no encontraran una manera de romper el cristal.

—Antes has mencionado que te gustaría llevar una espada —dijo sin darse vuelta.

Me encantaba la idea de llevar una espada. En especial si la Pradera Azabache era un lugar tenebroso donde nos esperaban peores cosas que esos lobos.

—No sé cómo usar una —admití—. Pero solía jugar con mi hermana con espadas de juguete. Sé que la parte afilada siempre apunta al enemigo…

La cabeza dorada de Glorian se movió un poco como si estuviera riendo.

—Supongo que eso es todo lo que necesitas saber.

Se giró hacia mí, deslizándose para bajar del tronco y movió las manos, preparándolas para un truco.

—Te he hecho algo. Me ha mantenido entretenido hasta que los lobos se han marchado —dijo.

El humo que escapó de sus manos cayó al igual que un telón, revelando una espada de cristal. El grito de emoción que escapó de mi boca fue imposible de contener. Era perfecta. La empuñadura tenía la forma de un cisne con las alas abiertas y su tamaño era ideal para mi mano.

—¿Es para mí? ¿De verdad?

—Es tuya, Alex de Bristol —dijo sosteniéndola frente a mí—. No necesitas ser un príncipe para llevar una espada.

Mi cuerpo se movió por sí solo, impulsado por mera alegría. Ni siquiera fui consciente de estar abrazándolo hasta notar el delicado bordado de su abrigo bajo mis manos.

Glorian me había hecho una espada.

Creía en mí.

En que podía pelear por Celestia al igual que ellos.

—¡Ey! —La protesta de Primsella hizo que lo soltara de inmediato. Mi rostro debía de estar tan rojo como un tomate.

—Lo siento...

—No tienes que disculparte, conejito —dijo ofreciéndome la empuñadura—. Solo ten cuidado de no hacerte daño.

—Gracias. —Estaba sonriendo tanto que podía sentirlo en las mejillas—. ¡Gracias, gracias, gracias!

Sostuve la espada con cuidado como si se tratara de una delicada tacita de porcelana. La superficie transparente tenía un brillo que delineaba cada detalle de los bordes. Una espada hecha completamente de cristal. Y era mía.

Lindy y Sirien se acercaron para poder verla. La Conjuradora me advirtió que tuviera cuidado y no me pusiera en riesgo de manera innecesaria. El príncipe se ofreció a enseñarme la manera correcta de sostenerla y darme algunas instrucciones.

—¿Dónde está mi anillo? Si tienes tiempo de hacer un arma para esa niña, de seguro también has tenido tiempo para el regalo que me prometiste al acordar el trato —dijo Primsella.

Abrió sus bonitas alas, batiéndolas lentamente sobre sus hombros. La luz de la mañana la había regresado a su forma original.

—Lo tendrás una vez que lleguemos a destino —respondió Glorian con una expresión que no revelaba nada.

Esperaba que fuera cierto. No sabía mucho sobre hadas, pero decepcionarlas sonaba a una mala idea.

La mirada expectante de Primsella hablaba por sí sola.

Fui hacia el cisne sentado sobre la manta. Continuaba tomando fresas con su pico de manera cuidadosa.

—¡Celes! Mira la espada que me ha hecho Glorian —le dije enseñándosela—. Voy a usarla para ayudarte.

El ave estiró su cuello en mi dirección con curiosidad. Podía ver a la princesa en sus movimientos. Podía imaginar su pelo rubio entre las plumas blancas.

Sus pequeños ojos me observaron con esperanza.

—Lindy, Glorian, Sirien y yo vamos a encontrar a la mujer que te hizo esto y la obligaremos a deshacerlo —le prometí.

• • •

El cielo estaba cubierto por nubes grises. Nubes de tormenta. Sin embargo, esa no era la parte del paisaje que me preocupaba. La línea de árboles del bosque se detenía de manera abrupta contra una barrera de altos pastizales que parecían teñidos de tinta negra.

La pradera se extendía al igual que un mar oscuro bajo el cielo. Lo cubría todo. Continuaba hasta el horizonte de tal manera que no podíamos ver el final.

Los burritos se quedaron donde estaban, negándose a avanzar.

Me moví hacia delante, intentando ver mejor sobre el hombro de Glorian. No es que hubiera mucho para ver. Solo una cantidad alarmante de pastizales sin un solo árbol en su camino.

Sirien también observaba desde su caballo. Sus ojos parecían estar buscando alguna pista para confirmar que el oscuro escenario frente a nosotros era el único camino a seguir.

—Aquí estamos.

Primsella voló sobre la línea de hierba negra que marcaba el final del bosque y el comienzo de la pradera, dejando un rastro de brillantes copos de nieve de ese tono verdoso. Era la única que no parecía preocupada. Probablemente porque no vendría con nosotros.

—Nunca pensé que tendría una razón para entrar aquí...

Lindy estaba sentada con su mano alrededor del cisne. Su nueva vestimenta comenzaba como un abrigo en la parte superior y adquiría la forma de un vestido en la cintura. La tela era violeta con bordado dorado.

—Pero tú eres razón suficiente, princesita —agregó con más ánimo—. Estaremos bien.

Me aferré a esas palabras y las repetí en mi cabeza.

Estamos aquí por Celestia. Todo va a ir bien.

—Al paisaje le sale bastante bien el papel dramático. Seguro que Christabella cuenta con ello para desalentar visitas —comentó Glorian.

No sonaba intimidado, sino intrigado. Un mago que buscaba revelar los trucos de otro. La personalidad de Glorian me era un misterio, pero si había aprendido algo acerca de él, era que le gustaba impresionar con su magia. Cuando hacía sus espectáculos se transformaba en otra persona desde que ponía un pie en el escenario. Alguien confiado y lleno de intriga. Un poco distinto al joven con humor peculiar que ya todos conocíamos.

—No la subestimes. La Conjuradora Christabella tiene una reputación notoria —dijo Primsella.

—Me gustaría pensar que yo también.

—Aún eres joven, mi querido Glorian —respondió el hada con una risa cantarina.

El muchacho la miró sin decir nada y estiró la mano en su dirección. Sus dedos se abrieron lentamente. Primsella descendió sobre su palma con una expresión de deleite.

—Es precioso —dijo tomando algo de la mano de Glorian—. Siempre disfruto de tus obsequios.

—No son obsequios si los exiges a cambio de algo —refunfuñó Glorian. Debía de ser el anillo que le había prometido como parte del trato. Intenté verlo, pero era demasiado pequeño. Yo le había entregado mis aretes esa mañana, podía ver uno de ellos adornando su pelo.

Primsella admiró su mano antes de elevarse con un fluido movimiento de alas.

—Ten cuidado. Todavía debes cumplir con la otra parte del trato —le recordó—. Creo que seré una magnífica acompañante.

El hada voló hacia el cisne y le ofreció una reverencia. Ver la forma en que estiró su brazo e inclinó la cabeza me hizo retener el aire. Tenía una gracia innata que ninguna bailarina podría imitar.

—Te deseo buena fortuna en el camino que te espera, princesa.

Los destellantes tonos verdes que se desprendieron de sus alas flotaron hacia el cisne y coronaron su cabeza.

—Querida Lindy, príncipe Sirien, Alex de Bristol.

La forma en que pronunció mi nombre lo hizo sonar bonito y especial. Como si estuviera hablando en otro idioma.

El idioma de las hadas.

Su luminosa silueta se alejó en un vuelo que hizo danzar su pelo rojo. Mis ojos la siguieron hasta que se perdió de vista. Y lo que encontré cuando bajé la mirada me dio un escalofrío.

Era como si se hubiera llevado toda la luz con ella. Entre el cielo gris y los pastizales negros, la Pradera Azabache nos ofrecía un paisaje espeluznante.

Mi cuerpo se movió hacia atrás, chocando contra el cisne. Sus pequeños ojos como perlas reflejaban mi miedo.

Lo que fuera que nos esperara allí no podía ser bueno. En especial si escondía a una bruja que había atrapado a una princesa en un lago solitario, condenándola a perder sus recuerdos.

Por un momento nadie se movió. El primer paso era el peor. O al menos, así era conmigo cada vez que bailaba en público. La sensación se sentía familiar. El cosquilleo nervioso en mis manos, el peso que hundía mis pies contra el suelo como si mis pies fueran de cemento...

—Si este es el camino a seguir, entonces debemos ponernos en marcha —dijo Sirien impulsando a su caballo con un sonido gracioso. Sonaba similar a un beso. El príncipe dio los primeros pasos dentro de la pradera. Los pastizales negros eran tan altos que cubrían buena parte de las patas de su caballo.

—Bien dicho, Su Alteza —respondió Glorian.

La pareja de burritos permaneció inmóvil. El joven se bajó de su asiento al frente de la carreta y tomó las riendas, guiando a Nimbi y Daisy con cada paso. Las ruedas de madera comenzaron a moverse. El cambio en la atmósfera, en los colores, fue inmediato.

Ya no había suaves copos de nieve cayendo desde el cielo. Era como si la magia de Primsella no se atreviera a cruzar el límite del bosque.

En su lugar, había nubes grises que parecían enfadadas. Una tormenta era lo único que lograría empeorar el paisaje ya terrorífico de por sí. Con solo imaginar los relámpagos con sus brazadas de luz blanca contra el cielo...

Mi cuerpo se movió con un pequeño temblor. Llevé la mano hacia la empuñadura de mi espada de cristal, esperando que me hiciera sentir más valiente.

Gracias al baúl mágico tenía un cinturón con una funda y botas más largas que subían hasta mis rodillas.

Tengo todo lo que necesito, pensé.

Celestia estiró su cabeza hacia mi hombro, atrapando la tela en su pico en un gesto de ánimo. En su forma de cisne, la princesa encontraba maneras de hacerse entender. Si ella había tenido el valor para enfrentarse a la soledad que debía de haber sentido todo este tiempo, seguro que yo podría encontrar el valor para hacer lo correcto y ayudar a una amiga.

Tengo todo lo que necesito, me repetí.

21

De tormentas y fantasmas

La lluvia caía con fuerza, golpeando ferozmente contra el cristal que Glorian había conjurado para protegernos del aguacero.

Los tonos de la noche se habían mezclado con el negro de la pradera y creaban la ilusión de que estábamos en el interior de una tormenta. Las líneas de los relámpagos eran la única luz que contrarrestaba la oscuridad, acompañadas por monstruosos estruendos que sacudían el suelo.

Me abracé a mí misma y reposé el mentón contra mis piernas.

Lindy, Celestia y yo estábamos sentadas lado a lado frente a una pequeña farola. La débil llama en su interior apenas conseguía iluminarnos lo suficiente para ver nuestros rostros.

Odiaba los truenos. Desde pequeña siempre me inquietaban. Me hacían sentir desprotegida, como si el mundo fuera a romperse hasta dejarme sola y mojada. A mi hermana menor tampoco le gustaban. En las noches de tormenta siempre se cambiaba a mi cama y dejábamos la luz de la lámpara encendida. Muchas veces incluso intentábamos subir a nuestro perro Toby a la cama, a pesar de que era demasiado grande y apenas entrábamos.

Glorian y Sirien se entretenían con una partida de naipes. No estaba segura de qué me sorprendía más: que lograran ver el diseño de las cartas o que pudieran concentrarse en medio del alboroto de relámpagos.

Echaba de menos mi habitación. Echaba de menos la sala de estar de casa con el sillón frente al hogar. Ese tipo de clima exigía una taza de té y una manta. O mejor aún, el chocolate caliente con canela y mini malvaviscos que preparaba mi madre.

El vacío de la pradera jugaba con mis nervios sin darme descanso. La espesa hierba negra devoraba mis botas. Era tan oscura que me daba la sensación de estar sentada sobre un hueco que no tardaría en tragarme. Solo podía cerrar los ojos y esperar a la mañana. Presioné los dedos sobre la pequeña llave que colgaba de mi cuello y pensé en mis padres.

—¿Estás bien, pastelito?

La voz de Lindy me hizo sentir mejor.

—No me gustan los truenos —admití.

—A mí tampoco —dijo Celestia.

Seguí la mirada de la princesa hacia el cielo. Había notado que tenía la costumbre de buscar la luna. Aunque ahora era imposible encontrarla. Lo único que era visible entre toda la lluvia era la forma gris de las nubes y las ramas de los relámpagos.

—¿Por qué siempre buscas la luna? —le pregunté.

—Es lo primero que vi cuando desperté en el lago —dijo pensativa—. Cuando la luna se deja ver en el cielo, puedo recuperar mi forma real. Incluso con todas esas nubes ocultándola, sé que está allí en algún lado…

—Nuestra madre solía contarnos la historia de un hada que voló tan alto que llegó hasta la luna y decidió hacer su hogar allí. Un palacio construido con piedras lunares y polvo de estrellas. Todas las noches bajaba a visitar Lussel en un carruaje tirado por lechuzas nevadas —nos contó Lindy con tono soñador—. ¿Lo recuerdas, Glo?

Celestia y yo soltamos un sonido de admiración al unísono. ¿Un carruaje tirado por lechuzas? Me gustaría ver eso. Glorian estaba ocupado barajando naipes de manera experta. Sirien lo miraba, entretenido. Su pelo mojado hacía que su rostro pareciera más infantil.

—*Mmm* —respondió el joven, pensativo—. También solía hablarnos sobre un duende con nariz larga y orejas puntiagudas que salía en las noches de tormenta para atrapar niños perdidos y cocinarlos en un estofado. Se jactaba de tener un caldero negro lo suficientemente grande como para meter a niños de trece años dentro. Además del resto de los ingredientes: verduras, legumbres, trozos de tronco seco, musgo…

El ruido de las gotas combinado con el tono de su voz, me hizo mover las manos de manera ansiosa. ¿Niños de trece años?

Esa era mi edad. La princesa y yo intercambiamos miradas de miedo.

—No inventes cosas así, las estás asustando —lo regañó Lindy.

¿Lo había inventado? Estaba a punto de dejar escapar un suspiro de alivio cuando un gran relámpago sacudió el cielo con tal ferocidad que dejé escapar un grito ahogado. El destello blanco se suspendió entre las nubes, dándonos un buen vistazo de la pradera.

Había algo allí.

Una silueta agazapada como un león. Mis ojos apenas lograron verla por un instante antes de que un telón de oscuridad volviera a cubrirla.

¿Podía ser que lo hubiera imaginado?

—He visto algo —dijo Sirien, tenía la frente con una arruga de preocupación.

—Yo tambi...

Apenas tuve tiempo de reaccionar antes de que un segundo estruendo tapara mis palabras. Al principio creí que el crujido era obra del trueno, pero luego un fuerte aguacero de agua y cristal cayó sobre mi cabeza.

El techo que había conjurado Glorian se rompió.

Fragmentos de cristal de diferentes tamaños cayeron junto al agua, sobre nosotros.

—¿Qué está sucediendo? —preguntó Lindy, elevando la voz.

La misteriosa silueta que había visto unos momentos antes no correteó de aquí para allá como habían hecho los lobos, sino que permaneció invisible, inmóvil.

—Quedaos donde estáis —susurró Glorian.

La pequeña farola se extinguió junto a sus palabras.

Había algo moviéndose entre nosotros.

Una sombra con vida propia.

Negro. El mundo se había vuelto completamente negro.

Era tan extraño... no podía ver nada, solo sentir la lluvia contra mi rostro.

Tu-tuc. Tu-tuc. Tu-tuc. Tu-tuc.

Mi corazón iba tan rápido que apenas podía separar un latido de otro. Aquella frenética secuencia dentro de mi pecho era el único movimiento que era capaz de distinguir. A excepción de las gotas de agua y los ocasionales truenos, la pradera estaba en calma.

—¿Lindy? ¿Glorian?

Necesitaba saber que estaban allí. Que no habían desaparecido.

—Estoy a unos pasos de ti, no me he movido —respondió Lindy.

Alguien tocó mi mano, y me sobresalté.

—Soy yo —dijo la dulce voz de Celestia.

Seguían allí.

No estaba sola.

—¿Qué son? —preguntó Sirien.

—Felinos fantasma —respondió Glorian.

¿Fantasma? La palabra hizo que la lluvia se sintiera helada. Si había algo que me asustaba más que los truenos y la oscuridad, eran los fantasmas...

Tuc-tuc. Tu-tuc. Tu-tuc. Tu-tuc.

La combinación de las tres cosas juntas hizo que liberara la espada y la tomara con ambas manos. No sabía cómo defenderme de un… ¿Fantasma? Lo que fuera que estuviera allí fuera. Ni siquiera sabía si la hoja de cristal le haría algo o lo atravesaría igual que aire.

Un nuevo relámpago iluminó la noche.

Nada me preparó para la figura inmóvil que me observaba a no más de dos o tres metros. Una pantera hecha de oscuridad y neblina. Las líneas de su cuerpo parecían borrarse contra los alrededores, haciendo que me centrara en el impactante par de ojos verdes que me observaban con curiosidad.

—¡Pantera! ¡Es una enorme pantera! —exclamé.

El animal desapareció junto a la luz del relámpago.

No. No desapareció, seguía allí, solo que no podía verlo. Eso explicaba por qué lo llamaban *felino fantasma*; era imposiblemente silencioso y difícil de ver.

Contuve un grito. Gritar no era una buena idea, podía asustarlo e impulsarlo a un ataque.

—Quedaos quietos —insistió Glorian.

Tuc-tuc. Tu-tuc. Tu-tuc. Tu-tuc.

El agua caía con más velocidad y golpeaba con fuerza mis hombros. Aparté un mechón de pelo mojado de una mis mejillas. Al llegar a Lussel había estado sorprendida de lo colorido que se veía todo. Pero desde que nos habíamos adentrado en el bosque nevado era como si el color se hubiera perdido poco a poco en el camino hasta desaparecer por completo.

Aguardé. El tiempo se alargaba frente a mis ojos. Cada instante que pasaba me hacía respirar con terror por lo que pudiera suceder.

—Tal vez solo esté buscando comida —sugirió Celestia.

Eso ayudaba si se refería a comida de verdad en vez de a nosotros.

Otro relámpago se ramificó a lo largo del cielo. Mis ojos fueron al mismo punto de antes de manera inmediata. No había rastro de la fantasmagórica pantera. Lo único que logré ver fue una sedosa tela blanca volando entre los pastizales.

El vestido de la princesa parecía un faro en la oscuridad. El material era tan blanco que lograba romper contra el negro que nos encerraba. Su corto pelo rubio le caía empapado sobre los hombros.

Detrás de ella, el príncipe encontró mi mirada. Tenía la espada levantada frente a él, en mi misma postura. La capa plateada se movía por detrás de sus hombros.

—Alex, no hagas nada a menos que ataque —me susurró.

—Lo sé.

Me pregunté cómo debía verme frente a los ojos de Sirien. Una chica con un vestido azul y botas blancas con una espada de cristal en la mano. ¿Podía ver el miedo en mi rostro? ¿La manera en que mi corazón estallaba dentro de mi pecho?

—Lindy, prueba con esas flores que emiten luz —dijo Glorian.

—Oh, cierto. No lo había pensado.

—Eso es porque soy el más ingenioso de los hermanos —respondió con humor.

—Sigue creyendo eso y algún día te llevarás una sorpresa, Glo.

¿Cómo podían bromear en medio de esa situación? Apenas conseguí darle a mi miedo un momento de descanso antes de que algo peludo rozara mi mano.

Se me escapó un grito que no pude contener.

La cola de la pantera... podía ver su silueta moviéndose delante de mí igual que un ribete.

—Está aquí. Su cola ha tocado mi mano...

Glorian comenzó a decir algo, pero un suave rugido llenó el aire y me dejó sin palabras. Mis dedos sujetaron la empuñadura de la espada con tanta fuerza que temí romperla.

Tuc-tuc. Tu-tuc. Tu-tuc. Tu-tuc.

Un pequeño resplandor lila floreció en medio de la oscuridad, seguido por otro, y luego otro más. La figura de Lindy se hizo visible; primero su pelo rosado, luego el color violeta de su vestido. Sus manos se movían en una danza que conjuraba inusuales flores con pétalos que se encendían por sí solos, tragando la oscuridad. Las flores se movieron por el aire, flotando como linternas de papel. Su luz hizo que el paisaje cobrara vida en vez de hundirse en un mar negro.

Seguí la cola del felino fantasma, que acariciaba una de mis botas. Se encontraba entre la princesa y yo. Su cabeza a un corto respiro de ella.

La escena se reprodujo sin que nadie se moviera.

Sirien observó con pánico en su rostro, inseguro de cómo ayudarla.

—Todo va bien. Nadie va a hacerte daño —le habló Celestia en tono calmo.

No parecía asustada. ¿Por qué no estaba asustada? Un escalofrío bajó por mi espalda. Estaba tan mojada que sentía el cuerpo frío. La hoja transparente de mi espada reflejó la luz de los pétalos, y poco a poco se tornó de color lila.

Tal vez…

Moví la punta con cuidado y la usé para impulsar una de las flores. Esta danzó por el aire cobrando velocidad.

Los ojos del felino la siguieron con interés.

Brincó de manera repentina e intentó atraparla con sus garras.

La agilidad con la que se movía me recordó al gato de mi vecino. Ya no tenía tanto miedo como antes. Probablemente porque la escena se convirtió en una de las cosas más bonitas e hipnóticas que había visto: una pantera con pelaje hecho de tinieblas que perseguía luminosas flores lilas en un mar de pastizales negros bajo una tormenta eléctrica...

Deseaba que hubiera una manera de congelar la imagen. De poder recordar cada detalle de lo que estaba viendo. Incluso los relámpagos.

—¿Estás bien?

Sirien se apresuró hacia la princesa y llevó una mano hacia su hombro.

—Sí. —Hizo una pausa y agregó—: ¿No es preciosa?

—Lo es... —Sirien se perdió en su rostro como si hubiera descubierto algo que solo él podía ver—. Has manejado la situación con calma. Haces un esfuerzo por entender a los animales en vez de dejarte intimidar por su lado salvaje y actuar con miedo.

—Soy un cisne. Sé lo que es no tener una voz que las personas entiendan —dijo agachando el mentón en un frágil gesto de resignación.

—Eres mucho más que eso —le aseguró Sirien inclinando la cabeza para espiarla desde un lado.

—Tú y yo encontramos un cachorro de lince cerca del castillo. Mi padre lo llevó de vuelta al bosque y encontró a su madre con el resto de la camada —relató Celestia levantando la mirada hacia su príncipe—. ¿Lo recuerdas, Sirien?

—Lo he recordado cuando he visto la pantera... —respondió con una de esas sonrisas que marcaban sus hoyuelos.

—¡También yo!

El entusiasmo en el rostro de Celes me generó una sensación cálida que ahuyentó el frío por un momento. Se puso de puntillas y pasó las manos por el torso de Sirien. Contuve una risa ante la sorpresa del príncipe. La línea de su espalda se puso rígida. Pero luego se relajó y le devolvió el abrazo.

Ver aquellos pequeños momentos me daba esperanza de que el cariño y la amistad que compartían fuera más fuerte que cualquier maldición.

—Aquí, gatito…

Giré la cabeza a tal velocidad que sentí un tirón en el cuello. El tono juguetón de Glorian me paralizó. Aquel enorme felino era peligroso. Los colmillos que asomaban por su boca podían herirlo o algo mucho peor…

Glorian fue hasta los sacos de provisiones y le arrojó un gran trozo de carne seca. La pantera lo atrapó con facilidad. Su cuerpo se agazapó contra los pastizales, y se desvaneció con tal facilidad que su pelaje pareció evaporarse cual humo.

—Glo, la lluvia…

Lindy mantuvo las flores flotando en las cercanías para que no perdiéramos la luz. La falda de su vestido goteaba sobre sus botas. Los rizos de pelo rosado habían perdido su forma.

—Nuestra amiga debe de haber roto el otro techo con sus garras —dijo comenzando un conjuro—. Haré este más sólido por si acaso.

Su magia se extendió sobre nosotros en un espejo de cristal que detuvo la lluvia. Cada rincón de mi cuerpo estaba frío y mojado. La ropa me pesaba. Deseaba ponerme un acogedor conjunto de pijamas.

—¿Alex? —preguntó Sirien—. Estás temblando...

—Tengo frío.

—Te ofrecería mi capa, pero está tan mojada como tu ropa —dijo.

Celestia vino a mi lado y me ofreció la mano con una sonrisa.

—Podemos pedirle al cambiador que nos dé prendas secas, ¿verdad?

—Sí, realmente necesito calcetines secos —respondí aliviada.

Mis pies parecían sumergidos en cubos de hielo. Acepté su mano y caminamos juntas hacia la carreta. La princesa parecía más compuesta que la primera noche que la encontramos. Como si su personalidad estuviera volviendo más y más con cada transformación de cisne a humana.

Una vez que nos cambiamos, Lindy y Glorian encendieron una fogata y nos prepararon bebidas calientes. La reconfortante sensación de tener una taza entre mis manos era exactamente lo que necesitaba. Sirien la tomó tan rápido que por poco la volcó sobre su ropa.

El cielo continuaba envuelto en imponentes nubes grises, las gotas aún descendían con la fuerza de aves enojadas, y la pradera imitaba el movimiento de un mar agitado, pero la tormenta no era tan terrible como antes. Seguramente, tras semejante susto mi cuerpo no tenía más opción que relajarse.

Glorian nos contó una historia sobre un Conjurador de oro con el que se había cruzado hacía un tiempo. Intenté seguir sus palabras hasta que mis ojos comenzaron a cerrarse y mi cabeza se perdió en mis sueños.

Lo último que vi fueron los rizos de Celes sobre mi hombro.

22

El gato de una bruja

A la mañana siguiente, el paisaje estaba húmedo y desolado. Los rayos del sol no lograban abrirse paso entre las nubes, por lo que nos esperaba un día gris.

Al menos ya no llovía.

Comer lo que hubiera preparado Lindy y acomodarme sobre la carreta ya era como una rutina. Era curioso, en mi día a día en Bristol todo era completamente distinto y, sin embargo, acostumbrarme no me había llevado demasiado tiempo.

De haber despertado en mi habitación, la mañana hubiera consistido en preparar mi bol de almendras con yogur y granola mientras Olivia untaba tostadas con mermelada de fresas, tomaría mi comida y mi madre nos llevaría a la escuela.

En Lussel cada día traía una nueva aventura; paisajes que se veían como si me hubiera perdido en un sueño, o, en el caso de la Pradera Azabache, como si aquel sueño se hubiera transformado en una pesadilla. Acompañantes que parecían sacados de un cuento de hadas; una familia de magos, un príncipe y una princesa cisne.

¿Qué pasaría cuando regresara? ¿Cuando tuviera que ir a clases en lugar de a una misión para encontrar la casa de una bruja?

La pareja de burritos retomó su paso habitual. Las orejas de Nimbi caían gachas por las aperturas de su sombrero de paja. Ninguno de los dos parecía contento de tener que abrirse camino por los altos pastos negros. Ni siquiera intentaron robar un mordisco de los tallos como solían hacer en el bosque.

Las espesas nubes grises hacían que adivinar la hora fuera imposible. Lo único que me ayudó a tener una noción del tiempo fue el vacío en mi estómago al saltarnos la comida.

Continuamos y continuamos hasta que Glorian finalmente exclamó que podía distinguir algo en la distancia. Me moví tan rápido que por poco caí por el borde de madera.

A lo lejos, anclada entre el mar negro, había una construcción gris.

La carreta se detuvo primero.

Luego el caballo de Sirien.

—La encontramos, la casa de la Conjuradora Christabella —dijo el príncipe.

Estábamos demasiado lejos para verla en detalle, aunque podía distinguir un alto techo que se elevaba en la forma de una *V* invertida. Las líneas eran abruptas contra el paisaje.

—Una visión *pintoresca* —comentó Glorian manteniendo los labios en una pequeña curva que expresaba sarcasmo.

—¿Cuál es el plan? —nos preguntó Lindy.

Esa era la misma pregunta que me había estado haciendo. No podíamos ir hacia la puerta, llamar y exigir que rompiera la maldición.

¿O sí?

—Lind y yo podemos distraerla mientras Alex y el príncipe Sirien se escabullen dentro y buscan el amuleto —sugirió Glorian.

Hice un esfuerzo por no tragar saliva.

—*Mmm,* no lo sé —respondió Lindy mirándome con sus ojos azul violeta—. Enviarlos allí es peligroso...

—Puedo ir por mi cuenta —intervino Sirien.

Su mano buscó la empuñadura de la espada para respaldar sus palabras.

Yo también tengo una espada, estoy aquí para ayudar, pensé.

El pico del cisne encontró la manga de mi vestido y le dio un tirón.

—Quiero ir —dije—. Y Celes también.

Sirien pasó su mirada de la princesa a mí, y de vuelta a la princesa.

—¿Estáis seguras?

El cisne y yo asentimos al mismo tiempo.

—Somos un equipo. —Mi voz sonó firme.

Habíamos trabajado juntos para protegernos de los lobos blancos y podríamos hacer lo mismo para encontrar el amuleto que ataba la magia de la maldición.

—Somos un equipo —repitió Sirien.

Espié la casa en la distancia. Parecía intimidante. Una construcción solitaria rodeada por hierba negra y nubes de tormenta. Me pregunté si Christabella tendría un sombrero puntiagudo y una escoba mágica escondida en algún armario. *Una Nimbus 2000*, bromeó la vocecita en mi cabeza. Esa era la escoba que le regalaban a Harry en *Harry Potter y la piedra filosofal.*

El cisne encontró mi manga de nuevo y le dio otro tirón. Sus pequeños ojos de perlas se alzaron hacia el cielo.

—Debemos esperar a que anochezca para que Celestia recupere su forma humana —dije.

Glorian asintió.

—Bien, no falta demasiado —respondió—. Lind, nosotros tocaremos su puerta y la mantendremos distraída con uno de nuestros actos. Después de todo, ¿qué Conjurador dejaría pasar la oportunidad de impresionar a la famosa Christabella?

—Supongo que, si alguien tiene el coraje y la falta de sentido común como para intentar algo así, ese eres tú —respondió Lindy escondiendo una sonrisita—. ¿Crees que ha oído hablar de nosotros?

—Claro que sí —dijo con una mezcla de incertidumbre y certeza—. Recorrimos Lussel de Abajo tres veces y Lussel de Arriba, dos. Seguro que ha oído hablar de nosotros...

Una de mis manos se cerró sobre la otra y mis dedos jugaron de manera ansiosa.

—¿Y si se da cuenta de que la habéis engañado y va a buscaros? ¿Y si os transforma en cisnes?

Al decirlo imaginé a un cisne con ojos de noche y una corona de cristal. Glorian seguro que sería el cisne más majestuoso del mundo. Podía verlo desplegando sus alas de manera dramática, como solía hacer con sus brazos para atrapar la atención del público.

—Es una posibilidad —dijo restándole importancia con un gesto de su mano—. Aunque dudo de que se atreva... en especial si ha oído hablar de nuestro tío.

—¿Quién es vuestro tío? —preguntó Sirien con curiosidad.

—Su nombre es Brendeston, lo llaman la Espada del Rey... —respondió levantando las cejas con una expresión divertida.

No sabía de lo que estaba hablando, aunque aquel sobrenombre sonaba impresionante. Los ojos del príncipe se abrieron mucho por la sorpresa.

—¡Mi padre me contó la historia! Dijo que es un Conjurador de metal, que un bandido intentó robarle en el Desierto Púrpura y que Brendeston lo atrapó dentro de una armadura.

Eso sonaba incómodo.

—Así es, la Guardia Real de Lussel de Abajo lo reclutó para atrapar criminales. Lo llaman la Espada del Rey porque bromean con que atrapa bandidos y los nombra caballeros —dijo Lindy.

Una vieja historia que me había contado mi madre vino a mi cabeza. Recordaba su voz diciendo que solo el rey podía darle a alguien el título de caballero.

—¿No pueden quitarse la armadura? ¿Nunca? —pregunté horrorizada—. ¿Cómo lo hacen para bañarse? ¿O dormir?

El joven de pelo dorado se encogió de hombros con una risita divertida.

—Con el tiempo los libera, cuando se cansa de oírlos rogar y hacer promesas de llevar una vida honorable.

—Una vez, un embustero que engañaba a niños con ceras mágicas que no funcionaban lo persiguió durante cuatro días hasta que finalmente lo convenció de deshacer la armadura —contó Lindy.

—Guau, vosotros sí que tenéis una familia interesante —dije.

• • •

Aguardamos hasta que los colores del cielo se fueron oscureciendo más y más. Mi mirada buscaba el sol de manera constante, esperando a verlo desaparecer por el horizonte. Pero el paisaje insistía en mantenerlo oculto.

Glorian y Lindy susurraban entre ellos, intercambiando ideas sobre cómo retener la atención de Christabella, mientras que Sirien me enseñó nuevos movimientos con la espada.

Manejar el arma de cristal era una especie de baile en sí mismo. Uno que requería de fluidez y precisión igual que el ballet.

Estaba tan acostumbrada a que Nina Klassen corrigiera cada movimiento que hacía de manera meticulosa, que las observaciones relajadas de Sirien me tomaron por sorpresa.

—No te preocupes tanto por cómo queda cada maniobra, céntrate en reaccionar, en responder al ataque. —Su voz me guiaba.

Practicamos un largo rato hasta que un revuelo de plumas blancas y destellos de luna reemplazaron al cisne por una princesa.

Sus ojos se abrieron con determinación. Ya no se trataba de la misma niña perdida a la orilla del lago. Ya era alguien que recordaba quién era y que estaba dispuesta a pelear por su futuro.

Glorian guio el camino hacia la casa que se elevaba sobre la colina. La construcción se alzaba imponente. Una gruesa hilera de flores rodeaba los muros de piedra. Tulipanes. Grandes tulipanes de un burdeos tan oscuro que apenas se distinguían entre los pastizales.

Un escalofrío me recorrió la nuca.

La casa tenía algo malvado. Podía sentirlo. Tal vez la crueldad de Christabella se había infiltrado entre las rocas, rellenando cada espacio vacío igual que cemento.

O podía ser que en aquel lugar, perdido en la penumbra, se respirara un aire más siniestro y cargado que en el resto de Lussel…

—¿Qué dices, Alex de Bristol? ¿Estás dispuesta a ir allí dentro? —me susurró Glorian a mi lado.

Sus ojos de zafiro me miraron por un largo momento, brillando con simpatía.

—Eso creo.

—Eres valiente, estarás bien. No dejes que la casa te engañe. No es más que roca y sombra —me dijo con tono tranquilo.

La mano del joven encontró mi hombro y me impulsó hacia delante para acercarme al resto del grupo.

—Escuchad —dijo alzando la voz—. Entráis juntos y salís juntos. Os protegéis entre vosotros. El amuleto que debéis buscar es un objeto mágico, algo fuera de lo común. Si podéis, romperlo, hacedlo sin perder un momento.

—Haré lo necesario para encontrarlo y que volvamos a salvo —dijo Sirien cerrando la palma de su mano en un puño y posicionándola sobre su corazón de manera solemne.

Noté que sus labios estaban presionados en una expresión rígida que hundía las líneas de sus mejillas, haciendo que resultaran menos pronunciadas. Y no había rastro de sus hoyuelos.

Celestia lo miró con la misma adoración con la que solía admirar a la luna.

—No entiendo por qué Christabella me hizo esto, pero estoy agradecida de que estéis aquí conmigo —dijo.

A pesar del miedo en mi pecho, estaba contenta de poder ayudarla, de sentir esperanza en el instante previo a dar un paso hacia la parte más oscura de un cuento de hadas. La parte donde la bruja intentaría atraparnos en una pesadilla y condenarnos a un final de esos que rompían el corazón.

Lindy me dio un abrazo, volcando su pelo rosado sobre mi hombro.

—Ánimo, pastelito —me dijo con cariño—. Creo en ti. En que harás muchas cosas maravillosas y esta es tan solo una de ellas.

Esas palabras hicieron que me aferrara a ella con más fuerza.

—Por favor, tened cuidado —le pedí.

—Estaremos bien. Siempre nos las ingeniamos.

Luego, me dejó ir, aunque sus ojos se quedaron conmigo un momento más. El tono violeta de su vestido derramaba color sobre los pastizales negros. Lindy tenía un corazón de oro. Eso era lo que la hacía tan especial, tan formidable y llena de vida.

Lindy se movió hacia la princesa y Glorian ocupó su lugar. El joven de los cristales. No me animaba a abrazarlo igual que lo había hecho con su hermana.

—Ten...

—No voy a ser cuidadoso, voy a ser *ingenioso* —me interrumpió con una de sus sonrisas confiadas—. Lo mismo va para ti. Te hice esa espada porque creo que puedes manejarla. Todos tenemos un puñado de magia que nos hace impredecibles, el truco es tener el coraje para usarla.

Cerré los puños con fuerza, sin saber qué responder. Quería enfrentarme al mundo con la misma seguridad con la que Glorian se subía al escenario. Quería impresionarlo de la misma manera en que él me impresionaba.

—Yo también voy a ser ingeniosa —dije intentando imitar la seguridad que curvaba sus labios.

—Muy bien, conejito.

Glorian tomó mi mano y le dio un beso rápido.

—Suerte.

Los hermanos intercambiaron miradas que solo ellos comprendían y se alejaron con paso decidido, caminando hombro contra hombro en dirección a la puerta principal. El violeta y el dorado compartían un mismo diseño de líneas que parecían continuar de una prenda a la otra.

Sirien y Celestia permanecieron a mi lado, observándolos en silencio. El príncipe fue el primero en moverse. Sus botas se hundieron contra la hierba. Un paso, luego otro y otro más, hasta rodear el costado de la casa hacia la parte trasera.

—¿Creéis que habrá alguna ventana abierta? —les pregunté.

—Esperemos que sí —respondió Sirien.

Seguimos la línea de los tulipanes hasta el final del muro, probando cada ventana, hasta dar con una que tenía las cortinas volando hacia afuera. La manera en que la tela se estiraba sobre el aire de la noche me dio escalofríos. Las puntas danzaban como si alguien estuviera tirando de ellas para robarlas.

—Esta casa hace que tenga frío en los pies —murmuró Celestia.

—A mí me da un cosquilleo feo en la espalda —respondí.

—Supongo que no podemos esperar menos de una Conjuradora que decidió vivir en medio de la Pradera Azabache, aislada del resto del reino —dijo Sirien.

El príncipe dio un saltito para alcanzar el marco de la ventana y se subió con facilidad. Las fantasmagóricas cortinas volaron sobre su pelo.

—¿Alex, puedes impulsar a Celestia? —me preguntó.

—Sí.

Junté mis dedos y los puse a la altura de un escalón.

—Pon tu pie aquí, Celes —le indiqué.

Los delicados zapatos blancos de la princesa se apoyaron sobre las palmas de mis manos cuidadosamente. Le di un empujón hacia arriba y Sirien se encargó de levantarla.

Cuando llegó mi turno, estiré las piernas hasta ponerme de puntillas, en *pointe*, y dejé que las manos del príncipe encontraran las mías.

El interior estaba iluminado por velas que reposaban sobre cada superficie.

El aire estaba viciado. Los muros, cercanos. Como si la habitación estuviera conteniendo la respiración antes de cerrarse sobre nosotros y devorarnos.

Celestia avanzó hacia la luz que entraba por la apertura de la puerta, asomando la nariz hacia fuera.

—Hay un pasillo —susurró.

El príncipe se acercó a mi oído y susurró:

—Ten la espada lista. Nos cuidaremos mutuamente, tú mi espalda, y yo la tuya. Y protegeremos a Celestia juntos.

—De acuerdo.

Esas palabras me hicieron sentir un poco mejor. La espada de cristal atrajo el color de las llamas y reflejó los cálidos tonos naranjas. Los tres nos mantuvimos detrás de la puerta, esperando alguna señal de que podíamos salir sin ser vistos.

Tu-tuc. Tu-tuc. Tu-tuc. Tu-tuc.

Había algo en la habitación que parecía estar esperando junto a nosotros. Tenía la horrible sensación de que, en cuanto me descuidara, alguien susurraría un *buu* tras mi espalda.

—¿Cómo podemos estar seguros de que...?

Un sonido distante interrumpió mi pregunta.

La voz de una mujer.

Sirien abrió la puerta para que pudiéramos oír mejor.

—¿Quién diablos sois vosotros? ¿Por qué estáis aquí?

—Hola, hola, mi nombre es Glorian y esta es mi encantadora hermana Lindy, seguro que habéis oído hablar de nosotros. —Su voz sonaba llena de promesas y con un toque de misterio—. Hemos viajado por todo Lussel llevando nuestra magia y no podíamos terminar nuestro viaje sin tener la oportunidad de impresionar a la famosa Conjuradora Christabella.

Podía imaginar a Glorian con su espléndido abrigo negro y dorado con aquella media capa que reposaba sobre sus hombros.

—Jamás he oído esos nombres. Tampoco tengo interés en ver vuestra magia. Así que podéis marcharos —respondió la mujer en tono indiferente.

Sirien y yo intercambiamos una mirada de pánico.

—¿Y si les cierra la puerta? —me preguntó.

—Dudo de que haya alguien en este mundo que pueda cerrarle la puerta a Glorian sin siquiera escucharlo —respondí con indignación.

Si lo hacía, aquella bruja era todavía peor de lo que pensábamos. Celes se volvió hacia mí y me dedicó una sonrisa con una expresión que no le había visto antes.

—Te gusta Glorian —afirmó.

El repentino cosquilleo de vergüenza que sentí hizo que desviara la mirada hacia abajo. La princesa ya no era tan tímida como antes.

—No… No de *esa* manera —dije manteniendo los ojos en mis botas blancas para evitar sonrojarme aún más—. Hay algo acerca de él que me resulta… *asombroso*. Lo admiro.

Celestia dejó escapar una risita.

—Por supuesto que habéis oído nuestros nombres, solo que es tarde y no los recordáis —insistió Glorian—. Preparaos para deleitaros con el Conjurador de los cristales y la Encantadora de flores…

—Sonáis como un par de charlatanes —los interrumpió Christabella.

Mi mano sujetó la espada con enfado.

¿Como se atrevía a llamarlos charlatanes?

—No debería decir eso sin ver nuestra actuación —intervino la voz cantarina de Lindy—. Esos no son buenos modales.

Asentí. Terribles modales.

—Ahora, es nuestra oportunidad.

Sirien paseó su mirada de Celestia a mí y luego se aventuró hacia el pasillo. El corazón se me aceleró de nuevo. La oscura habitación continuaba susurrando contra mi espalda.

Empujándome a dar un paso.

A perderme en aquel pasillo para no volver a salir.

—¿Juntas? —me preguntó Celestia ofreciéndome la mano

—Juntas —respondí tomándola con fuerza.

La princesa y yo dimos un paso al mismo tiempo. Sirien nos aguardaba tan inmóvil que su pecho ni siquiera se elevaba al respirar. Un amplio pasillo de piedra se estiraba hacia el interior de la casa. Los faroles en las paredes iluminaban pequeñas mesitas con floreros repletos de tulipanes que parecían hechos de terciopelo negro.

Tu-tuc. Tu-tuc. Tu-tuc. Tu-tuc.

Nos movimos con pasos cautos, alejándonos de las voces de Glorian y Lindy, y adentrándonos hacia la siguiente habitación. Era una sala de estar. Tenía un hogar con chispeantes llamas que iluminaban un refinado sillón del mismo tono que los tulipanes. El mueble en la pared exhibía una mezcla de libros y recipientes. Algunos parecían contener hierbas; otros, plumas.

—¿Veis algo que se asemeje a un amuleto mágico? —les pregunté.

—No estoy seguro —respondió Sirien.

—Tal vez es algo que esté hecho de cristal, como la corona que llevaba Celes en el lago —sugerí.

El príncipe levantó la vista hacia los estantes más altos. El último estaba cerca del techo. Demasiado alto como para poder ver en detalle.

—Un gato —dijo Celestia.

Me volví hacia ella, levantando la espada por si acaso. Un gran gato con pelaje naranja había estado reposando frente al hogar. El animal permaneció inmóvil por un momento y luego se precipitó hacia la princesa, restregándose contra sus piernas.

—¡Ten cuidado! —le susurré.

En muchas de las historias que había leído, las brujas solían tener gatos. Solo que eran más que gatos. Eran familiares. Animales con algún poder oculto que formaban un vínculo con ellas.

—Puede ser su cómplice —dije—. Tenemos que encerrarlo en algún armario para evitar que la avise de que hay intrusos.

Sirien y Celestia intercambiaron miradas de confusión.

—¿Quieres encerrar al pobre en un armario? —me preguntó la princesa acariciando su cabeza.

—Sí.

—Es solo un gato —dijo Sirien, desconcertado.

—Es el gato de una bruja —lo corregí.

El felino anaranjado dejó escapar un silencioso maullido. Sus patas delanteras se alzaron hacia la falda de Celestia. Por un momento pensé que quería jugar, pero luego noté la urgencia con la que parecía querer alcanzar su mano.

—¿Qué te pasa? —le preguntó la princesa mientras se agachaba.

Otro maullido. Sonaba triste.

—Creo que está pidiendo ayuda —dijo Sirien.

Asentí. El par de grandes ojos sostuvo el delicado rostro de Celestia de manera implorante. La escena se desarrolló sin que nadie se moviera. Los chasquidos del fuego eran el único sonido que llenaba la sala.

La princesa y el gato parecían estar teniendo una conversación sin palabras, el tipo de conversación que era de un corazón a otro.

—Creo que es... como yo... —dijo Celestia más para sí misma.

—¿A qué te refieres? ¿Está bajo un hechizo? —preguntó Sirien.

El gato maulló en respuesta, moviendo la cabeza hacia el príncipe.

¿Podía ser? ¿Que fuera una persona atrapada en la forma de un gato?

—Sí, tenemos que ayudarlo —respondió Celes acariciando el lomo del animal de manera reconfortante.

—Debemos continuar buscando, tal vez su amuleto y el tuyo se encuentren en el mismo lugar.

Sirien se acercó a la princesa y le ofreció una mano para ayudarla a ponerse de pie. A pesar de la espeluznante atmósfera del lugar —las corrientes de aire, los tulipanes negros— la visión de ambos juntos tenía su encanto. El príncipe con la capa plateada y la princesa con su vestido blanco.

El momento se alargó unos segundos, cual sombra que recorría los muebles y las paredes, y luego se desvaneció.

Sirien soltó su mano y Celestia giró la cabeza en un gesto que hizo que las puntas de su pelo rubio rozaran sus hombros.

Miauuuu. El gato encantado trotó en dirección a una puerta de madera en una de las esquinas. Su cola canela serpenteó en el aire buscando nuestra atención.

—Quiere que lo sigamos —dije.

Nos apresuramos tras él. La voz de Glorian se había perdido en el pasillo, por lo que no teníamos forma de saber si la bruja continuaba distraída o no.

Me pregunté qué aspecto tenía. Si llevaba un sombrero negro de punta o tenía una risa malvada.

Una nueva corriente de aire frío subió por mi espalda.

Shhhhhh.

Esa habitación también parecía respirar detrás de nosotros, aguardando a que algo malo sucediera. Y los tulipanes... su sedoso tono negro llevaba oscuridad en sus tallos.

—¡Espera!

Sirien intentó alcanzar a Celestia, pero esta desapareció por las escaleras que bajaban tras la puerta. En su afán por ayudar al gato, la princesa había olvidado ser cauta. Sus zapatos provocaron un pequeño crujido de uno de los escalones y la cola de su vestido desapareció entre las sombras y las velas.

—¡Celes! —le susurré—. Ve más despacio.

—Nadie puede detenerla cuando se trata de ayudar a alguien —me explicó el príncipe Sirien—. Lo recuerdo. Una vez se cayó de un árbol cuando intentaba devolver un pichón a su nido.

—Esto es más peligroso que caerse de un árbol.

¿Quién sabía qué había allí abajo? En el sótano de esa casa embrujada...

—No tengas miedo. Sea lo que sea, lo afrontaremos juntos —me tranquilizó Sirien chocando la hoja de su espada contra la mía en señal de apoyo.

—Estoy bien —mentí.

—No puedo quitarme la sensación de que este lugar tiene vida propia y los muros nos están espiando —admitió el príncipe.

—¡Yo siento lo mismo!

Al menos no era la única. Aunque eso no me tranquilizara, significaba que no era solo un truco de mi cabeza. La casa emanaba maldad, y Sirien también podía percibirlo.

Bajamos hacia un largo y estrecho corredor que continuaba recto antes de subir por otro par de escaleras.

—¡Oh, cielos!

Me apresuré a seguir la voz de Celestia, mientras levantaba la espada sin perder un momento. Su figura se había congelado junto a la puerta de la nueva habitación.

Sirien y yo nos estiramos sobre sus hombros para poder ver.

Aves.

Decenas de ellas por todos lados atrapadas bajo la magia de Christabella.

23

CHRISTABELLA

Las preciosas aves variaban de tamaño y color. Cisnes, patos, ruiseñores, pavos reales, canarios, palomas.

Celestia las contempló con silenciosas lágrimas en los ojos. El gato estaba sentado a su lado. ¿Podía ser que de verdad se tratara de un grupo de jóvenes bajo una maldición? ¿Una maldición que fuera obra de la cruel magia de Christabella?

Eran tantas que no podía contarlas. La habitación donde se encontraban parecía similar a un invernadero: plantas, tulipanes, un pequeño estanque, y, para mi horror, jaulas hechas de ramas y enredaderas.

Quién sabía cuánto llevaban allí. En aquella prisión de roca que apenas les permitía ver hacia el exterior. A la interminable línea de pastizales negros al otro lado del vidrio.

—Son como yo, puedo sentirlo… —murmuró Celestia.

Sonaba tan afligida que Sirien y yo nos apresuramos a contenerla.

—Pero es de noche. ¿Por qué no han recuperado su forma humana? —pregunté.

—La maldición debe de ser diferente —sugirió el príncipe.

Su mirada verde se paseó por las aves de manera incrédula. Al seguirla me di cuenta de que nos observaban. Cada pequeño par de ojos estaba fijado sobre nosotros. Apenas tuve tiempo de reaccionar antes de que un revuelo de plumas me envolviera en diferentes colores. Las aves comenzaron a emitir sonidos desesperados.

—¡Esperad! —Intenté ahuyentarlas de manera gentil, pero fue inútil, había demasiados picos y garras tirando de la tela de mi vestido. Exigiendo atención. Pidiendo ayuda.

Éramos la llave que los liberaría de aquel lugar olvidado. Éramos la respuesta a sus plegarias.

Un pato chocó contra mi pecho con tal fuerza que por poco caigo hacia atrás. Sirien intentó ayudarme antes de desaparecer tras un abanico de plumas verdes y turquesas que resultó ser la cola de un pavo real.

Y Celestia… los rizos de la princesa se agitaban bajo el aleteo blanco de las palomas.

El caos empeoró hasta que un maullido enfadado por fin los detuvo. Afiladas garras surcaron el aire aquí y allá, y obligó a la bandada de pájaros a retirarse.

—Controlaos —les pidió Sirien.

—Estamos aquí para ayudar —les aseguró Celestia.

Las pequeñas plumas que se habían mezclado en su pelo, sumado al cisne que se asomaba bajo las diferentes capas de su vestido, hicieron que pareciera más y más la princesa encantada que era.

Odette, es igual que la Odette de mis sueños.

Estiré la mano hacia la cabeza del gato y lo acaricié a modo de agradecimiento.

—Lamento tanto haber sugerido encerrarte en un armario —me disculpé.

De no ser por ese felino, seguro que estaría tragando plumas.

—Escuchad: necesitamos encontrar los amuletos que ayudan a sostener la magia de cada hechizo. ¿Sabéis dónde se encuentran? —preguntó Sirien con voz autoritaria.

Levanté las manos, anticipando un nuevo revuelo. Las aves se quedaron en su lugar. Ni siquiera un graznido. Celes y yo intercambiamos miradas de decepción. Eso fue hasta que el gato maulló contra sus piernas y se apresuró hacia el corredor por el que habíamos entrado.

—Alex. —Sirien usó mi nombre igual que lo había hecho cuando habíamos jugado a Destruye el fuerte. Un rápido intercambio entre compañeros que compartían una misma misión. Corrí tras el príncipe, siguiendo las líneas de su capa.

—Volveremos. Lo prometo —dijo Celestia detrás de mí.

Tap, tap, tap, tap.

Cada pisada resonó contra mi oído, haciendo eco por los estrechos muros del corredor. Por unos momentos, todo cobró velocidad: mis piernas, la escasa luz de las farolas a ambos lados, la silueta del príncipe, mi respiración agitada, y luego, me encontré cayendo hacia delante para aterrizar sobre un par de refinados zapatos negros.

La mujer que me miró desde arriba me heló el corazón.

Christabella.

En mi imaginación había tenido un aspecto distinto. Más baja, con una frente arrugada, una mirada vacía, una túnica negra y un sombrero de punta. Ninguna de esas cosas coincidía con su apariencia real.

La Conjuradora que había hechizado a Celestia tenía una belleza notable que me recordaba a una actriz glamurosa o a las elegantes mujeres que solían trabajar en tiendas de ropa de alta costura.

Su pelo azabache era igual que la pradera, su piel, de un acaramelado tono chocolate, tenía hipnóticos ojos violeta, labios morados y su rostro poseía un resplandor similar al de las alas de Primsella. Como si alguien hubiera soplado polvo de hadas sobre sus mejillas.

—¿Qué tenemos por aquí? ¿Más intrusos?

Su voz tenía la misma cadencia que unas campanas. Campanas que anticipaban catástrofe y ruina...

Gateé hacia atrás impulsada por el miedo. Mis piernas se habían tropezado con la figura inmóvil del gato. Este y Sirien debían de haber quedado paralizados al encontrar a la mujer aguardando en la sala.

—¡Tú! Tú fuiste quien me robó de mi hogar, quien me atrapó en un vacío de plumas blancas y me dejó sola en aquel lago. —Lágrimas de enfado y furia caían por las mejillas de Celestia.

Su voz era terminante—. Lo recuerdo. Un día cuando el atardecer se volvió gris, del color de las cenizas.

Christabella le enseñó los dientes. Una sonrisa afilada que me recordó a las garras de un cuervo. Llevaba un vestido cuya amplia falda tenía un diseño dramático. El oscuro material rojo me recordó a una rosa marchita. Su cabeza tenía una suerte de corona hecha de diamantes y plumas negras.

—Princesa Celestia de Lussel de Arriba —dijo su nombre con desdén—. No esperaba volver a verte.

Sirien se movió delante de ella y estiró la hoja de acero en dirección a la mujer.

—¿Y qué tenemos por aquí? ¿Un niño príncipe que quiere jugar con su espada?

Su risa me generó la sensación de uñas bajando por mi espalda.

Una serie de chispas anaranjadas se desprendieron del hogar en una bocanada de humo. La casa se estaba riendo junto a su dueña.

—Soy Sirien de la Casa Real de Lussel de Abajo. Estoy aquí por deber de mi corazón y te exijo que liberes a Celestia y al resto de los prisioneros de los hechizos que creaste —dijo sin titubear.

El enfado en sus ojos verdes centelleó. No importaba qué edad tuviera. Sirien iba a pelear por cumplir su palabra. Un príncipe hecho de valentía y determinación.

—Dime, Su Alteza, si estás aquí por deber de tu corazón, ¿por qué me necesitas para romper el hechizo? —preguntó Christabella saboreando las palabras que salían de sus prominentes labios morados—. Si tu amor fuera verdadero, nuestra querida princesa estaría libre del cisne.

Una grieta de dolor cruzó el rostro de Sirien. Celestia llevó una mano a su hombro de manera gentil. No lo culpaba por no poder romper el encantamiento. Entendía lo confuso que era perder sus recuerdos mejor que nadie.

—Cuando el rey decidió despreciarme en favor de esa absurda pastelera. Cuando se atrevió a hacerme sentir rechazada, me dije: *Lo que debo hacer no es una mera venganza, es algo más complejo, diseñado para causar infinita pérdida y tristeza* —continuó la malvada Conjuradora—. Aunque debo admitir que esperaba un desenlace distinto. Ansiaba ver la decepción en el rostro del rey cuando vinieran a por ella y no la encontraran en ninguna de las aves. Ver la desesperación en sus ojos al perder los últimos recuerdos de su única hija, sin otra alternativa que abandonarla al olvido.

Christabella estiró la mano hacia uno de los tulipanes y se mordió el labio inferior con frustración.

—¿Cómo es que llegaste a aquel lago? —le exigió al príncipe—. Debiste olvidarla...

Sirien bajó la mirada hacia mí. Los ojos de la bruja lo siguieron.

—Deseé a alguien que me hiciera sentir menos sola y el lago me trajo a Alex de Bristol —respondió Celestia con orgullo.

Esas palabras me dieron ánimo.

Estaba allí por ella.

Estaba allí por mí.

Porque quería ser alguien capaz de hacer el bien y de elegir qué papel interpretar en esta historia, en vez de resignarme al que me dieran las circunstancias.

Peleé contra el frío puño que se había enterrado en mi pecho, mi propio miedo, y me puse de pie.

—¿Quién se supone que eres tú? Todo lo que veo es una torpe niñita que no sabe lo que le espera.

—Alex de Bristol. Soy una bailarina y estoy aquí para ayudar a mi amiga —dije segura de mis palabras.

Levanté la espada de cristal, y me puse a un lado del príncipe. Sirien me dedicó una sonrisa cómplice.

—Es un honor tenerte a mi lado —susurró.

—El honor es mío.

Las llamas del hogar se agitaron detrás de nosotros y su cálido empujón se convirtió en vapor. La abrumadora sensación hizo que imaginara a un gran dragón respirando fuego contra mi espalda. No estaba segura de si era obra de la casa o de Christabella.

Shhhhh.

Apenas logré escucharla, pero estaba allí. Una vocecita en al aire. Un serpenteo alrededor de cada vela, invisible y espeluznante.

Shhhhh.

Shhhhh.

Shhhhh.

Sirien y yo cerramos el espacio entre nuestros hombros, creando una barrera frente a la princesa.

—No deberíais entrar en propiedad privada. —La voz de la Conjuradora se perdió en los alrededores.

La imponente falda de su vestido se desvaneció sin dejar rastro. ¿Cómo podríamos pelear si no podíamos verla?

Una silueta anaranjada pasó entre mis botas.

Apenas logré distinguir su pelaje erizado y la fina línea de sus bigotes.

El gato emitió un maullido enfadado antes de saltar hacia las sombras. Seguro que sabía dónde estaba. Había oído que los gatos podían ver en la oscuridad.

Pum.

Algo golpeó contra la madera.

—Gato malo, qué te he dicho sobre enseñarme tus garras...

La despiadada risa sonó cual campanillas.

—¡No le hagas daño! —gritamos Celes y yo al unísono.

—Queridas niñas, no debéis preocupaos, ese felino tendrá un final más feliz que el vuestro.

Sentí el cosquilleo de su voz contra mi hombro. Me volví rápidamente, con cuidado de no hacer daño a Celestia.

No veía nada.

Lo único que podía ver con claridad era el fuego chispeando en el hogar. Los tulipanes en bases de cristal. La princesa de blanco de pie a mi lado.

—¿Dónde está? —preguntó Sirien en tono de alerta.

—No lo sé...

—Me ha parecido verla junto a la ventana —dijo Celes.

Shhhhhh.

La maliciosa vocecita jugó entre mi pelo para luego soltar un leve soplido sobre la base de mi cuello. Me aparté de manera instintiva, blandiendo la espada de un lado a otro. Mi corazón iba tan rápido que el sonido de sus latidos llenó mis oídos.

—¡Alex, no te alejes!

Tarde. Intenté seguir la voz del príncipe, pero de pronto me sentí desorientada. Como si la habitación hubiera dado un giro y las cosas hubieran cambiado de lugar.

No es posible, hace solo un momento estaban a mi lado, pensé.

—Tres niños con quienes jugar, tres sombras que hilar, en parejas se mueven, en parejas se van...

El canto de Christabella se mezcló con la vocecita que sentía en mi cabeza.

—Cada niño teme algo...

Shhhhh.

—Y su sombra lo va a asustar...

Shhhhh.

No.

No.

No.

Mi sombra no me iba a asustar. Después de todo, era mía. ¿Por qué me asustaría a mí misma?

Llevé la vista hacia las llamas del hogar y luego a mis alrededores.

No tenía una sombra.

No estaba.

Lo cual era sumamente extraño.

—¡Alex!

Grité por la sorpresa, sobresaltada ante la voz familiar.

—Alexina Belle, ese es tu nombre, el mío también.

Era como escucharme hablar a mí misma a través de una grabación. Era horrible. ¿De verdad sonaba de esa manera? ¿Con un tono tan grave?

Una silueta se desprendió del telón de oscuridad a mis lados, dando un giro perfecto frente a mis ojos. Una *pirouette*. Lo primero que noté fue la forma del tutú, el sedoso material se abría sobre la cintura de la misteriosa bailarina igual que un disco hecho de plumas y estrellas negras.

Su pose tenía una técnica impecable.

—¿Quién...?

—*¡BU!*

Retrocedí con la espada en alto. La joven se llevó las manos a los labios para contener el sonido de una risita. Solo bastó con que el fuego del hogar iluminara la mitad de su rostro para saber de quién se trataba.

Me reconocí a mí misma incluso detrás del antifaz.

—Eres mi sombra...

—Soy la Alex detrás del espejo —respondió en tono juguetón—. Sé que muchas veces buscas pequeñas diferencias entre las dos. Algo que nos distinga.

Mi corazón ya no martillaba contra mi pecho. Ahora estaba quieto por el susto.

—Es un truco, no eres real... —dije más para mí misma.

¿Cómo lo sabía? ¿Cómo sabía que a veces me preguntaba sobre mi reflejo?

—Por supuesto que soy real. Conozco tus pensamientos porque también son míos. ¿Quieres que te cuente un secreto?

La falsa Alex alzó los brazos con elegancia, moviéndolos como si fuera a levantar el vuelo. Se quedó quieta de puntillas sin siquiera titubear.

—Me gusta el príncipe —confesó con otra risita.

—¡No! No te puede gustar el príncipe porque a mí no me gusta el príncipe —me apresuré a decir.

—¿De verdad vas a decirme que no te has fijado en sus bonitos ojos? ¿O esa encantadora sonrisa que ilumina su rostro al igual que el sol naciente?

—No...

—¡Di la verdad! —me interrumpió.

Quería arrojarme sobre ella y hacerla callar.

—Por supuesto que lo he notado, sé que Sirien es apuesto, pero eso no significa que tenga sentimientos por él —repliqué en tono firme.

La bailarina movió una de sus piernas, llevando la punta del pie a la altura de su brazo y elevándolo bien alto, mientras se sostenía sobre la otra, pie en *pointe*. Su cuerpo formó una línea recta que comenzaba en su pierna izquierda y se extendía por la derecha.

Un momento.

Dos.

Y la dejó caer con la liviandad de una pluma.

—Sirien está enamorado de mí —dijo mirándome de reojo—. Me dijo que era muy guapa, que soy distinta al resto de las chicas que conoce.

Recordaba al príncipe diciendo esas cosas, pero jamás pensé que mi propia sombra se aferraría a ellas y me las arrojaría en la cara. Esa Alex tenía un problema de actitud. Y no. No éramos la misma persona. Incluso era mejor bailarina que yo.

—No sabes de lo que estás hablando.

Consideré la translúcida superficie de la espada. Si la atacaba, no sería como atacarme a mí misma… ¿O sí?

—Olvídate de Celestia. El príncipe puede ser nuestro, *quiere* ser nuestro, esa es la razón por la que estamos aquí. —La sombra se movió tan rápido que apenas pude seguirla—. Eres el cisne negro, Alex. ¿Por qué fingir que no eres especial y dejar que la princesa robe tu felicidad? Todo lo que quieres está al alcance de tus manos…

—¡NO! —grité—. Estás mintiendo. Quiero ayudar a Celestia porque sus sentimientos son importantes.

—¿Más importantes que los tuyos? —susurró a mi oído.

Intenté apartarla de un empujón, pero para cuando me volví, ya no estaba. La tela de su tutú brilló por mi otro lado, moviéndose junto al sonido de su risita.

—No se trata de competir por la atención de un chico, sino de ayudar a una amiga. De evitar que esté sola. De pelear por lo que está bien. —Hice una pausa y agregué—: Y los sentimientos en mi corazón pertenecen a un chico llamado Harry. Si realmente fueras yo, lo sabrías.

Eso me dio la certeza de que aquella sombra burlona no me conocía. Su largo pelo castaño y los ojos azules tras el antifaz no la convertían en la verdadera Alex.

—Pero Sirien es muy apuesto y bien intencionado —dijo como si estuviera hablando de un objeto.

Dejé que danzara a mi alrededor, ajustando los dedos sobre la empuñadura de la espada.

La falsa Alex extendió ambos brazos en direcciones opuestas y alzó una de sus piernas sobre la altura de su cintura en un *arabesque.*

—¿Puedes hacer esto? —me preguntó.

Si quería ganar tenía que jugar a su mismo juego, solo que mejor.

—Si tú puedes hacerlo, entonces también yo —respondí concentrándome en adoptar la misma postura—. Después de todo, somos la misma persona...

Nos miramos mutuamente, ambas congeladas en un *arabesque.*

—¿Y qué hay de esto? —dijo con un tintineo travieso en sus ojos.

Dio un pequeño salto sobre sus zapatos de ballet y continuó con un giro que la envolvió en una espiral de plumas negras, que aparecieron por arte de magia.

No te detengas a admirarla, me dije.

—Lo estás haciendo mal —mentí—. Déjame enseñarte...

Mantener una expresión convincente fue difícil. En especial cuando era evidente que sus habilidades eran notablemente mejores que las mías.

Imité la pose en la que estaba de manera casual: brazos arriba, un pie en punta, el otro en el aire, empujando para darme impulso. Hacerlo con la espada en la mano fue un obstáculo. Aparté la mirada de la hoja de cristal, fingiendo que no estaba allí para que no sospechara.

—No, esa eres tú. —Rio la bailarina—. Mal, mal, mal.

Se acerco a mí, imitando cada movimiento de manera precisa como si fuera mi reflejo. La comparación fue inevitable. La falsa Alex era más atrevida y segura, la manera en que movía su cuerpo era tan agraciada como la de Primsella, el Hada del Bosque.

No importa, es una sombra, seguro que es mucho más flexible, concéntrate en lo que tienes que hacer.

Por un extraño momento, repetimos los pasos de uno de los bailes de Odile, coordinándonos con sorprendente facilidad.

La falda de mi vestido azul se sobreponía sobre el tul negro de su tutú cada vez que nos movíamos juntas.

Dos chicas de apariencia idéntica. Gemelas. Igual que el cisne blanco y el cisne negro. Aunque, si era sincera, ya no estaba segura de si me identificaba con uno o con el otro, sino con una combinación de los dos.

Todos teníamos motivaciones y caprichos, buenas intenciones y momentos de egoísmo.

—¿Crees que el príncipe nos está mirando? —me preguntó la falsa Alex, guiñándome un ojo.

—Tal vez.

Su risita fue la señal que necesitaba. Si quería tomarla desprevenida, ese era el momento de actuar. Me acerqué hacia ella en una rápida secuencia de pasos y estiré la espada en mis manos, llevando el filo de la hoja hacia el costado de su cuerpo.

—¡Eres mi sombra, no mi enemiga! ¡Regresa a tu forma original! —grité.

No tenía idea de si esas palabras estaban bien o eran necesarias, pero fue lo único que se me ocurrió. La bailarina de negro dejó escapar un grito de sorpresa.

Ver el miedo en su rostro, *mi rostro,* me llenó de un horror que me sacudió el cuerpo.

Lo siento.

El arma de cristal atravesó su figura, cortando por el aire.

Su cuerpo crujió igual que cristal roto y se deshizo en un montón de plumas negras que cayeron en espiral al suelo.

Respiré con tanto alivio que mis rodillas por poco se doblaron. Por un momento temí haberme cortado a mí misma.

Mis ojos se apresuraron a buscar la sombra junto a mis pies. Estaba allí. Larga e inmóvil contra la luz del hogar.

—No vuelvas a hacer algo así —le pedí.

Apenas tuve tiempo de recuperarme antes de que un grito llenara el espacio de la sala.

Celestia.

Su dulce voz sonaba asustada.

Sin la sombra danzante, la sala ya no estaba tan oscura como antes. Logré distinguir la capa plateada del príncipe agitándose en una de las esquinas. Estaba peleando contra alguien. Un niño de pelo negro con una rama en la mano. No podía tener más de ocho años. Ojos de bosque. Mejillas marcadas.

Era Sirien de pequeño.

¿Ese era su miedo? ¿No ser más que un niño? ¿No tener la fuerza para romper la maldición?

—¡Sirien, tú puedes! ¡Cree en ti! —le grité en aliento.

Continué buscando hasta dar con las prendas blancas de la princesa. Estaba en la esquina opuesta, enfrentada a un cisne que tenía el cuello erguido de manera desolada y llevaba una corona de cristal.

Celestia tenía ambas manos presionadas sobre su pecho, como si quisiera protegerse de su propio corazón.

—¡Celes! —me apresuré hacia ella—. ¡No estás sola! ¡Sirien y yo estamos aquí contigo!

Shhhhhhhh.

La maliciosa voz en el aire ahogó mis palabras. Forcé a mis piernas a correr más rápido, gritando en advertencia.

La fantasmagórica silueta de Christabella hizo su aparición detrás de la princesa. Su vestido caía sobre el suelo como una ola de rosas marchitas.

—¡Celes! ¡Detrás de ti!

La mujer extendió la mano hacia el pelo de Celestia, rozándolo con sus uñas. La imagen detuvo mi corazón.

Iba a atraparla.

Iba a llevársela de nuevo.

Tu-tuc. Tu-tuc. Tu-tuc. Tu-tuc.

Me arrojé hacia ella en un intento desesperado por alejarla de la bruja. Nuestros cuerpos chocaron y ambas caímos hacia atrás, contra el muro de roca.

—Estoy aquí, estoy contigo —le dije.

Llevé la mano hacia un lado de mi cabeza para contener el dolor. Celestia giró su rostro hacia el mío y sus ojos me contemplaron con un cálido brillo ámbar.

—Alex... gracias.

La princesa movió un mechón de pelo que había caído sobre su frente y se volvió hacia el majestuoso cisne de ojos tristes.

—No estoy sola. Ni tú ni yo volveremos a ahogarnos en el silencio del lago ni lloraremos bajo las estrellas —dijo en tono firme—. Eres mi sombra y voy a protegerte de la soledad. Por favor, deja de atormentarme.

Su voz gentil pareció apaciguar al cisne. El ave estiró su agraciado cuello y soltó un graznido. Las plumas blancas que cayeron de sus alas se volvieron negras antes de tocar el suelo.

¿Por qué? ¿De dónde han salido?

Un refinado zapato negro pisó sobre el borde de mi vestido, hundiendo la tela bajo el tacón. Christabella se alzó imponente sobre nosotras. El rencor que arrugaba su rostro anticipaba algo cruel.

—Un nuevo pajarillo para mi colección —dijo considerándome—. Algo pequeñito. ¿Qué tal un gorrión...?

Presioné mi espalda contra la pared, desesperada por alejarme. No había a dónde ir. Un segundo zapato pisó mi mano antes de que pudiera levantar la espada. Su peso me hizo daño en el dedo.

—¡NO!

Celestia me rodeó con los brazos. Nos abrazamos mutuamente, cada una con el deseo de proteger a la otra.

—Y tú, princesa de Lussel —dijo Christabella—, voy a romper tu corazón en tantos pedazos que jamás encontrarás la manera de arreglarlo.

Las lágrimas comenzaron a nublar mis ojos. La terrible Conjuradora llevó la mano hacia su corona de plumas, preparándose para hechizarnos.

Mi grito de desesperación se unió al de Celestia.

La escena se desencadenó en un estallido de cristales rotos y flechas de cristal. Todo sucedió tan rápido que me sentí perdida con una secuencia que no lograba comprender.

Alguien tiró de mí, envolviéndome en un abrigo, mientras que el príncipe llevó a Celestia en la dirección opuesta y la cubrió con su capa para protegerla de los afilados trozos de cristal que volaban en todas direcciones.

—¡¿Qué está sucediendo?!

—Soy yo, conejito.

Glorian.

El sonido de su voz hizo que me relajara contra la tela de su sobretodo. No estaba segura de lo que había sucedido hasta que una brisa de aire fresco arremetió contra el calor de la sala. El joven de pelo dorado había hecho su entrada cuando más lo necesitábamos.

Nos había salvado.

—Gracias —le dije aferrándome a él.

—De nada.

Una segunda figura trepó sobre la ventana rota. Una bonita muchacha en un atuendo de tonos violetas y dorados que se agitaba contra la noche.

Lindy envió una serpentina de humo que se dispersó por la habitación. Glorian movió la mano por encima de mi hombro y agregó su propia magia.

—¡Vosotros! ¡Charlatanes! ¡Farsantes! —gritó Christabella.

Las bases de cristal que contenían los tulipanes negros estallaron en una sinfonía de cristal roto. Miré atónita cómo las flores se dispararon con un zumbido, moviéndose igual que un enjambre de abejas en dirección a la Conjuradora.

Christabella dejó escapar un grito de sorpresa. Ambas manos se agitaron frente a su rostro en un fallido intento por ahuyentarlas.

—Eso le ensañará a no meterse con nosotros —dijo Lindy.

Observé la escena con la esperanza de que la bruja se deshiciera en un montón de plumas al igual que las sombras. Merecía desaparecer para siempre. Perderse en algún lugar lejano donde no pudiera volver a hacer daño a nadie.

Noté un movimiento al otro lado de la sala.

Sirien estaba de pie con la espada en mano y una mirada de puro enfado. Celestia intentó decirle algo, pero este la ignoró y se echó a correr hacia la malvada mujer. Iba a aprovechar la ventaja de que estaba distraída.

El príncipe la atacó sin vacilar. Por un momento, creí ver la punta de la espada enterrarse en el vestido rojo. Juraría haber oído un suspiro de derrota.

Mi corazón se detuvo un instante.

Christabella gritó con tanta furia que los tulipanes volaron lejos de ella, cargados por el terrible sonido de su voz.

Clank.

El metal de la espada golpeó el suelo, y el cuerpo del príncipe salió despedido con tanta fuerza que el impacto que recibió contra la pared me hizo apretar los dientes.

Shhhhh.

Shhhhh.

Shhhhh.

La voz en el aire rio saboreando la escena.

—¡Sirien!

Celestia y yo pronunciamos su nombre.

—Tontos ilusos. ¿Creíais que podíais entrar en mi hogar como bandidos? ¿Que podíais desafiar mi voluntad? ¿Por esa niña? —dijo Christabella arrastrando las uñas sobre una de las bases rotas—. Voy a daros una princesa muerta por la que llorar.

Aquellas palabras se clavaron en mi pecho. Dolían.

Una princesa muerta.

Glorian, Lindy y yo nos apresuramos hacia Celestia, impulsados por el mismo sentimiento de desesperación.

Pedí un deseo a una estrella fugaz; que enviara a alguien para que no tuviera que estar sola todos los días.

Estaba allí porque debía de haberme caído en el lago cuando Celestia había pedido su deseo. Porque nos unía un lazo del destino. Porque quería ayudar a la princesa cisne a recuperar la libertad de elegir su propio camino.

Lindy la envolvió en sus brazos.

Glorian y yo nos pusimos delante de ellas.

Sirien se nos unió, haciendo un esfuerzo por mantenerse de pie a pesar del hilo de sangre que caía por su frente.

—No quiero que peleéis por mí —nos rogó Celestia—. No quiero que salgáis heridos por mi culpa.

Christabella avanzó hacia nosotros, arrastrando la pesada tela de su vestido con cada paso que daba. Ya no me recordaba a rosas marchitas, sino a algo peor, a *sangre*. Era del mismo color que el oscuro hilo rojo que caía por el rostro del príncipe.

—No temas, Alteza —dijo Glorian.

—Todo va a ir bien, princesita —le aseguró Lindy—. Estamos aquí para ayudarte. Eso es lo que hacen los amigos.

—Somos un equipo —agregó Sirien.

Levanté la espada sin poder evitar una pequeña sonrisa. Aquellas palabras de aliento me hicieron creer que todo era posible. No importaba mi edad ni de dónde venía. No importaba que no tuviera magia ni una corona. No mientras tuviera el coraje para permanecer allí y pelear.

Shhhhhhh.

El aire se encendió igual que una mecha de fuego invisible.

Christabella llevó la mano hacia su corona y arrancó una pluma negra.

Me preparé para lo que fuera a suceder sin prever el repentino resplandor de magia que se liberó por los lados, cubriéndonos de luz.

—¡Celestia!

El tono de alarma en la voz de Lindy me hizo girar tan rápido que por poco me tropecé.

Plumas.

Eso fue lo primero que vi.

Centenares de plumas blancas cubrían a la princesa por completo, ocultando su figura.

—Todavía es de noche… —dije sin entender.

—Creo que… —Glorian intercambió una mirada con su hermana sin terminar lo que estaba a punto de decir.

Sirien se acercó a ella todo lo que pudo sin animarse a estirar la mano dentro del revuelo blanco.

—¿Celestia? ¿Qué está sucediendo?

Las plumas se convirtieron en luces que cobraron vida igual que fuegos artificiales. Celestia emergió de ellas como una encantadora niña de catorce años en un vestido blanco. Las mangas, igual que la falda, se movían con la misma frescura de una noche de verano.

—¿Cómo? —la pregunta se escapó de mis labios.

—Estábamos dispuestos a pelear por ella. Eso ha debido de romper la maldición —dijo Glorian para sí mismo.

—Un acto de amor verdadero —concluyó Lindy.

A pesar de su belleza risueña, algo en ella parecía… común, como si hubiera vuelto a ser quien era antes del hechizo y no la mítica princesa cisne.

Sirien, su príncipe, la recibió con una sonrisa que transmitía cariño.

Con solo ver la manera en que la mano de Celestia descendió sobre la de él, los ojos se me llenaron de lágrimas.

Ese era el final que había deseado para Odette la primera vez que había visto el ballet.

Shhhhhhhhhhhh.

Una furia infernal arañó mi nuca y bajó por mi espalda.

Christabella maldijo con palabras que nadie debería decir. Palabras demasiado atroces como para repetir. Apenas tuve tiempo de reaccionar antes de que la mujer convirtiera la pluma en su mano en una esfera que encerraba la noche y la tormenta; una esfera que contenía las cenizas, y nos la arrojara con una mirada ida que destilaba veneno.

¡Detenla! ¡Usa la espada!, gritó la voz en mi cabeza.

Mi cuerpo se movió por sí solo, propulsando la hoja de cristal al encuentro de aquel objeto hecho de pesadillas. El impacto fue con tanta fuerza que la bola salió disparada hacia la Conjuradora y se rompió junto a sus zapatos.

Un denso polvo hecho de sombras y sueños perdidos envolvió la figura de Christabella. La devoró por completo e incluso ahogó su voz.

Observamos inmóviles hasta que un aleteo se liberó de la magia.

Un pequeño pájaro de plumas rojas y algunos detalles en negro alrededor de sus ojos y de su pico.

—Un cardenal —dijo Lindy, su boca colgaba abierta por el asombro.

—Bien hecho, Alex de Bristol —me felicitó Glorian reposando la palma de su mano sobre mi hombro y dándole un pequeño apretón lleno de orgullo.

24

La puerta en el fondo de lago

El cardenal voló por la ventana y se perdió en la noche. Lo único que quedó de Christabella fue la corona de diamantes y plumas negras.

Glorian se la confió a Sirien y le sugirió que se la llevara a sus padres para que pudieran mantenerla oculta en la seguridad del castillo.

Mis labios estaban estirados en una enorme sonrisa que se negaba a dejar mi rostro.

Había ayudado a romper el hechizo que tenía prisionera a Celestia.

Había tenido el valor para usar la espada de cristal en mis manos y protegernos de la bruja.

Todavía podía sentir el abrazo grupal en el que me habían envuelto.

Aquella extraña presencia que habitaba en la casa ya no estaba. Era como si hubiera levantado el vuelo junto al pajarillo rojo.

Registramos cada habitación hasta dar con un armario lleno de objetos encantados. Los amuletos que mantenían al resto de los prisioneros de la malvada mujer atrapados bajo plumas y pelaje. Celestia no perdió un momento en romper uno tras otro, arrojándolos hasta hacerlos añicos.

Sirien y yo estuvimos contentos de ayudar.

El primero en recuperar su forma original fue el gato, que resultó ser un joven llamado Tad que había cometido el error de venderle pan viejo a la Conjuradora. Un castigo excesivo. Christabella sí que era una mujer de mal carácter. O al menos, lo había sido; con suerte sería un mejor pájaro. Tal vez, le haría replantearse su vida.

Los demás prisioneros compartieron historias similares. Hombres y mujeres, niños y niñas, culpables de ofensas similares; una criada que había roto uno de sus adornos por accidente mientras limpiaba; un artista al cual había encargado un retrato y cuyo resultado no había estado a la altura de su belleza; una cocinera que había fallado en lograr el sabor exacto de su pastel favorito; un hada que había intentado llevarse uno de sus tulipanes, la lista de ofensas era tan absurda como interminable.

Glorian y Lindy hicieron un gran trabajo en ir recibiéndolos. Glorian los ayudó a orientarse, dándoles instrucciones de qué camino tomar para regresar a sus hogares, mientras que Lindy reunió todas las provisiones que encontró en la cocina y preparó platos de comida y reconfortantes bebidas calientes.

Esa noche fue larga. Para cuando el amanecer finalmente se asomó por el horizonte negro, los cinco nos encontrábamos durmiendo desparramados a lo largo de la sala. Al despertar, me alegré de comprobar que Celestia continuaba siendo humana. Sus cortos rizos coronados por los rayos del sol en vez de la luz de luna.

• • •

Regresar al lago nevado que me había llevado a Lussel fue un camino agridulce. Sabía que era hora, que mis padres se preocuparían si esperaba más días para volver a casa. Pero ¿cómo podía despedirme de mis amigos cuando no sabía si volvería a verlos?

Sirien y Celestia habían insistido en venir con nosotros a pesar de que la princesa estaba ansiosa por reencontrarse con su padre.

Habíamos vivido una aventura juntas y ahora cada una debía regresar a su hogar. Celestia a su reino en Lussel de Arriba y yo, a Bristol, en Inglaterra.

Dos niñas.

Dos mundos diferentes.

Algunos también podrían decir que dos cisnes.

Pero si había aprendido algo era que todos teníamos un poco de Odette y de Odile.

Glorian me había pedido que le devolviera la espada. Mi

arma de cristal, prueba de que había sido valiente y de que me había enfrentado a la Conjuradora Christabella. Debió de ver lo mucho que me costó dejarla ir, ya que me aseguró que la transformaría en algo más pequeño para que pudiera conservarla como recuerdo de Lussel.

Eso me animó un poco. Al menos hasta que Lindy comenzó a abrazarme a cada oportunidad que tenía. Era difícil de explicar, el cariño que les había tomado a Glorian y Lindy. Era una amistad demasiado especial para describir con palabras.

Y Sirien... la mirada del príncipe oscilaba entre nubes soleadas y nubes de tormenta. Parecía feliz de haber recuperado a Celestia, su amiga de la infancia, aunque también un poco triste de que pronto tuviera que despedirse de mí.

Lo importante es que al final hemos logrado tener una amistad y trabajar juntos, me dije.

Ya no lo veía como al guapo chico de pelo negro que había intentado darme un beso en aquel muelle bajo las estrellas. No. Pensaría en él como el joven que había peleado a mi lado, asegurándome de que éramos un equipo.

Disfruté de ir sentada en la carreta, memorizando cada detalle de los paisajes que iban cambiando de color a nuestro alrededor y del continuo *clap, clap, clap,* que desprendían las pisadas de Nimbi y Daisy.

Cuanto más nos acercábamos, más me pesaba la pequeña llave que colgaba sobre mi pecho.

Logré contener las lágrimas hasta que el primer copo de nieve con aquella luminosa tonalidad verde aterrizó sobre mi pelo.

El bosque encantado del hada Primsella. Y escondido en el corazón de ese bosque estaba el lago blanco que me llevaría a casa.

—No llores, pastelito —dijo Lindy tomando mi mano—. La próxima vez que vea una estrella fugaz, le pediré un deseo para que nos veamos de nuevo.

Las lágrimas comenzaron a resbalar por mi rostro.

—Gracias, Lindy. Yo haré lo mismo —le aseguré.

En Bristol también teníamos estrellas fugaces. Seguro que cruzaban por todo tipo de cielos y llevarían mi deseo de regreso a Lussel.

Los árboles vestidos de nieve guiaron el camino, abriéndose paso como si nos estuvieran saludando. Lindy me preguntó si quería cambiarme a algo más parecido a mis viejas prendas y Glorian se volvió hacia nosotras con una sonrisa entretenida.

—Tendrás que pedirle a Bu que te las devuelva —bromeó.

Con solo imaginar al espantapájaros que custodiaba su huerta vestido con mis vaqueros y camiseta, una sonrisa se dibujó en mi rostro.

—Dejaré que se las quede —dije—. Me gusta este vestido.

Si mis padres me veían antes de que pudiera guardarlo, les diría que era un disfraz que me habían prestado en la academia de baile.

La llovizna de copos de nieve se abrió igual que un telón, y al final del camino se veía un lago con un grupo de cisnes que flotaban sobre su superficie.

Aquel mágico paisaje se quedaría conmigo para siempre.

La escarcha que resplandecía sobre la orilla. Las plumas blancas que flotaban sobre el agua espejada. Las majestuosas aves.

Celestia reposó su hombro contra el mío. Su mirada expresaba tantas emociones que eran imposibles de seguir.

—Lamento que hayas tenido que volver aquí —murmuré.

—No pasa nada. Ahora sé quién soy y que tuve la fortaleza para sobrevivir a la soledad del lago —respondió con una expresión serena—. Además, aquí fue donde nos conocimos.

Asentí, moviendo mi cabeza contra la de ella.

—Gracias por traerme a Lussel —dije.

—Gracias por salvarme.

Nos mantuvimos así un rato hasta que llegó el momento de decir adiós.

Sirien me explicó que había un cerrojo en el fondo del lago. Una vez que la llave lo abriera, me llevaría por un túnel que conectaba con el otro lado.

Lo recordaba. Sabía que la corriente me empujaría contra una superficie transparente. Esta vez me taparía la nariz para evitar tragar agua.

Comencé por despedirme de la pareja de burritos. Acaricié el hocico de cada uno y les agradecí por haberme llevado por tantos lugares mágicos. Nimbi resopló contra mis dedos generando un suave cosquilleo, mientras que Daisy me mordió el hombro de manera juguetona.

Luego siguió Celestia. La princesa apoyó la palma de la mano sobre su corazón e hizo lo mismo con su otra mano, solo que sobre el mío.

—Hasta que volvamos a vernos —dijo con una luz sincera brillando en sus ojos.

—Hasta que volvamos a vernos —repetí.

Sirien se asomó detrás de ella, poniendo un rostro valiente. Una sensación de nostalgia llenó mi pecho incluso antes de decir adiós. Era el primer chico en invitarme a una cita, el primero en regalarme una rosa, en hacerme sentir que estaba orgulloso de que estuviéramos en un mismo equipo. Haber compartido aquellas experiencias con él siempre lo haría especial.

—Voy a echarte de menos, chica detrás del antifaz —dijo con una de sus sonrisas más encantadoras—. Gracias por no dejar que me perdiera en el camino.

Le di un abrazo rápido.

—Yo también. Espero que algún día compartamos más aventuras y juguemos a Destruye el fuerte.

—Cuenta con eso.

Con solo ver el pelo rosado de Lindy mis ojos se llenaron de lágrimas. La Conjuradora de flores me rodeó con sus brazos, limpiándose las mejillas con la manga de su vestido.

—Vas a hacer que llore el resto del día —murmuró contra mi hombro.

—Gracias por todo. Por cuidar de mí.

—Ha sido un placer, pastelito —respondió acariciando mi pelo—. Suerte con tu baile, serás una preciosa bailarina cisne. Recuerda: si pones tu corazón en ello y lo disfrutas, les transmitirás alegría a las personas que te miran.

Contuve más lágrimas, decidida a que mi rostro no estuviera completamente empapado. Para cuando llegó el turno de despedirme de Glorian, sentí como si fuera a deshacerme allí mismo. El joven de pelo dorado se arrodilló frente a mí y me ofreció un obsequio.

Solté un gritito.

La estatuilla de cristal era igual a Mela. Una osa de expresión alegre con una corona de flores.

—¡Gracias!

Glorian la puso en mi mano de manera cuidadosa.

—Eres bienvenida cuando gustes, Alex de Bristol.

Me animé a darle un abrazo y Glorian sacudió mi pelo de manera afectuosa antes de ponerse de pie. Quería decirle lo mucho que había aprendido de él y Lindy. Lo mucho que iba a echarlos de menos. Que un pedacito de mi corazón se quedaría con ellos en Lussel. Separé los labios, intentándolo, pero las palabras estaban enterradas en mi pecho y no quisieron salir.

—Nadaré contigo hacia el fondo y volveré con la llave. Seguro que sus majestades la querrán de nuevo —dijo.

Miré a todos por última vez.

Celestia.

Sirien.

Lindy.

Glorian.

—Adiós. Hasta que volvamos a vernos.

Y salté hacia el lago.

Me sumergí en el agua cristalina y me dejé hundir hacia el fondo. El agua estaba fría. Podía ver las patas de los cisnes moviéndose sobre la superficie.

Glorian cayó a mi lado y nadamos, pataleando y pataleando hasta llegar al fondo. Todo se volvió borroso. Buscamos hasta dar con un portal redondo que parecía estar incrustado en el suelo. Estaba hecho de cristal. Adornado con preciosas inscripciones plateadas que mostraban dos castillos. Uno hacia arriba y el otro hacia abajo. Las torres más altas de cada uno se encontraban en el medio.

Allí estaba.

El cerrojo.

Cerré la mano alrededor de la cadena que colgaba de mi cuello, la pasé por los largos mechones de pelo castaño que flotaban hacia arriba, y guie la llave hacia el orificio.

La llave entró con facilidad.

Un giro.

Dos.

Glorian movió los labios, liberando burbujas.

—Adiós, conejito.

La corriente me tragó antes de que pudiera responder, lanzándome hacia una espiral que me expulsaría de Lussel.

25

Osos que guardan secretos

Algo húmedo tocó mi nariz. Abrí uno de mis ojos. Toby me lamió una vez más antes de soltar un ladrido para asegurarse de que no me fuera a dormir de nuevo.

Era la quinta mañana desde mi vuelta a Bristol.

Al salir del lago cerca de mi vecindario había descubierto que mi bicicleta, mochila y zapatos seguían allí. Pedalear a casa con el vestido azul del cambiador me había hecho sentir extraña. Como si estuviera en el lugar equivocado.

Descubrir que mi ausencia solo se había extendido un día había sido un alivio inmenso.

Glorian había estado en lo cierto respecto a que el tiempo pasaba más rápido en Lussel.

Aun así, mis padres se enfadaron conmigo porque había llegado de noche y no habían sabido nada de mí en todo el día. Incluso me habían dado algunas tareas de castigo: limpiar mi habitación y la de Olivia, poner la mesa el resto de la semana, sacar la basura. Las había aceptado sin quejas, ya que me sentía culpable. Si supieran la verdad sobre lo que había sucedido seguro que les daría un infarto. Me castigarían un año entero, o tal vez dos.

La estatuilla de Mela me observó desde mi mesita de noche. Prueba de que mi tiempo en Lussel había sido real. El contrato que había firmado para obtener la llave de la familia real me prohibía hablar sobre la existencia del reino, pero me sentía afortunada de poder conservar mis recuerdos. De que nombres como Glorian, Lindy, Sirien y Celestia existieran en mi cabeza y tuvieran significado.

Estiré los brazos sobre la almohada, despabilándome. No me había dado cuenta de cuánto había echado de menos mi cama hasta esa primera noche cuando había vuelto y me había acomodado debajo del edredón. Estar en casa con mi familia me hacía sentir bien. Por supuesto que ir a clase, después de haber pasado una semana en la compañía de Conjuradores y hadas me resultó aburrido, pero poco a poco fui recuperando el ritmo de mi vida diaria.

La primera vez que había visto a mi mejor amiga Sumi, el lunes por la mañana, le había dado un abrazo tan grande que por poco la había hecho tropezar. Me había mirado extrañada, sorprendida ante tal comportamiento tras solo dos días sin vernos.

Sumi y mis clases de ballet eran dos de las cosas que más había añorado. Mis interpretaciones de Odette y Odile habían mejorado de manera notable, en especial la del cisne negro. Cada vez que la música del piano marcaba el comienzo del baile, me tomaba un momento para cerrar los ojos e imaginar que estaba de vuelta en la Aldea de Cuarzo; un antifaz ocultaba mi rostro y un príncipe me observaba desde el público.

Nina Klassen había asentido con aprobación, dándome un pequeño aplauso. «Gran trabajo, Alex. Se nota que has estado practicando. Y no solo en tu técnica, puedo sentir tu vínculo con los personajes». Si supiera…

Me acomodé contra el respaldo de la cama, preparándome para empezar el día. Lo único que me apenaba era que todavía no había tenido oportunidad de ver a Harry Bentley. Giré la cabeza hacia el oso de felpa con la chaqueta y los vaqueros, preguntándome cuándo lograría cruzarme con él. En el horario en que pasaba por casa a recoger a Toby, por la tarde, solía estar en el estudio de baile, y nuestra escuela era tan grande que rara vez nos cruzábamos durante el recreo.

Fui a su cuenta en Instagram. Tendría que conformarme con ver su foto de perfil. A menos…

¿Y si esta vez reunía el coraje para agregarlo a mis contactos?

Volví mi atención a Mela.

Me enfrenté a lobos y tormentas y a una terrible Conjuradora que intentó convertirme en un gorrión, seguro que puedo enviarle una solicitud de amistad al chico que me gusta, me dije.

Sostuve el dedo sobre la pantalla.

Y luego lo hice.

Me apresuré a dejar el móvil como si fuera a explotar en mi mano. Salí de la cama y me concentré en vestirme. Cualquier cosa para distraerme de lo que había hecho.

Me cepillé los dientes.

Desayuné junto a Olivia.

Le puse su plato de comida a Toby.

Hasta que mi madre dijo que tomáramos nuestras cosas y la esperáramos en el coche. Busqué un abrigo, mi mochila de la escuela, salí de mi habitación, regresé a mi habitación y no pude contenerme de espiar el móvil.

Harry me había aceptado. Y no solo eso. También había un mensaje privado.

> *Ey, Alex. No sabía que tenías Instagram. Sigo esperando esos muffins que me prometiste :P*

• • •

La luz del horno cambió de naranja a roja. Lo que significaba que había alcanzado la temperatura correcta. Me paseé por la cocina con impaciencia. Mi madre había dicho que debía darles veinte minutos.

Era jueves y me encontraba en casa, ya que habían cancelado el día de clases. Habíamos recibido un correo electrónico de la escuela el día anterior y no había perdido un momento en rogarle a mi madre que me hiciera muffins.

Tener el día libre me permitió ir a ballet por la mañana y volver a casa antes de que Harry pasara por Toby.

Le eché un vistazo al reloj de la pared para controlar la hora y me senté sobre la mesa con el libro que había estado leyendo.

Mi pelo todavía estaba mojado de la ducha. Llevaba un par de vaqueros, un suéter negro y una bufanda roja con motivo escocés. Un atuendo muy otoñal.

Hubiera sido bonito poder traer un cambiador y no tener que pensar en qué ponerme. Cada vez que veía mi armario, parte de mí deseaba que la ropa cobrara vida y se adaptara a la ocasión para la que la necesitaba.

Olivia entró en la cocina, tarareando una canción que había oído en la radio, y fue hacia el frasco de las galletas. Parecía despreocupada. Su pelo en dos trenzas.

—¿Qué haces ahí? —me preguntó al verme.

—Controlo los muffins para que no se quemen.

—Se te ve muy inmersa.

—¿Inmersa?

—Es otra palabra nueva que he aprendido —dijo con una sonrisa que levantaba sus mejillas—. Significa que concentras toda tu atención en una actividad.

Dejé escapar una risa. Supongo que tenía razón. Mis ojos iban al reloj de manera constante.

—Sí, estoy *inmersa* en evitar una *muffintástrofe* —respondí sacándole la lengua.

—¿Una qué?

—Muffin catástrofe, *muffintrástofe.*

Olivia me miró raro.

—Esa no es una palabra.

—La acabo de decir, por lo que debe de serlo —la contradije.

Mi hermana menor negó con la cabeza.

—No existe —afirmó con convicción.

Llevó las manos a sus trenzas para asegurarse de que estuvieran bien hechas. La madre de una de sus compañeras la pasaría a buscar dentro de poco para ir al cine. Lo que, para mí, era perfecto, ya que de lo contrario tendría que llevarla conmigo.

Aguardé frente al reloj hasta que marcó la hora exacta en la que debía sacarlos del horno. Estaban perfectos.

Solo quedaba colocarlos en una de las cajas de repostería que siempre guardaba mi madre.

Cuando Harry llegó, Toby corrió hacia la puerta de manera inmediata. De pie sobre sus patas traseras, el gran perro era tan alto como él. Los observé jugar. Harry Bentley era todavía más guapo de lo que recordaba. Su tupido pelo castaño caía despeinado sobre su frente y llevaba una camiseta verde oscura de manga larga.

Toby le pasó su larga lengua sobre el rostro y este dejó escapar una risa que me despertó el aleteo de mariposas en el estómago.

—Alex, ¿todo bien? —me saludó intentando bajar a mi muy efusivo perro.

—Sí. ¿Tú?

—No me puedo quejar. En especial cuando nos han cancelado el día de clases —respondió en tono despreocupado.

Sonreí. Ese había sido un suceso afortunado.

—¿Qué llevas ahí? —dijo señalando lo que llevaba en mis manos con el mentón.

—Muffins —respondí intentando no sonar demasiado emocionada.

Abrí la tapa, enseñándole seis muffins perfectamente horneados. El dulce aroma que se escapó de la caja me hizo querer tomar uno allí mismo.

—Tres de vainilla con virutas de chocolate y tres de arándano —continué.

Harry se acercó igual que un niño asomándose al escaparate de una tienda de dulces.

—Huelen increíble —comentó. Tomé uno y se lo ofrecí.

—Si te gustan, tienes que enseñarme ese lugar secreto donde te gusta ir con Toby —dije.

—Un trato es un trato —respondió con una expresión que iba de inocente a traviesa.

Le dio un mordisco, sonrió para sí mismo, y luego lo comió tan rápido que me pregunté si lo había tragado sin siquiera masticar.

—Alex… —dejó caer mi nombre con un tono casi dramático.

—¿Sí?

—Tu madre debería abrir su propia pastelería.

Nos quedamos mirando por un momento antes de reír al mismo tiempo.

—De verdad, es una de las cosas más ricas que he probado. —Hizo una pausa y agregó—: ¿Lista para ir a lo desconocido?

Mantuve una expresión de superada. Dudaba de que fuera todavía más desconocido que una tierra donde una niña con el poder de conjurar dulces se sentaba a tomar el té con una osa.

—Lista.

Tomé un muffin, Harry tomó otro, y nos aventuramos a lo *desconocido*.

Las calles del vecindario se habían rendido a los colores del otoño. Una infinidad de hojas cubrían las aceras, tiñéndolas de tonos marrones y amarillos. Algunas casas incluso habían comenzado a decorar sus jardines con calabazas y cosas espeluznantes como fantasmas o arañas.

—¿Vas a disfrazarte para Halloween? —me preguntó Harry.

Llevaba la correa de Toby en una mano, mientras comía el muffin con la otra. Esta vez sí se tomó más tiempo para saborearlo.

—No lo sé. Creo que ya he cruzado el límite de edad para ir a pedir dulces, aunque mi madre probablemente me pida que acompañe a Olivia —dije pensativa—. *Mmm*, tal vez me disfrace de Mulán.

—Una elección original —respondió arqueando una ceja—. ¿Te gustan los kimonos?

—Me gustan las espadas.

Sus labios se abrieron en sorpresa.

—Una bailarina de ballet a la que le gustan las espadas. Eres muy intrigante, Alexina Belle.

—No tienes ni idea, Bentley.

Las palabras se escaparon solas, me sorprendieron. ¿De verdad lo había llamado por su apellido? Harry me observó entretenido. Como si estuviera intentando descifrar este nuevo lado mío que no conocía.

—¿Qué hay de ti? —me apresuré a preguntar.

—Estoy entre Bruno Mars y Steve de *Stranger Things*. Uno de mis amigos va a hacer una fiesta en su casa —respondió.

Toby lideró el camino moviendo la cola. Caminamos en la misma dirección durante un rato hasta doblar en una calle por la que no solía ir con frecuencia. Las casas que se extendían en una hilera monocromática eran más grandes y lujosas que las de mi calle.

—¿Venís aquí para que Toby socialice con perros de la alta sociedad? —bromeé.

Harry me miró de reojo y me dedicó una media sonrisa.

—Por supuesto. Toby tiene amigos muy distinguidos —respondió—. Bufort III, el bulldog inglés; Condesa, la Shih Tzu; William, el terrier...

Me llevé las manos a la boca para camuflar una risita antes de que se saliera de control. Pasar tiempo con Harry era fácil y electrificante al mismo tiempo. Por momentos lograba relajarme y no pensar demasiado; eso era hasta que hacía algo adorable como desordenarse el pelo o mirarme con sus brillantes ojos marrones, y de repente me volvía demasiado consciente de mí misma.

Pasamos por un letrero que decía «Calle sin salida» y continuamos hasta llegar a la última casa de la fila. Era pintoresca. Tejado negro, ladrillos rojos, marcos blancos alrededor de las ventanas, una cerca que envolvía el extenso jardín.

Toby entró en el jardín, trotando de manera alegre como si fuera parte de su rutina. Harry fue tras él.

—Emmm... ¿Y si nos metemos en problemas? —pregunté—. No estoy segura de que los dueños vayan a ignorar a un perro del tamaño de un oso paseando por su jardín.

Harry se volvió hacia mí con aquella sonrisa traviesa que seguro que me convencería de seguirlo.

—Mis padres conocen a los dueños. Los Lewis. Se mudaron a Londres el año pasado y regresan cada dos semanas. Me dejan venir a cambio de que cuide la propiedad —dijo complacido.

Respiré aliviada. Eso explicaba por qué estábamos traspasando propiedad privada.

Bordeamos la casa hacia el jardín trasero y me deleité al encontrar un paisaje con vista panorámica a la ciudad. Los Lewis tenían su propio mirador. *Y una casa en Londres.*

Caminamos hacia el límite del jardín, deteniéndonos antes de la pendiente que bajaba de manera abrupta. Harry se sentó con las piernas extendidas. Toby se dejó caer y rodó su lomo sobre el manto de césped.

—Este es un gran lugar secreto, mejor de lo que esperaba —admití.

Ojalá pudiera compartir el mío con él. Si alguna vez regresaba a Lussel... esperaba poder llevar a Harry conmigo. Podía imaginar su expresión. Lo maravillado que estaría de descubrir que la magia sí existía.

Me senté a una distancia prudente. El viento se enredó en mi bufanda, moviéndola por encima de mi hombro junto a mi pelo.

—Es nuestra baticueva. Solo que al aire libre y sin murciélagos. ¿Verdad, amiguito? —dijo llevando la mano hacia una de las orejas de Toby.

Puse las piernas contra mi pecho y acomodé el mentón sobre mis brazos. Estaba a solas con Harry Bentley en un lugar con una vista preciosa. ¿Qué más podía pedir?

—Gracias por compartirlo conmigo —murmuré.

—Como si pudiera negarme después de esos muffins —respondió con una sonrisa tierna.

Se reclinó y se apoyó contra el césped. Su pelo castaño se revolvió a causa del viento.

—¿Cómo va el ballet? —me preguntó.

—Mejor. —Hice una pausa y agregué—: Estoy ansiosa porque llegue el día de la obra y ver cómo sale todo.

Con solo decirlo quería ponerme de pie y bailar. Había estado practicando tanto que las melodías se repetían en mi cabeza una y otra vez.

—Seguro que estarás genial. Estoy más preocupado por el pobre sujeto que debe interpretar al príncipe confundido del que me hablaste —dijo en broma—. No poder distinguir a una chica de la otra suena complicado.

—Interpretaré el papel de ambas, por lo que es comprensible. Serán iguales.

—Excusas, excusas...

Dejé escapar una risa. Harry sacó un par de auriculares de su bolsillo y desenredó los cables.

—¿Por qué siempre los tienes hecho un nudo? —pregunté sin poder contenerme.

—No lo sé. Es un misterio...

Al terminar de separarlos, me ofreció uno.

—¿Quieres escuchar música?

—De acuerdo.

Me recosté a su lado, rogando que mi rostro no estuviera tan sonrojado como me sentía. Mi mente fue directa hacia el oso de felpa sobre mi cama y al deseo que guardaba en el pequeño corazón rojo que había colocado en su relleno; *deseo que mi primer beso sea con Harry Bentley.*

Es nuestro secreto. Sigue custodiándolo por mí, pensé imaginando la dulce sonrisa del oso, *tal vez algún día se haga realidad.*

26

El lago de los cisnes

Las luces de los focos cayeron sobre el telón. Moví las manos de manera ansiosa, siguiendo el movimiento de las siluetas detrás del escenario. Bailarinas, extras, encargados de vestuario y maquilladores.

El aroma a fijador de pelo resultaba denso en el aire.

Estaba de pie sobre la *X* de cinta adhesiva donde debía aguardar hasta mi entrada en escena. Había espiado y visto a mis padres y a Olivia sentados en la segunda fila junto a las madres de Sumi.

El día de la función finalmente había llegado.

Me acomodé el tutú blanco por décima vez, rogando que todo saliera bien.

La iluminación cambió de un momento al otro y el intimidante telón rojo reveló el escenario.

El comienzo del primer acto.

Mis compañeros se movieron en perfecta sincronía, atrapando la atención del público e invitándolos a dejarse llevar por la historia que cobraría vida frente a sus ojos.

Aguardé, quieta, sobre la *X*. Dejé que la música del piano me mantuviera al tanto de cada escena.

Hasta que llegó el momento de la mía.

Tu-tuc. Tu-tuc. Tu-tuc. Tu-tuc.

Mi pie dio medio paso hacia atrás. Por un instante no solo estaba quieta, sino paralizada.

No.

No.

No.

Si pones tu corazón en ello y lo disfrutas, les transmitirás alegría a las personas que te miran, me susurró la voz de Lindy en mi cabeza.

La siguiente nota marcaría mi entrada. Nina Klassen me hizo una seña desde un lateral, incitándome a salir.

Odette.

Me aseguré de dejarme a mí misma en el baúl de los disfraces, extrayendo la hipnotizante fragilidad del cisne blanco.

Desde allí, todo sucedió en una extraña sucesión de tiempo que en algunos momentos pareció apresurado y en otros, lento. Bailé con todo lo que tenía.

Me desplacé por el escenario, impulsada por la desgarradora noción de que estaba atrapada bajo una prisión de plumas blancas. Recordé la manera en que Celestia solía mirar el cielo nocturno y estiré el brazo hacia un rayo de esperanza hecho de luna y estrellas.

Wes hizo un gran trabajo al interpretar al príncipe Siegfried. Bailar con él, nuestro *pas de deux*, me hizo querer aferrarme a la ilusión de un amor verdadero. A la promesa de una historia de amor digna de un cuento de hadas.

Genuino.

Trágico.

Encantado.

Y luego llegó el turno de Odile.

Me apresuré a hacer el cambio de vestuario, reemplazando a la hermosa criatura que era Odette por algo oscuro y cruel. Una misteriosa joven que irrumpía en un baile real haciendo una poderosa entrada con un atuendo negro.

La manera en que me moví frente a Wes cambió de manera drástica. No estaba allí para seguir a mis sentimientos, sino para seducirlo y engañar a su corazón. No me importaba lo que sentía el príncipe. Quería adueñarme de él para condenar a Odette.

Con cada giro podía ver a la bailarina de sombras a la que me había enfrentado en la casa de Christabella. Podía oír su malvada risita en la melodía.

Eso me alentó a entregarme más al personaje. Ahora que sabía que, de estar en su lugar, mi elección sería diferente, podía interpretar a Odile sin sentir culpa.

Wes me acompañó a la perfección. Tenía una postura tan elegante como la de Sirien. Su piel morena había adquirido un tono cálido bajo los focos.

Para el final volví al papel de Odette. Me cambié de negro a blanco, despidiéndome de la caprichosa joven que había jugado con el corazón del príncipe, y regresé a las plumas blancas de la princesa cisne.

Era la escena más devastadora de la obra.

Odette veía al príncipe bajo el encanto de Odile y caía víctima de una profunda desesperación.

Volvía al lago.

Desolada.

La muerte del cisne blanco.

De no saber que la verdadera Odette que había existido en Lussel había sobrevivido, tendría un sinfín de lágrimas en los ojos.

Un último aleteo.

Un último adiós.

Y el telón se cerró.

Relajé mi expresión, reemplacé la tristeza por felicidad. Lo había hecho. Lo había dado todo de mí y logrado cada paso sin equivocarme. Los aplausos del otro lado me llenaron de una sensación maravillosa.

Nina Klassen se apresuró a felicitarme, seguida por Sumi con su disfraz de la reina madre. Estaba preciosa. Su pelo negro recogido alrededor de una corona hecha de papel dorado.

—Alex, eso ha sido increíble —dijo Wes dándome un abrazo.

—Gracias, ¡tú también has estado estupendo!

Poppy Hadley también se acercó. Me miraba con más interés del que me había mostrado desde que nos habíamos conocido. Su función sería la noche siguiente.

—Bien hecho, Alex. Has logrado una gran Odile —me dijo estrechándome la mano.

Apenas podía creer lo que estaba escuchando. Poppy era la bailarina más autoexigente y perfeccionista que conocía. Había logrado llamar su atención.

—Gracias, Poppy. Significa mucho viniendo de ti —dije.

—¿Vendrás a verme mañana? —me preguntó.

—Por supuesto.

Me dedicó una sonrisa amistosa y se apartó para dejar sitio al resto de mis compañeros. Nina llamó nuestra atención para indicarnos que fuéramos a recibir la ovación al frente del escenario.

Los familias continuaban vitoreando. Mis padres y Olivia aplaudían eufóricos.

Sumi tomó una de mis manos, Wes la otra, y bajamos juntos en agradecimiento.

Interpretar a otras personas era divertido, pero estaba contenta de poder ser yo misma. Alex de Bristol. La niña que cayó en un lago mágico y vivió aventuras en Lussel.

AGRADECIMIENTOS

¿Por dónde empezar? Este libro es un sueño cumplido ya que nunca imaginé que iba a tener la oportunidad de contar un *retelling* de mi ballet favorito.

Por lo que voy a empezar con la persona que me preguntó: «Si pudieras escribir tu versión de un cuento clásico, ¿cuál elegirías?».

Gracias, Leo Teti, por invitarme a formar parte de Puck y ofrecerme un proyecto en el que pudiéramos trabajar juntos. Eres un amigo incondicional y un editor excepcional. Desde que nos conocimos, siempre hemos compartido un entusiasmo especial por encontrar grandes historias y recomendarnos lecturas, y estoy muy orgullosa de haber podido crear una teniéndote como editor.

Gracias a mis lectores, los que me acompañan desde mis primeros libros, y los que le dieron una oportunidad a este: sois la razón por la que puedo seguir dedicándome a lo que más adoro, escribir, y tenéis mi agradecimiento para siempre.

Gracias a mis padres, Lis y Elvio, que siempre me alentaron a perderme en mis historias. A mi hermano Anthony, el Glorian de mi Lindy.

Gracias a mi marido, Phillip, por sentarse a ver documentales de ballet conmigo. Nos volvimos fans de *Strictly Ballet.* Y a mi perro, Shiku, que no es tan grande como Toby pero tiene mi corazón entero.

Gracias, Sebastián Giacobino, por el precioso arte de portada y por las encantadoras ilustraciones del interior que hacen un gran trabajo al darle vida a esta historia. Reencontrarnos en Puck fue una gran sorpresa y es una alegría haber trabajado juntos una vez más.

Gracias a todos en el equipo de Puck y Ediciones Urano por esta maravillosa experiencia.